GW00546981

NULLE PART OÙ ALLER

Mary Jane Clark décrit un univers qu'elle connaît bien : celui de la télévision. Elle est productrice au bureau new-yorkais de la chaîne CBS. Ses cinq précédents romans, dont *Si près de vous* (2003) et *Nul ne saura* (2005), ont tous été des succès, justifiant la comparaison avec une reine du suspense qui porte le même nom : Mary Higgins Clark.

Paru dans Le Livre de Poche :

NUL NE SAURA

PUIS-JE VOUS DIRE UN SECRET ?

SI PRÈS DE VOUS

VOUS NE DEVINEREZ JAMAIS !

VOUS PROMETTEZ DE NE RIEN DIRE ?

MARY JANE CLARK

Nulle part où aller

TRADUIT DE L'ANGLAIS (ÉTATS-UNIS) PAR MATHIEU PÉRIERS

L'ARCHIPEL

Titre original :

NOWHERE TO RUN
Publié par St. Martin's Press, New York, 2003.

Vendredi 14 novembre

Le train de banlieue s'arrêta devant la gare de brique rouge. Après avoir remonté le col de son manteau pour se protéger du vent glacial, le seul passager à être descendu du New Jersey Transit demeura quelques instants sur le quai. Désorienté, il sortit de sa poche une feuille de papier, qu'il déplia.

En se dirigeant vers l'escalier, il passa devant un panneau publicitaire. Sur l'affiche, les présentateurs de « Key to America » souriaient de manière engageante. Impossible de les éviter, ces deux-là ! Constance Young et Harry Granger étaient décidément partout…

Il descendit une volée de marches et se retrouva dans le souterrain qui passait sous les voies. Les murs étaient couverts de tags et de graffitis en tous genres. Sous l'un d'eux – un œil immense –, des larmes ruisselaient, à l'intérieur desquelles les mots colère, fureur et vengeance étaient emprisonnés. À croire que l'artiste anonyme avait deviné les sentiments ayant poussé l'inconnu jusqu'ici.

De nouveau quelques marches et il déboucha dans l'artère principale, à l'air libre. Il se mêla aux spectateurs qui sortaient en grappes du vieux cinéma et prêta l'oreille à leurs commentaires enthousiastes.

Au premier croisement, une odeur émanant d'une pizzeria vint lui chatouiller les narines. Il jeta un coup d'œil au menu : osso buco, escalope de veau milanaise, risotto au safran… Eh bien, on ne se laissait pas abattre dans cette ville ! Mais il n'était pas venu ici dans un but gastronomique. Et il n'avait pas de temps à perdre s'il voulait prendre le train de 0 h 39 qui le ramènerait à Manhattan.

Il aperçut le bureau de poste, de l'autre côté de la rue. Il eût été si simple d'acheminer la lettre de cette manière… Mais il ne s'agissait pas cette fois de frapper au hasard. L'enveloppe qu'il dissimulait dans la poche intérieure de son manteau avait, cette nuit, un destinataire bien précis.

Il déplia de nouveau la feuille qu'il avait imprimée dans l'après-midi, longea le magasin de cadeaux dont la vitrine avait été décorée en vue de Thanksgiving, passa devant un caviste, puis de nouveau devant un restaurant. Comme indiqué sur son plan, il tourna à droite.

Il quitta le quartier commerçant et emprunta une rue pentue bordée de maisons victoriennes. Des arbres centenaires accompagnèrent son ascension et, hormis une adolescente qui promenait son chien, il ne croisa personne. Certains porches éclairés lui confirmèrent qu'il prenait la bonne direction. Les jambes lourdes, il s'arrêta devant la dernière maison de la rue, au numéro 31. Aucune lumière ne filtrait de l'intérieur. Il n'y avait personne. Parfait ! Tout se déroulait comme prévu. Après un regard circulaire dans la rue déserte, il ne lui fallut qu'une poignée de secondes pour ôter l'enveloppe du sac plastique qui la protégeait. Il la glissa ensuite avec précaution dans la boîte aux lettres, puis fit demi-tour.

Sur le quai, l'inconnu ôta ses gants de cuir, ainsi que ceux de chirurgien qu'il portait au-dessous, et jeta les deux paires dans une poubelle au moment même où le train entrait en gare.

Samedi 15 novembre

Le téléphone n'avait cessé de sonner depuis son réveil. Tout le monde avait pensé à lui souhaiter son trente-sixième anniversaire. Tout le monde, sauf Annabelle.

Il enfila un pantalon de survêtement et laça ses tennis, bien décidé à éliminer de son organisme les toxines de bière accumulées la veille. Il se sentait heureux et confiant en l'avenir, d'autant que ses projets allaient bientôt se concrétiser. Son manuscrit achevé, il était sur le point de signer un contrat avec un éditeur. Son livre serait un best-seller. Depuis le temps, il savait comment on les fabriquait, et son texte en possédait toutes les qualités. En ce moment, il se plaisait déjà à imaginer comment il dépenserait le pactole que lui rapporterait cette publication. Peut-être que l'année prochaine, à la même époque, il inviterait ses amis à venir fêter son anniversaire dans une île des Caraïbes. Et, avec un peu de chance, Annabelle serait de la partie…

L'air vif le saisit, mais, à mesure que son corps s'échauffait, il apprécia mieux la température ambiante. Les feuilles mortes crissaient sous ses semelles et de petits nuages de vapeur se formaient à chacune de ses expirations. C'est si bon d'être en vie, pensa-t-il.

Il boucla son parcours habituel, s'arrêta pour prendre une tasse de café et acheter un journal, puis rentra tranquillement chez lui en marchant, pour récupérer. En ouvrant sa boîte aux lettres, il ne trouva qu'une enveloppe et fut un peu déçu. Il aurait espéré plus de courrier…

Après s'être débarrassé de ses chaussures de sport, il s'installa confortablement dans son fauteuil préféré et examina l'enveloppe mauve. Il ne reconnut pas l'écriture féminine et, un moment, se prit à rêver qu'il pourrait s'agir de celle d'Annabelle.

Son regard se porta sur le cadre d'argent posé sur la cheminée. Il avait pris cette photo sur la plage de Bay Head. Annabelle sortait de l'eau en souriant. Son visage bronzé, d'où se détachaient ses yeux bleus et ses dents si blanches, irradiait de bonheur. Le soleil illuminait sa chevelure brune et faisait ressortir ses taches de rousseur. Ce dont elle se plaignait, de même qu'elle n'appréciait pas sa silhouette, ne la trouvant pas assez fine. Il s'était gentiment moqué d'elle. Ne savait-elle pas, depuis le temps, qu'il l'aimait telle qu'elle était ?

Les jours qu'il avait alors passés avec elle demeuraient pour lui les plus beaux. Mais ils étaient loin… Annabelle était désormais mariée et mère de deux enfants, tandis que lui vivait encore comme un étudiant, dans cette maison héritée de ses parents. Une existence somme toute agréable : un job intéressant – et plutôt bien payé –, un livre qui serait un succès, des amis avec qui partager de bons moments et une santé de fer pour profiter de la vie… Mais, à mesure que les années filaient, il doutait de rencontrer jamais la compagne idéale. Aucun de ses flirts ne correspondait à la femme de ses rêves… qui n'était autre qu'Annabelle.

Intrigué, il porta l'enveloppe à son nez. Un fort parfum musqué s'en dégagea. Puis il la retourna. L'expéditrice n'avait pas indiqué son adresse au verso. Il remarqua alors que le timbre n'était pas oblitéré. Un oubli de la poste ? Ou alors la personne qui la lui avait adressée avait changé d'idée au dernier moment et avait préféré venir la déposer elle-même. Il espéra que cette hypothèse était la bonne, car cela signifierait que le facteur n'était pas encore passé.

Il décacheta enfin l'enveloppe et en sortit la carte. Une pluie de confettis brillants s'abattit sur ses genoux. D'un revers de main, il les balaya, heureux que la femme de ménage lui ait cette semaine demandé de passer samedi.

Une admiratrice inconnue. Il regarda de nouveau la signature puis ferma les yeux, tentant de chasser l'image floue de celle qui pouvait bien porter ce parfum envoûtant. Il s'était promis pour quelque temps de ne pas se laisser distraire par la gent féminine. Il ne put cependant s'empêcher de humer une dernière fois la carte avant de la jeter à la corbeille.

Jeudi 20 novembre

1

Sans lui demander d'où il venait, ni ce qu'il avait fait, Annabelle sortit de leur lit au moment où Mike s'y glissait. Une nouvelle nuit d'insomnie pour son mari. Une nouvelle nuit passée sans lui. Voilà qui rythmait désormais leur vie.

Elle referma la porte de leur chambre derrière elle, alluma la lumière du couloir et se dirigea vers la cuisine. Dans chacun des deux Tupperware bleu et rouge posés sur la paillasse, elle déposa un sandwich, un paquet de bretzels, une grappe de raisin et une cannette de jus de fruits. Pour ne pas réveiller les enfants, elle retira de la plaque la bouilloire qui commençait à siffler. Il lui restait un quart d'heure avant qu'ils se lèvent. Quinze minutes de tranquillité auxquelles elle n'était pas près de renoncer.

Pour se réchauffer, Annabelle mit ses mains autour du mug et avala une gorgée brûlante. Le goût amer de ce thé vert ne lui plaisait pas particulièrement, mais elle aimait penser qu'il possédait des vertus thérapeutiques. Et il fallait qu'elle prenne soin d'elle-même. Vu l'état actuel de Mike, elle ne pouvait se permettre de tomber malade. Ce serait une catastrophe.

Elle traversa le salon et alluma le poste de télévision, réglant le son au plus bas. Le reportage qu'elle avait préparé devait passer au cours de la première demi-heure de « Key to America », et elle ne voulait pas manquer sa diffusion. Elle avait mis toute son énergie dans ce projet et ne comptait plus les heures à se documenter sur le sujet. Il lui avait ensuite fallu écrire le script, préparer les interviews, obtenir les autorisations de filmer, coordonner les équipes techniques et, enfin, superviser le montage pour que le film soit prêt à temps.

En ce moment, John Lee, le consultant médical de la chaîne, devait être entre les mains de la maquilleuse, impatient de prendre l'antenne. Annabelle ne put s'empêcher de penser que son métier était ingrat. Elle travaillait dans l'ombre tandis que Lee récoltait les lauriers de son labeur. Et, en cas de succès, c'est grâce à elle qu'il renégocierait à la hausse ses prochains contrats. D'autant que Lee était un homme ambitieux et vénal, moins lié par le serment d'Hippocrate que par celui d'Audimat… Mais elle connaissait les règles du jeu et les avait acceptées. Elle avait de plus besoin de ce salaire, les indemnités maladie que percevait Mike étant insuffisantes pour subvenir aux besoins de la famille.

Le générique de l'émission balaya les pensées d'Annabelle, qui se sentit heureuse de travailler de nouveau pour Key News. Après deux fausses-couches suivies d'un traitement hormonal ayant conduit à la naissance des jumeaux, elle avait démissionné pour se consacrer pleinement à ses enfants. Avoir retrouvé un poste à plein temps lui semblait inespéré. Au cours de ces six dernières années, le salaire de Mike, les heures supplémentaires qu'il effectuait à la caserne et les quelques piges qu'elle percevait de temps à autre avaient suffi pour qu'ils vivent confortablement.

Six années bénies. Passées au sein d'un foyer empli de chaleur et de gaieté, au côté d'un mari solide, alors en possession de ses moyens, et de deux enfants adorables et pleins de vie. Annabelle avait profité de chaque instant, insouciante de l'avenir.

Elle resserra les pans de sa robe de chambre et se dirigea vers la fenêtre. Elle ouvrit les rideaux et vit un camion de la municipalité qui lavait le trottoir, les premiers passants qui se hâtaient vers leur destination et un gros pigeon grisâtre, qui se posa sur la rampe de l'escalier de secours. Un matin comme tant d'autres à Greenwich Village.

Un coup d'œil jeté à la pendule incrustée sur l'écran du téléviseur lui indiqua qu'il était temps d'aller réveiller les enfants. Elle augmenta le volume pour ne pas manquer le lancement de son sujet et se dirigea vers la chambre des jumeaux.

Avant de les secouer doucement, Annabelle s'émerveilla encore de la chance qui était la sienne. Thomas le turbulent, si prompt à rire, si désireux de bien faire. Tara l'obstinée, plus calme en apparence, mais tout aussi malicieuse que son frère, un brin plus compliquée. En fait, un petit démon animé d'une fibre artistique. Deux enfants conçus dans l'amour qui avaient comblé ses vœux au-delà de ses espérances.

Elle sourit en remarquant que Thomas suçait son pouce. Dans la journée, il luttait contre cette mauvaise habitude. Mais la nuit, le naturel reprenait le dessus. Après tout, quel mal à cela ? Il cesserait en grandissant. Et elle aussi, malgré l'âge, aurait aimé, sous les couvertures, pouvoir trouver quelque chose à quoi se raccrocher…

Mais il fallait qu'elle soit forte. Les jumeaux devaient au moins avoir un parent vaillant sur qui compter. Elle s'en voulut aussitôt pour cette pensée. Mike avait traversé des moments éprouvants. Et sa dépression n'était que la conséquence de ce qu'il avait vécu. Il était là, il avait tout vu… Sans parler des amis qu'il avait perdus dans la tragédie. Autant de fantômes qui venaient désormais le hanter.

Quand tout cela cesserait-il ? Annabelle commençait à en avoir assez. Les séances de thérapie de Mike – ses « vols au-dessus d'un nid de coucou », comme il les appelait – n'apportaient pas les résultats escomptés. Et elle le voyait qui s'enfonçait. Il quittait à reculons l'appartement, ne voulait plus emprunter les escalators et devenait blême dès qu'il entendait le bruit d'un réacteur. Le pire est qu'il se désintéressait des enfants. Elle souffrait en lisant sur leur visage l'incompréhension quand leur père refusait de leur donner le bain ou de leur lire une histoire avant qu'ils s'endorment. Il lui fallait alors prendre sur elle et expliquer aux jumeaux que ce n'était qu'un mauvais moment à passer, que bientôt papa redeviendrait comme avant…

— Debout, mes chéris. C'est l'heure.

Elle caressa les frêles épaules de Tara, puis observa d'un œil admiratif les dessins éparpillés devant son lit. Jamais elle ne remercierait assez Mme Nuzzo, qui s'occupait des enfants après l'école et le mercredi après-midi, ainsi que pendant les soirées où elle devait s'absenter pour son travail. Même si elle ne pouvait s'empêcher d'être un peu jalouse de l'intimité que cette dernière partageait avec eux.

— Thomas, mon grand, dépêche-toi, lui dit Annabelle en relevant sa couverture.

Son fils ôta son pouce de sa bouche mais garda les yeux fermés.

22

— Chéri, si tu te lèves maintenant, tu auras le temps de prendre un bon petit déjeuner.

— Avec des saucisses ? lui demanda une petite voix encore endormie.

Elle eut un instant la tentation de lui répondre par l'affirmative, pour l'inciter à quitter son lit, mais reprit :

— Non, tu sais bien que les saucisses, c'est uniquement le week-end. Mais allez, lève-toi, je vais te préparer des toasts bien grillés, avec de la confiture, comme tu les aimes.

Thomas s'assit sur son lit et enleva son haut de pyjama à l'effigie de Spiderman au moment où la voix de Constance Young s'échappait du poste. Annabelle laissa les jumeaux s'habiller pour se rendre au salon.

Blonde, maquillée avec goût et vêtue ce matin d'un tailleur bleu électrique, Constance était, comme à son habitude, superbe. Annabelle se sentit fière de son amie, qu'elle connaissait depuis leurs débuts à Key News.

Elles avaient été engagées au même moment, mais Constance ne s'était pas arrêtée pour élever des enfants. Elle s'était consacrée corps et âme à son métier, acceptant des enquêtes longues et difficiles, se portant volontaire pour effectuer les reportages que personne ne voulait réaliser. Un résultat payant puisqu'elle coprésentait aujourd'hui l'émission d'information matinale la plus regardée du pays – sans parler du salaire enviable qui était le sien. Mais son succès était mérité.

C'est grâce à Constance qu'Annabelle travaillait de nouveau pour la chaîne. Au courant de ses ennuis, elle était allée voir le producteur exécutif, Linus Nazareth, et avait su trouver les mots pour qu'Annabelle fût embauchée. Cette dernière se doutait cependant qu'elle devait son poste au fait que Linus ne pouvait rien refuser à sa présentatrice vedette.

Pour leur prouver qu'elle n'avait rien perdu de ses compétences professionnelles – et pour se le prouver aussi à elle-même –, elle avait redoublé d'efforts.

Les consignes de Nazareth avaient été claires : « Rendez le bioterrorisme sexy. Séduisez-moi. Je veux tout connaître. De quoi je dois me méfier. Les gestes qui peuvent sauver… Tout ! Et, surtout, faites en sorte que les mères de famille soient rivées à leur écran. Je veux qu'elles aient l'impression que regarder l'émission dans son intégralité leur permettra de sauver leurs enfants de ce péril… » Avec de telles instructions, Annabelle n'avait pas chômé et le botulisme, la fièvre Ebola ou la maladie du charbon n'avaient à présent plus aucun secret pour elle.

« Et maintenant, dans le cadre de notre série sur le bioterrorisme, je vous propose de suivre un reportage du docteur John Lee, notre consultant médical, qui va aujourd'hui nous parler de l'anthrax. Attention, vous risquez d'être surpris par ses révélations… »

La voix chaude de Lee prit aussitôt le relais.

« L'anthrax est un tueur implacable, à la fois silencieux et invisible. Pourtant, la maladie du charbon, comme on l'appelle également, existe depuis la nuit des temps. Le plus souvent, dans 95 % des cas, cette bactérie se transmet à l'homme par voie cutanée, lorsque ce dernier est entré en contact avec des animaux eux-mêmes infestés, ou avec leur cadavre. À la faveur d'une lésion, le germe pénètre dans l'organisme et procède à la formation d'une pustule maligne, de couleur charbonneuse – d'où son nom. »

Apparut alors à l'écran l'image d'une main couverte d'une plaie noirâtre.

« Par chance, cette forme cutanée de la maladie, bien que potentiellement dangereuse, peut être soignée grâce à des traitements appropriés. Inhalé, le *Bacillus anthracis* est en revanche fatal. Les spores se logent dans les poumons, puis sécrètent une toxine qui conduit les cellules du système immunitaire à fabriquer des doses mortelles de substances chimiques. Fièvre, toux, courbatures… Les premiers symptômes, bénins, semblables à ceux de la grippe, font d'abord leur apparition, très rapidement suivis par d'autres, bien plus alarmants : baisse de la tension artérielle, sueurs, hémorragies… Il n'existe alors plus aucun moyen de freiner la progression de la maladie. »

Le médecin qu'Annabelle avait interrogé la semaine passée à l'hôpital de New York fit son apparition à l'écran et confirma le diagnostic : « Quelques jours après l'apparition des premiers symptômes, il est déjà trop tard pour intervenir… »

La séquence suivante montra de nouveau le docteur Lee, qui évoluait cette fois dans un laboratoire.

« L'anthrax que l'on trouve dans la nature n'est donc pas en soi une arme redoutable. Mais, grâce aux progrès de la biologie – si l'on peut s'exprimer ainsi –, il est aujourd'hui possible de synthétiser des souches mutantes, résistantes aux antibiotiques. Pour obtenir ces souches de synthèse, inodores et indétectables, qui se mêlent à l'air que nous respirons sans que personne s'en aperçoive, de réelles connaissances sont nécessaires. Mais nombreux sont les scientifiques, les chimistes, voire les étudiants, qui possèdent les compétences pour transformer cette bactérie en une arme absolue… »

John Lee marqua une pause et s'approcha d'un appareil, sur lequel il posa la main.

« Et quand on sait que le matériel permettant cette transformation est en vente libre, qu'il coûte moins de huit mille dollars, il est facile de comprendre que les États terroristes ne sont pas les seuls à pouvoir fabriquer cette substance. »

Thomas arriva dans le salon au moment où le reportage s'achevait, ses chaussures à la main. Annabelle lui noua ses lacets sans quitter l'écran des yeux. Déjà, on était revenu au direct. Sur le plateau de « Key to America », John Lee reprit son exposé.

« Constance, nous avons vu qu'il était aisé de fabriquer cette poudre mortelle, et nous aimerions tous penser qu'elle est introuvable. Imaginez qu'une personne mal intentionnée en possède… Pourtant, ce que j'ai ici, dans ce flacon, c'est bien de l'anthrax. Je ne peux pas vous révéler comment je l'ai obtenu, mais, si je possède cet échantillon, c'est que d'autres peuvent également s'en procurer sans trop de difficultés… »

Annabelle fixa l'écran, incrédule. La caméra zooma sur la fiole, puis revint sur Constance, qui semblait effondrée.

— Qu'est-ce qu'il y a, maman ? demanda Thomas.

— Rien, mon chéri, rien. Mais il va falloir réveiller papa pour qu'il vous accompagne à l'école. Je dois partir.

2

La présidente de Key News avalait sa seconde tasse de café noir en lisant les pages « Opinions » du *New York Times*, tandis que la télévision diffusait un fond sonore : « … ce que j'ai ici, dans ce flacon, c'est bien de l'anthrax. Je ne peux pas vous révéler comment je l'ai obtenu, mais, si je possède cet échantillon, c'est que d'autres… »

Yelena Gregory se tourna vers l'expert qui agitait fièrement sa fiole. Linus avait passé les bornes, cette fois. Elle saisit le combiné et composa le numéro du producteur exécutif.

— Passez-moi Nazareth, intima-t-elle froidement.

Le producteur fut en ligne quelques secondes plus tard.

— Bon Dieu, Linus, à quoi rime cette mascarade ? Pourquoi ne m'a-t-on pas avertie ?

— Calmez-vous, Yelena. Nous avons la situation bien en main… Ne vous en faites pas.

— Vous étiez donc au courant de ce qui allait se passer ? reprit la présidente.

Il y eut un silence, au cours duquel Linus Nazareth chercha les mots justes.

— Linus, vous êtes toujours là ?

L'agacement de la présidente se mua en colère quand elle vit une publicité pour des couches-culottes. Elle imaginait toutes ces mères de famille effrayées à l'idée que n'importe quel déséquilibré pouvait se procurer cette satanée poudre. Sans parler de l'annonceur, qui devait être ravi de voir son spot diffusé à ce moment-là…

— Non, j'ignorais que Lee agirait de la sorte, reprit Linus.

— Donc, vous n'avez pas la situation en main !

— Yelena, je pense que vous vous emballez un peu vite.

— Ah vraiment ! Vous croyez ça ? Avez-vous seulement idée des réactions que ce reportage va susciter ? Je ne pense pas que nos conjectures sur cette arme de destruction massive amuseront la police ou les fédéraux. Sans parler des employés de la chaîne, qui vont désormais craindre que tout le bâtiment soit infesté… Mais vous avez sûrement raison, je m'emballe !

— Ne vous inquiétez pas pour les autorités, reprit calmement Linus. Joe Connelly s'en occupera. Quant aux salariés, vous n'avez qu'à les rassurer, Yelena, leur affirmer qu'ils ne courent aucun danger. Ils vous écouteront.

— Merci de me dire ce que j'ai à faire pour rattraper cette bourde, Linus ! J'apprécie vraiment, éructa la présidente.

De rage, Yelena renversa sa tasse de café sur son journal.

— Qui était le producteur de cette tranche matinale ? reprit-elle.

— Annabelle Murphy.

— Et elle, elle savait ce qui allait se passer ?

— Non, je ne pense pas, répondit Nazareth. En tout cas, elle ne m'en a pas parlé.

— Eh bien, j'espère pour elle, rétorqua Yelena, glaciale, qui raccrocha.

3

Clara Romanski, allongée sous l'édredon qu'elle avait elle-même confectionné, essayait de se changer les idées en regardant la télévision. La fièvre ne baissait pas, bien au contraire. Mais dans quelques jours, elle irait mieux, pensa-t-elle, et elle retournerait travailler. Du moins tentait-elle de se rassurer. Dès les premiers jours d'automne, elle attrapait tous les virus et traversait péniblement les mois d'hiver, enchaînant rhumes et grippes. Il faut dire que son activité de femme de ménage, allant de maison en maison, l'exposait particulièrement aux germes pathogènes d'autrui. Mais elle n'avait pas le choix, il lui fallait gagner sa vie.

Et, somme toute, ce travail ne lui déplaisait pas. Quand elle prenait son service, ses employeurs étaient pour la plupart partis au bureau, après avoir conduit leurs enfants à l'école. Elle pouvait donc vaquer à son rythme, sans personne sur le dos – ce qu'elle appréciait.

Cependant, certains soirs, quand elle se glissait épuisée dans son bain pour se délasser, elle se demandait combien de temps encore elle pourrait tenir. Mais, à cinquante-huit ans, sans mari ni enfants ni mutuelle, elle n'aurait que sa maigre pension pour ses vieux jours. Il lui fallait donc continuer à travailler pour mettre de l'argent de côté, raison pour laquelle elle multipliait les heures de ménage. La semaine passée, elle avait accepté trop d'extra et avait dû jongler avec ses différents employeurs pour satisfaire tout le monde. Elle le payait aujourd'hui.

Samedi, déjà, elle était exténuée avant même d'arriver chez M. Henning. Heureusement, la maison de ce célibataire ne lui demandait pas beaucoup d'efforts. M. Henning était quelqu'un de très ordonné. Elle remarqua même qu'il avait déjà jeté les cartes d'anniversaire qu'il avait reçues, au lieu de les laisser traîner plusieurs semaines sur la table basse du salon, comme elle l'aurait certainement fait. Elle trouva plusieurs enveloppes dans la poubelle de la cuisine et une autre dans la corbeille, près de son bureau. Des confettis s'en échappèrent quand elle l'ouvrit par curiosité pour regarder à l'intérieur.

Elle fut heureuse de constater qu'il possédait une admiratrice inconnue. Clara ne comprenait en effet pas pourquoi M. Henning n'était pas marié. C'était pourtant un bel homme, et il avait une bonne situation. C'est lui qui sélectionnait les auteurs et les livres présentés dans « Key to America ». Clara aimait cette émission, et tout particulièrement le générique de fin, quand elle voyait le nom de son employeur apparaître à l'écran.

Ce matin, pourtant, le sujet la déprimait. Toutes ces horribles choses sur l'anthrax… Elle voulut attraper la télécommande pour éteindre son poste, mais n'eut pas la force de l'atteindre. Elle sombra dans l'inconscience en pensant à toutes les heures qu'elle aurait à rattraper.

4

En arrivant près du siège de la chaîne, Annabelle aperçut les gyrophares bleus des voitures de police et des camions de décontamination qui quadrillaient le secteur. Elle dut montrer son badge de Key News pour franchir le cordon de sécurité.

— On peut accéder aux bureaux ? demanda Annabelle à l'agent qui gardait l'imposante porte d'entrée. Ces types de la décontamination, avec leur accoutrement, sont si impressionnants…

— C'est à vos risques et périls. Mais allez-y, nous pensons qu'il n'y a pas de danger. Le studio a été bouclé, et nous sommes en train de l'inspecter. De même que le bureau de ce guignol. Ce soi-disant médecin…

Annabelle comprenait la réaction de mépris de l'agent. Mieux, elle la partageait. Elle connaissait trop

John Lee pour être dupe. Ce n'était pas pour les nobles motifs d'informer le public qu'il avait tenté ce coup d'éclat. Mais pour sa propre publicité, afin d'attirer sur sa personne tous les regards. Et, en un sens, il était déjà parvenu à ses fins, à en juger par le nombre d'équipes de télévision d'ABC, CBS, NBC ou CNN qui faisaient le pied de grue devant les bureaux de Key News.

Annabelle prit une grande bouffée d'air avant d'entrer. Le hall était bien plus calme que d'habitude. Se pourrait-il que certains employés, après avoir vu l'émission, aient préféré rester chez eux aujourd'hui ?

Dans l'ascenseur qui la menait au septième étage, elle répéta mentalement le discours qu'elle tiendrait à Yelena Gregory et Linus Nazareth pour les convaincre qu'elle n'était en rien responsable du geste insensé de Lee.

Elle s'arrêta un instant devant le bureau de Jérôme Henning.

— Tu te sens mieux ? demanda-t-elle à son ami, qui était de retour après deux jours d'arrêt maladie.

— Si l'on veut, répondit-il en levant les yeux du dossier qu'il lisait avec attention.

Il lui fit signe d'entrer.

— Assieds-toi un instant, murmura-t-il en enlevant une pile de livres du canapé pour lui ménager une place.

Puis, il alla fermer la porte.

— Pourquoi tant de mystères ? le questionna-t-elle en déboutonnant son manteau.

— Annabelle, tu savais ce que Lee manigançait ?

— Tu es fou ! Bien sûr que non. Jamais je n'aurais cautionné un tel agissement.

— Vraiment ? s'enquit Jérôme, suspicieux.

— Oui, vraiment, lui rétorqua-t-elle. Enfin, Jérôme, tu me connais. Et puis rappelle-toi, lors de la dernière réunion éditoriale, quand Lee a émis l'idée qu'il serait sans doute judicieux d'apporter un échantillon d'anthrax pour bien prouver que n'importe qui pouvait s'en procurer. Tu étais là. Tu te souviens de la réaction de notre cher producteur exécutif. Il a été catégorique. Ce qui a du reste contrarié Lee…

— Mais ne l'a visiblement pas empêché de n'en faire qu'à sa tête, enchaîna Jérôme.

— Moi, je ne serais jamais passée outre le veto de Linus… Et je te promets aussi que je n'étais au courant de rien.

— Eh bien, c'est une chance pour toi. Car figure-toi que des représentants du ministère de la Santé et du CDC[1] sont dans nos murs, ainsi que des inspecteurs du FBI. Ils t'attendent d'ailleurs. Et je suis prêt à parier que Yelena aura elle aussi quelques questions à te poser… lui dit-il en retournant s'asseoir derrière son bureau en désordre, tandis qu'elle digérait l'information.

Elle ferma les yeux et renversa la tête en arrière.

— Exactement le genre de nouvelles dont j'avais besoin en ce moment… laissa-t-elle échapper d'une voix lasse.

Puis, refusant de se laisser abattre, elle reprit :

— Je ne sais pas lequel de ces deux inquisiteurs m'effraie le plus.

— À mon avis, Yelena est bien plus redoutable, aucun doute là-dessus. Mais contente-toi de lui dire la

---

1. Le CDC, *Center for Disease Control and Prevention* (en français, Centre de contrôle et de prévention des maladies), dont le siège est basé à Atlanta, est un organisme officiel chargé de la protection de la santé des citoyens américains. *(N.d.T.)*

vérité : tu ne savais pas ce que Lee manigançait et tu ne sais pas comment il a obtenu l'anthrax… C'est bien vrai au fait ? lui demanda Jérôme en baissant la voix.

— Combien de fois faudra-t-il te répéter que je n'en sais fichtrement rien ? Je n'ai rien à cacher, poursuivit-elle en haussant le ton. Rien.

— Je te crois, Annabelle. Et heureusement pour toi. Toute cette affaire va faire du bruit, dit-il en ouvrant un tiroir de son bureau.

Il en sortit une petite bouteille en plastique dont il ôta le bouchon rouge.

— Je croyais que tu allais mieux, lui demanda-t-elle.

— Je le croyais également en me levant, mais je me sens de nouveau mal fichu.

Il avala une gorgée de sirop avant de reprendre :

— Sans doute cette satanée grippe qui ne veut pas me lâcher. Je suis tout courbaturé. J'aurais dû rester au chaud une journée supplémentaire. Mais j'ai tant de travail ici, dit-il en montrant de la main les livres qui recouvraient la quasi-totalité du sol de son bureau. Il faut que je présélectionne ceux qui seront présentés au cours des prochaines émissions. Tiens, à ce propos, enchaîna-t-il, as-tu eu le temps de terminer mon manuscrit ? Ça fait bientôt deux semaines que tu l'as.

— Je sais, lui répliqua-t-elle, embarrassée. Je voulais le finir hier soir, mais je n'ai pas eu le temps. Tu sais, avec les enfants…

— Oui, bien sûr… lâcha-t-il, visiblement déçu. Les enfants passent avant le reste…

— Je suis vraiment désolée, Jérôme. Mais je vais finir de le lire rapidement, je te le promets.

Pour se faire pardonner, elle lui proposa qu'ils déjeunent ensemble.

— Je t'appelle tout à l'heure, lui répondit-il. Je verrai dans quel état je suis après la réunion. Il n'est pas impossible que je rentre directement si je ne me sens pas mieux.

— D'accord. Mais dis-moi, Jérôme, poursuivit-elle, es-tu sûr d'avoir toujours envie de travailler pour Key News ? Parce que, d'après ce que j'ai déjà pu lire, je serais étonnée que tu sois encore le bienvenu dès que ton livre aura été publié.

5

Depuis plusieurs semaines, des employés portant des masques et des gants de chirurgien examinaient, dans une pièce sécurisée, chaque enveloppe, chaque colis reçus par Key News, pour vérifier qu'aucun d'entre eux ne contenait de l'anthrax ou une quelconque substance toxique. Mais à quoi bon se donner tant de mal ? La menace ne venait pas cette fois de l'extérieur. C'est l'un des leurs qui avait semé la panique en introduisant cet échantillon dans les studios.

Joe Connelly, le chef de la sécurité, ne décolérait pas. Des imbéciles, il en avait croisé, mais ce Lee méritait la palme ! Quelle inconscience ! Et maintenant, c'est lui qui devait réparer les pots cassés et affronter le CDC, le FBI, le ministère de la Santé et la police de New York… Sans oublier les craintes des salariés, qu'il faudrait sans doute apaiser.

Cet idiot de médecin avait beau clamer que sa fiole était restée hermétiquement close – ce qui était probablement le cas –, les autorités imposaient à juste titre que le studio et le bureau de Lee soient passés au peigne fin.

Connelly se tourna vers les écrans de contrôle qui couvraient un mur entier du poste de sécurité. L'immeuble était truffé de caméras, qui enregistraient les moindres déplacements à l'intérieur et aux abords du siège, aucun des points névralgiques ne pouvant leur échapper. Sur l'un des écrans, il vit des membres de l'équipe de décontamination en action dans le studio d'enregistrement de « Key to America ». Vêtus tels des spationautes, ils prélevaient divers échantillons qui seraient ensuite analysés – quelques heures d'angoisse avant que les premiers résultats soient connus.

Toute cette agitation à cause d'un homme qui avait voulu faire du sensationnel.

Merci, docteur Lee. Merci.

6

Linus Nazareth se pencha en arrière dans son fauteuil pour rattraper le ballon de football américain qu'il venait de lancer en l'air. Assis face à lui, de l'autre côté de son bureau, les deux agents spéciaux du FBI, Mary Lyons et Leo McGillicuddy, observaient, agacés, son petit manège.

— Non, *inspecteurs*, je n'étais pas au courant des intentions de John Lee. J'ignorais qu'il exhiberait cette fiole. Mais je ne peux l'en blâmer… Le public a le droit de savoir. Et notre devoir, à nous, est de l'informer. Même si nous devons pour cela annoncer que sa sécurité n'est pas correctement assurée…

La tension déjà palpable monta encore d'un cran après cette critique implicite. Mary Lyons, qui aurait déjà aimé le remettre à sa place quand il avait prononcé de manière obséquieuse le mot inspecteurs, garda pourtant son calme et reprit d'une voix égale.

— Nous voulons savoir comment le docteur Lee s'est procuré l'échantillon d'anthrax qu'il a exhibé à l'antenne. Nous voulons également un rapport détaillé sur ses derniers déplacements, où il est allé, qui il a rencontré, et nous voulons aussi connaître l'identité de toutes les personnes impliquées dans la réalisation de ce reportage.

Le ballon ovale s'éleva de nouveau dans les airs.

— Je n'ai pas à vous communiquer ces informations, et je ne le ferai pas, répliqua Nazareth d'un ton sans appel.

— Vous êtes conscient qu'il s'agit d'une arme prohibée, monsieur Nazareth ?

— C'est votre problème, pas le mien. Le mien est d'assurer la liberté de l'information et de permettre à mes journalistes, à mes consultants ct à mes producteurs de faire leur boulot en toute indépendance, sans avoir à dévoiler leurs sources à qui que ce soit.

Les deux agents se regardèrent d'un air entendu. Ils connaissaient ce genre de discours par cœur et savaient qu'ils perdaient leur temps. Ils ne tireraient rien de l'arrogant producteur.

Mais, même sans son aide, ils possédaient d'autres moyens de remonter la piste. Grâce à la cassette de l'émission, ils retrouveraient le laboratoire où avait été tournée la scène. Puis ils passeraient tout ce monde au détecteur de mensonges.

Cette affaire n'était en rien comparable à celles qui, après le 11 septembre, avaient secoué NBC, CBS ou ABC. Il avait alors été quasiment impossible de remonter la piste et d'identifier les expéditeurs anonymes qui avaient inondé les chaînes de télévision. Aujourd'hui, ils savaient au moins qui avait introduit l'anthrax à l'intérieur de Key News.

7

— Bonjour, Edgar. Comment ça va aujourd'hui ? demanda Annabelle à l'homme qui poussait un chariot dans le couloir.

— Bien. Je vais bien. Merci de me poser la question, c'est gentil.

Comme à son habitude tiré à quatre épingles, Edgar arborait fièrement le badge d'employé du mois sur la poche de sa chemise d'un blanc immaculé. Depuis huit ans qu'il travaillait à la cafétéria de Key News, tout le monde, à commencer par son chef de service, n'avait qu'à se louer de ses services. Ponctuel, jamais absent, toujours souriant, il était apprécié de tous, et en particulier de l'équipe de « Key to America », à qui il apportait chaque matin boissons et viennoiseries.

Nous devrions tous prendre exemple sur lui, pensa Annabelle en posant son sac sur son bureau. Jamais il ne faisait état de ses problèmes. En fait, Annabelle ignorait si Edgar pouvait avoir des soucis. Mais, vu son salaire, vivre dans l'agglomération new-yorkaise ne devait pas être tous les jours une partie de plaisir. Et dire qu'à la rédaction certains, bien mieux lotis que lui, passaient leur temps à se plaindre...

En accrochant son vieux caban bleu marine au portemanteau, elle grimaça. Même si cela n'était pas bien vu, dès demain elle sortirait du placard, où il dormait depuis des années, le manteau de fourrure que sa tante

Florence lui avait laissé quand elle était partie s'installer en Floride. Au moins, en attendant qu'elle puisse s'offrir un nouveau manteau, la vieille veste de castor lui tiendrait-elle chaud.

Annabelle consulta ensuite son répondeur et ne put réprimer un frisson en entendant la voix de Yelena Gregory qui lui demandait de la rappeler au plus vite. Prenant son courage à deux mains, elle décrocha le combiné.

— Yelena veut vous voir, lui répondit l'assistante de la présidente. Mais elle est en réunion avec des gens du ministère de la Santé. 10 h 45, ça vous irait ?

— 10 h 45, c'est parfait, répliqua Annabelle.

*

Le bureau de John Lee était fermé, mais Annabelle aperçut à travers la vitre un membre de l'équipe de décontamination vêtu de sa combinaison orange. Lee, pendu au téléphone, se trouvait dans une salle de projection adjacente. Quand il vit Annabelle, il lui fit signe d'entrer. Pendant qu'il continuait de converser, elle resta debout, les bras croisés sur le pull en cashmere jaune que Mike lui avait offert il y a deux ans.

— Attends, laisse-moi le temps de noter tout ça, annonça Lee à son correspondant.

Il griffonna quelques mots sur un bloc-notes, puis reprit :

— Ils peuvent donc décider de m'inculper pour détention illégale d'une arme prohibée ou, plus vraisemblablement, me traîner devant un grand jury pour que je leur balance tout ce que je sais… Et que se passera-t-il si je refuse ?

Annabelle scruta le visage de Lee qui prenait connaissance de la réponse.

38

— Et si le juge me coffre pour outrage, je reste derrière les barreaux jusqu'à ce que je leur dise ce que je sais, c'est bien ça ? demanda ce dernier.

Il paraît moins anxieux qu'excité, remarqua Annabelle en l'écoutant. En fait, on dirait même que la situation lui plaît, pensa-t-elle incrédule.

— OK, Chris, rappelle-moi dès que tu as eu le procureur.

Lee raccrocha. Jusqu'à cet instant, Annabelle n'était pas sûre de l'attitude qu'elle adopterait envers lui. D'un point de vue strictement professionnel, elle lui en voulait de ne pas l'avoir avertie. Mais, avec le recul, elle préférait ne rien savoir de ses combines, aussi décidat-elle de rester calme – du moins en apparence, car, intérieurement, elle ne décolérait pas.

— Ton avocat ? s'informa-t-elle d'un ton détaché.

— Oui, Christopher Neuman, l'un des meilleurs de New York.

— Tu en auras sûrement besoin.

Lee haussa les épaules et s'assit dans son fauteuil.

— Tu sais, je ne suis pas particulièrement inquiet.

— Ah bon ?

— Chris m'a dit que le bureau du procureur ne voudrait certainement pas faire de moi un martyr en me poursuivant publiquement. Après tout, je suis perçu comme le journaliste téméraire qui n'hésite pas à pointer le défaut de la cuirasse de la sécurité nationale…

— Alors, ce sera un grand jury ? lui demanda Annabelle.

— Il y a des chances, oui, acquiesça Lee. Mais, bien sûr, je ne révélerai pas mes sources.

— Et tu te sens prêt à affronter la prison ?

— S'il le faut, oui.

Annabelle aurait pu l'admirer pour cette tirade si elle n'avait douté que ses motivations fussent réellement aussi nobles… Non, vraiment, elle ne pouvait l'imaginer en chevalier blanc, loyal et désintéressé. Tout cela sentait trop le calcul au service de son ambition. Aussi l'idée que John Lee pût croupir en prison ne l'émut-elle guère.

8

Les journalistes et les producteurs présents autour de la table de conférence s'attendaient à une réunion houleuse, l'une de celles qui alimentent ensuite les conversations de couloir. En attendant avec impatience l'arrivée de Linus Nazareth, tous essayaient de deviner quelle serait sa position.

— Lee n'avait pas le droit de prendre de tels risques, s'offusquait Gavin Winston. On devrait le virer sur-le-champ.

— Je ne suis pas d'accord avec toi, lui rétorqua aussitôt Russ Parrish. On a assisté à un grand moment de télévision.

— Bien sûr, persifla le consultant économique de l'émission, du moment que le spectacle est au rendez-vous, tout est permis…

— Ça fait partie de mon job, ne l'oublie pas !

— Reviens sur terre, Russ, lui répondit Gavin en triturant sa cravate. Il ne s'agit pas là d'une des super-productions hollywoodiennes dont tu assures la critique. C'est la vie, la vraie ! Et l'anthrax n'est pas un quelconque effet spécial. C'est une arme, une vraie ! Qu'en penses-tu, Dominick ?

Tous les regards se tournèrent vers le bras droit de Nazareth.

— Pour ma part, je ne suis pas particulièrement surpris de la tournure des événements. Je m'étonne même de certaines de vos réactions offusquées. Au cours de la dernière réunion, quand Lee a émis l'idée d'apporter un échantillon d'anthrax sur le plateau, personne parmi vous n'a imaginé, ne serait-ce une seconde, qu'il avait peut-être déjà tout réglé ? Allons, nous ne sommes plus des enfants de chœur…

Personne autour de la table ne se hasarda au moindre commentaire.

— Peu importe, continua Dominick O'Donnell. Ce qui compte c'est que la publicité autour de cette affaire va faire grimper l'audience. Je ne vois donc pas pourquoi Linus serait mécontent.

— Parts de marché, taux d'audience… Mais vous n'avez que ces mots à la bouche. Au diable l'Audimat, s'emporta violemment Gavin Winston en frappant du poing sur le bureau.

— Sacrilège ! Qu'est-ce que j'entends ? demanda Nazareth en entrant dans la salle de conférence.

Le silence se fit aussitôt. Le producteur exécutif se dirigea vers sa place puis, debout, les deux mains posées à plat sur la table, fixa le consultant économique.

— Allons, Gavin, ne monte pas sur tes grands chevaux, veux-tu ? Et dois-je te rappeler que c'est grâce à ces taux d'audience que nous fixons nos tarifs publicitaires, dont dépend en grande partie notre chiffre d'affaires ? Le spécialiste que tu es aurait-il oublié que c'est ce maudit Audimat, comme tu dis, qui vous assure à tous un si confortable salaire ? Alors, arrête de dénigrer ces chiffres. Et n'oublie jamais, Gavin : gagner n'est pas essentiel, gagner est le *seul* enjeu.

Le visage de Winston vira au cramoisi tandis que chacun baissait les yeux, soudain absorbé par la lecture de ses notes.

— Bon… reprit Nazareth. Avant d'entamer cette réunion, laissez-moi vous dire que la fiole était hermétiquement close. Il n'y a donc aucun risque que les spores se soient évaporées dans les studios. Personne n'a rien à craindre. Cela dit, si l'un d'entre vous a le moindre doute, qu'il aille se faire prescrire un traitement approprié. Après tout, chacun est libre…

— Et toi-même, Linus, tu vas prendre des antibiotiques ? demanda Caridad Vega, la présentatrice météo.

— Après ce qui est arrivé à certaines chaînes concurrentes, il m'en reste des boîtes entières. Et pourtant je ne vais pas les ouvrir. Ce qui montre combien je suis confiant, répliqua Nazareth.

Il s'assit enfin et balaya du regard la table de conférence, défiant quiconque de lui poser une nouvelle question.

— Bon, poursuivit-il. Maintenant, que les choses soient claires : jusqu'à nouvel ordre, Key News soutient le docteur Lee et la mission de service public qu'il a accomplie. Telle est notre position officielle. Personnellement, j'ignorais tout des intentions de Lee, et je n'encourage personne à prendre de telles initiatives sans mon aval. C'est bien clair ? Et je vous rappelle qu'en tant que producteur exécutif je veux être informé de tout ce qui passe à l'antenne, sans exception.

— C'est loupé pour cette fois ! souffla Jérôme Henning à Annabelle.

Le regard de Nazareth s'arrêta sur le chroniqueur littéraire.

— Un commentaire, Jérôme ?

— Non. Je disais juste à Annabelle que je ne me sentais pas bien…

— Je vois… Puisque c'est ainsi, pourquoi ne commencerions-nous pas la conférence de rédaction par toi, afin de te libérer rapidement ? Plus tôt tu en auras fini et plus grandes seront nos chances de sortir d'ici en bonne santé… le railla Nazareth.

Jérôme ignora la pique et débita la liste des auteurs disponibles pour la fin de la semaine, présentant rapidement les livres dont ils assureraient la promotion. Le dernier était le témoignage d'une ancienne maîtresse d'un politicien en vue.

— Qui est l'éditeur ? demanda Nazareth.

— Ephesus, répondit Jérôme.

Le producteur exécutif hocha la tête.

— Bien. Celui-ci, on le programme, décréta-t-il.

Jérôme ne mentionna pas qu'il avait déjà retenu l'ouvrage dans sa sélection. Nazareth allait bientôt publier son prochain livre chez Ephesus, et Jérôme se doutait que le « boss » voudrait être agréable à son éditeur. D'autant que ce dernier lui avait versé un confortable à-valoir pour obtenir ce document sur les coulisses de l'émission matinale la plus regardée du pays. Au début, Linus avait souhaité écrire lui-même le livre. Il en avait même fait un point d'honneur. Mais il s'était vite aperçu de l'ampleur de la tâche, qui requérait une patience dont il était dépourvu. Il s'était alors tourné vers Jérôme, qui avait rédigé à sa place *Le Seul Enjeu : gagner la bataille de l'information*.

Jérôme avait bien signé un contrat de confidentialité, l'obligeant à taire son rôle de nègre, aucune clause ne lui interdisait d'écrire son propre ouvrage. Aussi, après avoir terminé la rédaction de ce ramassis de fadaises, tout à la gloire de son producteur, avait-il eu l'idée d'un livre qui rétablirait l'exactitude des faits, espérant par la même occasion obtenir gloire et fortune.

Quand son pamphlet sortirait, la guerre serait déclarée. Mais il s'y était préparé. Il avait même pensé à la dédicace qu'il adresserait à Nazareth :

> *Au « boss »,*
> *sans qui je n'aurais jamais eu l'idée*
> *d'écrire ce livre…*

9

Jérôme enfilait sa veste quand on frappa à la porte de son bureau. Des gouttes de sueur perlaient sur son visage congestionné. Visiblement mal en point, il s'excusa d'une voix faible.

— Ce que vous avez à me dire ne pourrait-il attendre ? Je ne me sens vraiment pas bien et un chauffeur m'attend en bas pour me raccompagner.

— Ne vous en faites pas, je n'en ai pas pour longtemps. Je tenais juste à vous dire que je n'appréciais pas votre procédé.

— De quoi parlez-vous ?

— J'ai lu votre petit chef-d'œuvre, Jérôme. Je vous croyais plus loyal…

— Je ne comprends rien à ce que vous me dites. Et puis ce n'est vraiment pas le moment. Je rentre me coucher.

— Vous devriez conseiller à Annabelle de se montrer plus discrète. J'ai trouvé votre manuscrit dans son bureau.

— Vous avez donc fouillé ses affaires ! Puis-je vous demander ce que vous y cherchiez ?

— N'essayez pas de renverser les rôles. Si quelqu'un ici doit se sentir coupable d'une quelconque exaction, ce n'est sûrement pas moi. Vous devriez avoir honte de vous !

— Ce n'est absolument pas ce que je ressens. Maintenant, ayez l'obligeance de bien vouloir me laisser passer, je rentre chez moi.

10

Lauren Adams attendait sur le trottoir encombré de badauds que le cameraman sorte la voiture du garage. Elle observa un instant les équipes de tournage qui attendaient la moindre nouvelle en provenance de Key News, puis regarda sa nouvelle paire de Prada. Ces bottes lui avaient coûté les yeux de la tête – près d'un quart de son salaire mensuel –, mais c'était un bon investissement. Quiconque les remarquerait penserait aussitôt qu'il avait affaire à une femme importante, à prendre au sérieux. Et c'est justement l'effet qu'elle recherchait.

Un coup de vent la décoiffa et elle rejeta en arrière sa longue chevelure brune. Lauren était satisfaite de n'avoir pas manqué la conférence de rédaction. Depuis que Linus ne la prenait plus pour cible de ses colères, elle appréciait même ces débriefings, et plus particulièrement les piques acerbes qu'il lançait à certains quand un détail de l'émission de la veille ne lui avait pas plu. Elle passait généralement un bon moment. Mais le

meilleur venait après, quand ils se retrouvaient seuls…
Ces réunions avaient le don de le stimuler. Et celle de
ce matin était à marquer d'une pierre blanche.

La voiture gris foncé apparut enfin et Lauren prit
place sur un siège maculé de taches de café, craignant
pour son manteau d'alpaga.

— Où va-t-on ? demanda B.J. D'Elia, qui rassembla
son courage en perspective des heures à venir en compagnie de cette prima donna.

Lauren sortit de son sac Hermès un calepin et lui
donna l'adresse d'un médecin. Elle avait dû batailler
ferme pour obtenir cet entretien dont elle avait besoin
dans le cadre d'un reportage sur les jeux éducatifs.
D'après les spécialistes, puzzles, microscopes minia-
tures, télescopes et autres jeux de construction seraient
plébiscités au moment des achats de Noël, et elle
voulait l'avis de ce pédopsychiatre fantasque sur leurs
bienfaits présumés.

Avant de ranger son calepin, elle nota de rappeler
le fabricant de jouets qui lui avait envoyé la boîte de
jeu de l'apprenti chimiste pour qu'il lui en expédie une
seconde. La première avait disparu.

11

Poudre blanche… Poudre blanche… Avec toute cette
agitation due à l'anthrax, Russ Parrish ne pensait qu'à
cette autre poudre blanche. Celle dont il avait besoin.
La cocaïne.

Il regrettait le jour où il en avait pris pour la première
fois. Il avait pourtant entendu dire que la sensation

procurée était si agréable qu'il était quasiment impossible de ne pas devenir dépendant. Mais il s'était dit qu'il serait l'un des rares à qui cela n'arriverait pas… Résultat, il était accro. Une addiction aussi destructrice qu'onéreuse.

Russ s'enferma dans son bureau et baissa les stores. Il sortit de son portefeuille une carte de crédit, un billet de vingt dollars flambant neuf et un petit morceau de papier qu'il déplia avec précaution. Il répandit la précieuse poudre sur son bureau et écrasa les cristaux avec la tranche de sa carte. Il forma ensuite deux lignes parallèles et roula le billet jusqu'à obtenir une paille très fine. Il plaça l'une des extrémités dans sa narine droite et se pencha sur son bureau pour sniffer la première ligne.

Une fois l'opération terminée, il se frotta le nez à plusieurs reprises avec son poignet avant de regarder avec dégoût le visage rougi aux yeux brillants que lui renvoyait le miroir de son bureau. Mais dans quelques instants l'effet serait si bon qu'il balaierait tout sentiment de culpabilité…

12

Après la réunion au cours de laquelle il s'était vertement fait tancer, Gavin avait besoin de se changer les idées et, surtout, de redorer son ego meurtri. Ce qu'il avait en tête n'était peut-être pas des plus élégant, mais la jeune et jolie Lily, aux longs cheveux blonds, vêtue d'un sweat-shirt moulant et d'une jupe courte, tombait à pic.

Tout au long de l'année, les étudiants se bousculaient pour venir faire leurs armes au sein de la chaîne, espérant par la suite se faire embaucher ou, tout du moins, ajouter une expérience valorisante à leur curriculum vitæ. Tous ou presque étaient donc désireux de rendre service, malléables et facilement impressionnables…

Gavin regarda de nouveau la stagiaire avec qui il discutait depuis un moment déjà. Ses grands yeux marron lui firent penser à une biche affolée. Tout le contraire du regard fourbe de Margaret, sa femme. Mais il chassa aussitôt de son esprit cette mégère à qui il était enchaîné depuis un quart de siècle pour reprendre sa conversation avec Lily.

— Je pensais que tu voudrais peut-être m'accompagner cet après-midi. Je dois aller à Wall Street interviewer un ponte de la finance. Tu verras, ce sera une bonne expérience pour toi de quitter la salle de rédaction. Et puis tu pourras te familiariser avec le travail de terrain, lui proposa-t-il.

— Oh, merci, monsieur Winston. Effectivement, je serais ravie de venir avec vous. En tout cas, merci de prendre soin de moi, lui répliqua aussitôt Lily.

— Appelle-moi Gavin, ma puce. Monsieur, ça fait vieux. On pourrait croire que je suis ton père, dit-il en gloussant.

Lily eut elle aussi un rire nerveux. Mon père est bien plus jeune que toi, pensa-t-elle en silence.

13

Avant de se rendre chez Yelena, Annabelle repassa par son bureau et prit connaissance de ses derniers messages. Elle effaça un mail de Jérôme puis décrocha son téléphone. Les sonneries résonnèrent longtemps dans le vide avant que Mike ne décroche.

— J'allais raccrocher, chéri, lui dit Annabelle d'une voix qu'elle voulut enjouée. Où étais-tu ?

— Je me reposais, lui répondit-il en réprimant un bâillement.

Son cœur cogna contre sa poitrine. Son état ne s'améliorerait-il donc jamais ? Depuis des semaines, il traînait seul dans l'appartement et passait son temps à ruminer ses noires pensées ou à somnoler, lui qu'elle n'avait jamais vu auparavant faire la moindre sieste.

Les enfants ne parvenaient pas à lui redonner goût à la vie et Mme Nuzzo lui avait dit qu'ils n'allaient même plus le trouver en revenant de l'école, tant ils étaient certains de se faire éconduire. Ils attendaient que leur mère soit de retour pour lui raconter le détail de leur journée.

— Les jumeaux sont bien arrivés à l'école ? demanda-t-elle.

— Oui. En fait, ils étaient même plutôt contents que je les accompagne, je crois… lui dit-il d'une voix monocorde.

— Mais ils t'aiment, Mike. Et moi aussi…

Et on se fait tous du souci pour toi, fut-elle tentée de rajouter. Mais, de même que professionnellement il lui fallait peser chaque mot, elle faisait attention quand elle parlait avec Mike. Un rien aurait pu le rendre plus irritable encore. Et dire qu'il y a peu ils pouvaient parler librement, sans arrière-pensées…

— Et ton boulot, ça va ? lui demanda-t-il.

Elle se mit à espérer. Se pourrait-il qu'il s'intéresse de nouveau à ce qu'elle faisait ?

— Pas terrible. Dans quelques minutes, je suis convoquée par Yelena Gregory, qui va me cuisiner au sujet de cette histoire d'anthrax.

— Quel anthrax ? De quoi me parles-tu ? reprit-il, agacé.

La faible lueur d'espoir entrevue s'évanouit aussitôt.

— Souviens-toi, je t'en ai parlé ce matin, juste avant de filer au bureau. C'est d'ailleurs la raison pour laquelle tu as amené les enfants à l'école.

— Ah oui, répondit-il mollement. Allez, je suis sûr que tout va s'arranger. Et, crois-moi, ils ont la chance de t'avoir.

— Je suis contente que tu penses ça, chéri.

J'espère que c'est aussi ce qu'ils vont me dire d'ici peu, ajouta-t-elle pour elle-même.

*

Annabelle n'était jamais entrée dans l'antre de la présidente de Key News, aussi fut-elle plus intimidée qu'une collégienne convoquée par le proviseur bien que la pièce ne ressemblât en rien à un bureau directorial. Il n'était pas très spacieux et ne bénéficiait pas non plus d'une vue imprenable : les embouteillages de la 57e Rue. Seuls les postes branchés sur différentes chaînes concurrentes, les récompenses professionnelles posées sur une étagère et l'épais tapis persan lui rappelèrent où elle se trouvait.

Joe Connelly et Linus Nazareth occupaient chacun un des fauteuils posés devant le bureau de Yelena. Timidement, Annabelle prit place sur le canapé, à côté de John Lee.

— Allons droit au but, commença Yelena. Je veux savoir comment tout cela a pu arriver, déclara-t-elle au producteur exécutif.

Les regards se tournèrent aussitôt vers Linus Nazareth. Mais, comme ce dernier fixait le docteur Lee, tous l'imitèrent.

— Yelena, bafouilla Lee, embarrassé. Je réalise à présent que je n'aurais jamais dû prendre une telle initiative… Mais je ne voulais mettre personne dans la confidence, de peur que mon plan ne capote.

— Vous auriez donc agi seul, sans même en parler à votre productrice ni informer le producteur exécutif de l'émission ? demanda Yelena, suspicieuse.

Annabelle retint sa respiration en attendant la réponse de Lee.

— Je suis l'unique responsable. Mais, pour ma défense, avouez qu'il s'agissait d'un scoop de première… dont il fallait informer le pays, balbutia-t-il.

Le regard de Yelena se durcit.

— La question n'est pas là. Vous n'aviez pas le droit de déclencher un séisme de cette ampleur sans que la direction soit au courant. Maintenant, tant pour des raisons d'image que pour des raisons juridiques, nous nous retrouvons dans l'obligation de couvrir vos agissements. Et croyez bien que cela me contrarie. Si encore vous nous aviez prévenus, nous aurions préparé nos arguments. Là, nous marchons sur des œufs… Personnellement, Lee, je n'ai qu'une envie : vous tordre le cou.

Annabelle sentit le consultant médical se ratatiner sur le sofa. D'autant que Linus prenait le relais.

— Vous avez raison Yelena, il faut décider d'un plan d'action. De mon côté, j'ai déjà averti le FBI que je ne leur dirais rien.

— Mon avocat pense que les fédéraux n'engageront aucune poursuite, osa Lee d'une voix timide. Ils ne voudront pas s'attirer les foudres du public en s'acharnant sur un journaliste qui ne fait que son devoir en…

— C'est ainsi que vous vous voyez, Lee, un journaliste intègre dont la seule motivation est d'informer le public des dangers qu'il encourt ? le coupa Yelena d'un ton sarcastique.

Elle se leva et regarda par la fenêtre, leur tournant le dos.

— Ne serait-ce pas plutôt l'ambition qui fait courir le brave docteur Lee ?

Il aurait mieux fait de ne pas l'ouvrir, pensa Annabelle, plus déterminée que jamais à ne pas intervenir sans qu'on le lui demande expressément.

Linus Nazareth enchaîna aussitôt.

— Après tout, quel mal à cela, Yelena ? Ne nous voilons pas la face : l'ambition est le nerf de la guerre. Et je ne connais pas un seul de nos journalistes qui voudrait passer à côté d'un scoop. C'est même cela qui les anime, qui les pousse à se battre chaque jour. Et c'est pour cette raison que le public les prend pour des héros qui leur disent ce que les politiques taisent. L'ambition, Yelena, poursuivit-il avec emphase. L'ambition, c'est ce qui fait que nous avons de telles audiences.

Puis il se tut et chacun attendit que Yelena reprenne la parole.

— Croyez-moi ou non, mais l'Audimat est à l'heure actuelle la dernière de mes préoccupations ! Si je m'écoutais, je vous virerais, Lee. Malheureusement, le moment est mal choisi. Pour l'instant, nous devons faire front et vous soutenir. Mais, soyez assuré qu'il s'agit là d'une alliance de circonstance, conclut-elle sèchement.

14

Alors que la voiture arrivait dans le New Jersey, Jérôme changea d'avis et demanda au chauffeur de le conduire à l'hôpital Essex Hills de Mapplewood.

Il avait bien fait de rentrer en taxi. Vu son état, il n'aurait pas pu supporter les transports en commun. Il respirait de plus en plus difficilement et sa poitrine le comprimait. Pourtant, cette impression d'étouffement ne ressemblait en rien aux grippes qu'il avait contractées par le passé.

N'ayant pas de médecin traitant, il avait décidé de se rendre aux urgences les plus proches. Sans doute aurait-il dû y aller directement en sortant du bureau. D'autant que les hôpitaux new-yorkais avaient meilleure réputation que ceux du New Jersey. Il aurait dû demander conseil à Annabelle.

Il sortit son portable de sa poche et dut consentir un terrible effort pour composer le numéro. Au bout de cinq sonneries, le répondeur se mit en marche. « Bonjour, vous êtes sur la boîte vocale d'Annabelle Murphy, productrice médicale de "Key to America". Laissez-moi vos coordonnées ainsi que l'objet de votre appel et je vous recontacte dès que possible. Vous pouvez aussi essayer de me joindre sur mon mobile au… »

Une fois qu'Annabelle eut égrené son numéro, un bip se fit entendre et Jérôme laissa son message : « Annabelle, je suis en route pour Essex Hills et je voulais savoir si, d'après toi, c'était une bonne idée… Enfin, je vais être fixé d'ici peu. Encore désolé pour le déjeuner de ce midi. Bon, j'essaie de t'appeler plus tard. »

Ce n'est qu'après avoir raccroché qu'il repensa à la visite désagréable. Mais il n'eut pas la force de la rappeler pour lui demander de ranger le manuscrit en lieu sûr et la mettre en garde…

15

Une fois l'entretien avec Yelena terminé, Annabelle regagna son bureau, où elle trouva Wayne Nazareth qui l'attendait en faisant les cent pas. Elle éprouva un sentiment de pitié pour ce jeune homme aussi calme et réservé que son père était impétueux et explosif. Avoir Linus pour patron n'était déjà pas une partie de plaisir, alors l'avoir pour père… D'autant que Wayne ne pouvait ignorer les rumeurs de népotisme qui bruissaient dans les couloirs.

— Crois-tu que nous devrions procéder à des tests de dépistage ? lui demanda-t-il.

— En ce qui me concerne, je n'en ferai rien. Je connais le personnage, il a bien des défauts mais il n'est en aucun cas suicidaire. La fiole est restée bien fermée, j'en suis certaine. Aucun risque que les spores se soient propagées.

— Pourquoi tous ces types de la décontamination passent-ils alors son bureau au peigne fin ?

— Simple mesure de précaution, je suppose.

Wayne entendait les arguments d'Annabelle, pourtant, son front plissé indiquait son inquiétude. Il ne voulait pas avoir l'air d'une poule mouillée, mais ne put s'empêcher de poursuivre.

— Et crois-tu qu'un traitement antibiotique serait utile ?

— Écoute, Wayne, je ne pense pas que ce soit une bonne idée. D'une part, il peut y avoir des effets indésirables. De l'autre, si tu habitues ton organisme à ce type de médicaments, ils seront inopérants le jour où tu en auras vraiment besoin, lui répondit-elle d'un ton professionnel.

Annabelle était à court d'arguments pour le rassurer, aussi choisit-elle de changer de sujet.

— Si tu n'as rien de prévu, tu pourrais peut-être me donner un coup de main pour mon prochain sujet…

— Désolé, Annabelle, j'aurais bien aimé te rendre service, mais je suis surchargé. Je dois filer à Wall Street pour réaliser une interview avec Gavin, et j'ai ensuite promis à Lauren d'effectuer pour elle des recherches.

En le regardant s'éloigner, Annabelle se demanda comment l'on pouvait vivre au quotidien avec un frère – jumeau de surcroît – plongé dans le coma depuis vingt ans. En pensant au lien si fort qui unissait Tara à Thomas, elle n'osait imaginer ce que l'un d'eux ressentirait s'il voyait l'autre disparaître sous la glace d'un étang gelé.

C'est en lisant le manuscrit de Jérôme qu'elle avait appris ce qui était arrivé à Seth. Selon les allégations de Jérôme, Wayne serait resté au bord du trou, prostré, au lieu d'aller sans tarder chercher de l'aide. Son frère coulait inexorablement, mais il se refusait à l'abandonner. Cela avait dû être un choc quand, bien des années plus tard, Wayne avait réalisé que, sans ces quelques moments d'hésitation, Seth aurait pu être sauvé. Si les secours avaient été prévenus plus tôt, il ne serait pas depuis plongé dans cet état végétatif.

Annabelle frissonna. Quel épisode terrible ! Il faudrait qu'elle persuade Jérôme de supprimer ce passage de son livre.

16

Joe Connelly décrocha son téléphone et appela la directrice de Key News.

— Le FBI veut avoir accès à la boîte mail de John Lee, lui annonça-t-il.

— Quelle surprise ! répondit Yelena.

— Que décide-t-on ? demanda le chef de la sécurité. Je leur communique ces informations ?

— Hors de question, Joe. S'ils veulent prendre connaissance de ses mails, qu'ils reviennent avec un mandat, répliqua-t-elle sèchement avant de raccrocher.

17

Aujourd'hui était vraiment le jour idéal pour aller déjeuner chez Michael's – et pas seulement à cause de son décor raffiné ou de son menu alléchant. Ce restaurant était le lieu où aimaient se retrouver toutes les personnalités des médias.

Le producteur exécutif de « Key to America » et son invité furent placés non loin de l'entrée. Une excellente table selon Linus, qui voyait ainsi entrer ou sortir tous les clients de l'établissement avec qui il pouvait échanger un mot ou une plaisanterie. À peine était-il assis, que l'une de ses connaissances s'approcha et lui donna une claque amicale dans le dos.

— Bien joué, mon vieux, un sacré coup que cette histoire d'anthrax. Ça, c'est de la télé…

— Félicitations à tous les deux, renchérit-on d'une table voisine, vous avez rendu un fier service au public…

Linus se gargarisait encore de ces louanges quand on leur apporta les entrées. Il se pencha vers son convive.

— Vous voyez, John, vous êtes un héros désormais. La plupart d'entre eux ne vous connaissaient pas. À présent, vous vous êtes fait un nom.

Lee but une gorgée de vin avant de prendre la parole.

— Après la réunion de tout à l'heure, je ne suis pas sûr de partager votre point de vue, répondit-il, amer.

— Ne vous en faites pas pour Yelena. Elle changera d'avis quand elle verra tous les bénéfices que Key News tirera de cette affaire, répliqua Nazareth, rassurant.

— Je me sentirais pourtant mieux si vous lui aviez dit la vérité, Linus.

— Nous avons un arrangement, n'est-ce pas ? souffla Nazareth en baissant la voix. Et qu'est-ce qui vous dit qu'elle nous aurait donné son aval ? Non, n'ayez aucune crainte, tout se déroule comme prévu. Ce que nous avons fait est bon pour l'émission… et bon pour votre carrière. C'est tout ce qui compte.

Linus avala un morceau de poulet, puis reprit.

— Au fait, John, je pense qu'il est préférable que nous arrêtions de communiquer par mail. On n'est jamais trop prudent. À partir de maintenant, on ne parle plus de cette histoire qu'en tête à tête.

18

Le médecin plaça son stéthoscope sur le dos de Jérôme.

— Inspirez profondément, lui intima-t-il.

Cet effort provoqua une quinte de toux chez son patient.

— Avez-vous le nez qui coule ?

Jérôme secoua faiblement la tête.

— Non, juste une fièvre persistante, des courbatures et un atroce mal de tête… Et, depuis peu, ces difficultés respiratoires. Sans oublier que je me sens exténué.

— Bon, nous allons procéder à des analyses sanguines et vous faire passer une radio de la cage thoracique.

Des examens bien lourds pour une simple grippe, pensa Jérôme.

— Quelle est votre profession, monsieur Henning ? lui demanda le médecin.

— Je suis producteur à Key News. Je travaille pour « Key to America », précisa-t-il avec difficulté.

— Oh, vraiment ? Je regarde l'émission quasiment chaque jour.

— Oui, je m'occupe de la rubrique littéraire.

— Intéressant… laissa échapper le praticien, songeur.

Un commentaire qui concernait moins l'activité professionnelle de Jérôme que l'endroit où il l'exerçait.

Depuis ce matin, tout le monde parlait de cette histoire d'anthrax… Se pourrait-il qu'il ait entre les mains un patient atteint de cette maladie ?

19

Après Yelena, le FBI voulut à son tour entendre Annabelle.

— Ne devrais-je pas me faire assister d'un avocat ? demanda-t-elle aux deux inspecteurs en leur faisant signe de s'asseoir.

— C'est votre droit le plus strict, répondit Mary Lyons. Cependant, vous n'êtes accusée de rien. Nous avons juste quelques questions de routine à vous poser, lui assura-t-elle d'un air engageant.

— Bien. Je vous en prie…

— Vous êtes la productrice des reportages médicaux de « Key to America » ?

— Oui, c'est exact.

— Et vous avez déclaré tout ignorer des intentions du docteur Lee de se procurer de l'anthrax et de l'introduire dans ces locaux, est-ce toujours exact ?

— Oui. Il avait bien émis l'idée lors d'une réunion, mais je pensais qu'après le refus catégorique de Nazareth il ne persévérerait pas dans cette voie.

Leo McGillicuddy griffonna quelques notes dans son calepin avant de reprendre.

— Savez-vous où il a pu trouver cet échantillon ?

— Je suppose qu'il provient du laboratoire où une partie du reportage a été tourné, répondit Annabelle après quelques instants de réflexion.

— Mais vous n'étiez pas avec Lee à ce moment-là ? lui demanda l'agent McGillicuddy.

Pour une fois, elle bénit les restrictions budgétaires imposées par la direction de la chaîne. Beth Terry n'avait autorisé qu'un seul déplacement – celui du consultant médical – et Annabelle avait dû jongler pour recruter à distance une équipe locale de tournage.

— Non, j'étais restée ici.

— Vous n'avez donc aucune idée des personnes qu'il a pu rencontrer sur place ? enchaîna Mary Lyons.

— Non, je n'en ai aucune.

Une fois les agents partis, Annabelle cliqua sur le dernier mail reçu. Yelena Gregory annonçait à l'ensemble du personnel que les tests préliminaires s'étaient révélés négatifs, aucune présence d'anthrax n'avait été décelée à l'intérieur des locaux. Bien que confiante, elle fut soulagée par cette bonne nouvelle. Elle consulta ensuite son répondeur et apprit qu'elle déjeunerait seule. Sans plus attendre, elle se rendit à la cafétéria.

20

D'ordinaire, il était difficile d'aller et venir dans les bureaux de Key News sans se faire remarquer. Mais, aujourd'hui, avec l'agitation qui régnait dans l'immeuble, s'introduire subrepticement dans le bureau d'Annabelle au moment de la pause déjeuner fut un jeu d'enfant.

Dans une minute tout serait terminé. Une petite minute. Et si jamais quelqu'un entrait, l'excuse était toute trouvée. Quand le distributeur de billets du rez-de-chaussée était tombé en panne, Annabelle avait prêté quelques dollars à ce collègue qui venait les lui rendre. Après tout, c'était vrai. Annabelle lui avait effectivement prêté cet argent qui, à présent, réintégrait la poche de son caban. Un billet de vingt dollars ainsi qu'un mouchoir imprégné de poudre blanche…

Annabelle l'utiliserait certainement. À cette époque, les rhumes sont si fréquents…

21

À son retour de déjeuner, le chroniqueur responsable de la rubrique divertissements de « Key to America » trouva sur son bureau quatre nouveaux CD de musique, trois DVD et deux jeux vidéo qui lui avaient été envoyés dans l'espoir qu'il les présenterait avant Noël.

Russ passa la main dans ses cheveux bruns et bouclés puis rangea les disques et les films dans son attaché-case, laissant les jeux de côté. Il n'avait aucune intention de perdre des heures devant sa console – son temps était trop précieux. Entre les concerts, les comédies musicales à Broadway, les nouveaux films, sans compter les nombreux cocktails auxquels il était convié, il ne savait déjà plus où donner de la tête. Et mieux valait pour lui se rendre là où il était sûr de côtoyer les acteurs, les producteurs et tout le gratin de l'industrie du spectacle, plutôt que de passer son temps à triturer un joystick.

Il s'était arrangé pour partir tôt cet après-midi, de façon à pouvoir passer chez le coiffeur et faire un crochet par la teinturerie récupérer sa veste de soirée. Les producteurs de *Icicle*, un film à grand budget, l'avaient invité à une projection privée suivie d'une soirée au Copacabana. Petits-fours et champagne à volonté. Mais il en faudrait plus pour qu'il présente cette super-production qui, à en juger d'après la bande-annonce, serait un bide retentissant. Au moins aurait-il l'occasion de soigner son relationnel et, qui sait, avec un peu de chance trouverait-il quelques grammes de poudre blanche… Si tout se déroulait comme il l'espérait, il pourrait même être de retour chez lui aux alentours de 22 heures.

22

Le nombre de globules blancs était conforme à la moyenne et les lymphocytes n'avaient pas augmenté de manière anormale, ce qui, en cas de grippe, aurait dû être le cas. Ces résultats d'analyse, ainsi que les taches révélées par la radio des poumons, inquiétaient le chef de service.

— Monsieur Henning, nous allons vous faire passer un scanner et procéder à de nouveaux tests sanguins.

— Vous m'effrayez, docteur, répondit difficilement Jérôme, allongé sur son lit d'hôpital.

— Vous n'avez aucune inquiétude à avoir. Cependant, pour plus de précaution, nous allons vous administrer un traitement à base d'antibiotiques. Un traitement assez fort, je dois l'avouer, j'espère que vous le supporterez.

Une fois sorti de la chambre, le médecin donna ses instructions à l'infirmière en chef.

— Vous allez lui donner du cipro[1], lui intima-t-il.

— Du cipro ? répéta-t-elle, une pointe d'inquiétude dans la voix.

Le docteur acquiesça.

— Les chances sont extrêmement faibles qu'il soit atteint de la maladie du charbon, mais je ne veux prendre aucun risque, lui répondit-il pour la rassurer.

Puis il regagna son bureau. Il devait prévenir sans plus attendre le ministère de la Santé.

23

Quelle journée ! Après avoir supporté Lauren Adams la plus grande partie de la journée, B.J. avait dû suivre Gavin Winston à Wall Street. Il n'avait qu'une hâte : que cette interview s'achève au plus vite afin qu'il puisse remballer son matériel et filer chez lui.

Quel spectacle pitoyable ! En attendant la personne que Winston devait rencontrer, B.J. observait le manège de Gavin qui pérorait devant la jeune stagiaire. Cette dernière, visiblement gênée, ne savait trop quelle attitude adopter. Essayant de ne pas se montrer impolie, elle se forçait à rire tout en ignorant les insinuations tendancieuses du journaliste.

Heureusement pour elle, le porte-parole que Winston devait interviewer arriva, coupant court à ce pitoyable numéro. Le chroniqueur économique reprit aussitôt le

---

1. Cipro, pour l'abréviation de ciproflexine. Selon un communiqué du CDC datant d'octobre 2001, le cipro est avec la pénicilline et la doxycycline l'un des trois antibiotiques capables de traiter le bacille du charbon. *(N.d.T.)*

dessus et Gavin posa à son interlocuteur des questions pertinentes sur l'état du marché et l'avenir des valeurs technologiques. B.J. fut bien obligé d'admettre que Winston avait beau se comporter comme un imbécile, il n'en demeurait pas moins un journaliste hors pair. Du bon boulot. Vraiment.

Le tournage dura à peine dix minutes et B.J. posa enfin sa caméra. En enroulant les câbles, il entendit Gavin qui revenait à la charge.

— Que dirais-tu d'aller prendre un verre, à présent ? demanda-t-il à la jeune stagiaire.

— Euh, je suis désolée, monsieur Winston, mais j'ai déjà quelque chose de prévu, répondit Lily.

Loin d'être découragé par cette rebuffade, Gavin insista.

— Allons, juste un… On n'en aura pas pour très longtemps… J'aimerais bien qu'on parle de tes plans de carrière, tous les deux. Et puis, je t'ai déjà dit de ne pas m'appeler monsieur…

24

Il s'agissait plus d'un léger contretemps que d'un réel problème. Les agents du FBI avaient en effet facilement obtenu le mandat leur permettant de consulter la boîte mail de John Lee.

L'agent McGillicuddy, qui avait imprimé tous les messages que cette dernière contenait, se tourna vers sa partenaire.

— Bon, nous savions déjà que Nazareth était arrogant et imbuvable, nous savons à présent qu'il s'agit aussi d'un fieffé menteur. Jette un coup d'œil sur ces pages… Et quel comédien !

Mary Lyons parcourut les échanges de courriers électroniques entre Lee et Nazareth.

— Tu l'as dit. Il clame haut et fort en conférence de rédaction qu'il s'oppose à l'idée de son consultant médical alors qu'ils sont en fait tous les deux de mèche. Tu crois qu'on devrait prévenir Yelena Gregory ?

McGillicuddy, encore échaudé par le manque de coopération de la présidente de Key News, ne voulut pas en entendre parler.

— Non, laissons ces guignols le découvrir par eux-mêmes.

25

Annabelle arriva chez elle, un carton de pizza dans les mains. Elle remercia Mme Nuzzo et embrassa les jumeaux. Tout en leur versant un verre de lait, elle leur demanda comment s'était passée leur journée.

— On pourrait pas avoir un Coca, maman ? supplia Thomas.

Annabelle, qui se sentait déjà un peu coupable de leur servir un repas aussi peu équilibré, resta ferme.

— Le Coca, c'est pourtant ce qu'il y a de mieux avec la pizza, renchérit Tara.

— Ouais, ça c'est vrai…

— On dit : oui, c'est vrai, le reprit Annabelle. Mais ce soir, vous boirez du lait.

— Les pèlerins, eux, ne buvaient pas de lait, ils prenaient du cidre, déclara Tara, sentencieuse.

Annabelle, qui ne savait d'où Tara tenait cette information, sourit.

— Eh bien, vous imiterez les pèlerins la semaine prochaine. Le jour de Thanksgiving, vous boirez ce que vous voudrez. Mais, ce soir, c'est du lait. C'est ça ou alors vous n'allez pas au cheval samedi.

Thanksgiving était déjà dans une semaine, et la perspective de faire les courses pour ensuite passer des heures devant ses fourneaux la démoralisait. Sans doute commanderait-elle des plats préparés chez le traiteur. Mike n'y verrait sans doute aucune différence. Si tant est qu'il partagerait avec eux ce repas. Depuis des semaines, il ne prenait même plus cette peine, préférant s'enfermer dans la chambre où, seul dans le noir, il regardait la télévision ou ressassait ses idées sombres.

— À l'école, il faut qu'on apporte une tarte au potiron, reprit Tara.

S'il n'y a que ça, ça ira. Il faudra seulement que je pense à en acheter une, songea Annabelle.

— Et il faut qu'on t'aide à la faire, ajouta Thomas.

Eh bien, j'en prendrai une surgelée. Au moins, en ouvrant la boîte et en la mettant dans le four auront-ils l'impression de participer…

Annabelle laissa les enfants terminer leur repas et se dirigea vers la chambre, plongée dans l'obscurité.

— Mike, appela-t-elle doucement.

Pas de réponse.

— Mike chéri, veux-tu une part de pizza ?

Toujours aucune réponse. Annabelle se mordit la lèvre inférieure pour ne pas hurler de désespoir. Puis elle referma la porte et se dirigea vers la salle de bains. Elle ouvrit en grand les robinets de la baignoire, y versa du bain moussant et observa silencieusement la mousse se former. Toujours le même rituel. Une fois lavés, les dents brossées, elle leur lirait une histoire, espérant ce soir qu'ils s'endormiraient rapidement. Elle-même voulait se coucher tôt.

Annabelle avait prévu d'être dès 6 heures dans les bureaux de Key News. Si aucune nouvelle ne venait dans la nuit bouleverser le programme de l'émission, « Key to America » réserverait une large place de son sommaire au docteur Lee. Or ce dernier, contrairement à nombre de consultants, ne préparait jamais ses interventions. Il aimait briller à l'écran, mais laissait à d'autres les basses besognes.

Annabelle se souvint alors qu'elle devait appeler Jérôme pour prendre de ses nouvelles. Elle aurait déjà dû le faire depuis longtemps. Quelle amie attentionnée elle faisait !

*

Les infirmières s'affairaient autour de Jérôme, lui posant un appareil d'aide respiratoire, et personne n'entendit la sonnerie étouffée de son portable, qui retentit dans le placard où étaient rangées ses affaires.

26

À ce rythme, il devrait peut-être prendre un abonnement… C'était son second voyage en moins d'une semaine à Mapplewood.

Il fallait remercier Annabelle d'avoir fait courir la nouvelle que Jérôme avait été hospitalisé. Un coup de fil à Essex Hills et l'information lui avait été confirmée. La voie était donc libre, mais il fallait agir rapidement. Dès que les médecins auraient établi le diagnostic, la maison de Henning serait sans aucun doute fouillée de fond en comble.

Les abords de la gare n'avaient plus aucun secret pour l'inconnu, qui se dirigea sans hésiter vers chez Jérôme sans que quiconque le remarque. Une fois arrivé au numéro 31, il se dirigea sans hésiter vers l'arrière de la maison, comme s'il était attendu. La première fenêtre lui résista, mais la seconde s'ouvrit sans difficulté. Pas assez méfiants, ces banlieusards !

Ne voulant prendre aucun risque, et ne sachant où Jérôme avait bien pu ouvrir sa carte d'anniversaire « surprise », il pénétra dans la maison muni d'un masque de protection et de gants. Il promena le rayon de sa lampe torche au rez-de-chaussée puis emprunta l'escalier qui montait à l'étage, où il trouva enfin ce qu'il cherchait. Sur un bureau en désordre trônait l'ordinateur. Après quelques minutes de recherche, le fichier fut supprimé. Des mois de travail anéantis par un simple clic sur la souris… Puis le visiteur fouilla les tiroirs, se doutant que Jérôme avait dû conserver une sortie papier de son manuscrit. Bingo ! Il s'en empara et déposa à la place un tube à essai contenant de l'anthrax. Quand la police mettrait la main dessus, elle conclurait que Jérôme s'était lui-même contaminé…

Vendredi 21 novembre

27

Joe Connelly avait décidé de passer la nuit dans les locaux de Key News au cas où une mauvaise nouvelle serait venue infirmer les résultats des tests préliminaires. S'il s'avérait qu'une présence d'anthrax avait finalement été détectée, il lui faudrait réagir au plus vite.

Après quelques heures d'un sommeil haché, il prit une douche dans le cabinet de toilette attenant à son bureau et enfila les vêtements de rechange qu'il y conservait toujours en cas de coup dur.

Avant de regagner le poste de sécurité, Connelly effectua un crochet par la cafétéria pour y prendre une tasse de café. Un grand calme régnait dans cet endroit d'ordinaire si bruyant et, à part Edgar qui remplissait son chariot, il ne croisa âme qui vive.

— Bonjour, chef, lui lança ce dernier en souriant.

— Alors, comment ça va ce matin ? s'enquit le responsable de la sécurité.

— Bien. Je vais bien, merci, répondit Edgar.

Au moins quelqu'un d'honnête, pensa ce dernier en regardant Connelly s'éloigner. La caissière n'était pas encore arrivée mais il avait tout de même déposé une pièce dans la soucoupe prévue à cet effet. Ce qui n'était

pas le cas de tout le monde… Combien étaient-ils à res-
quiller ? À oublier de payer ou à s'emplir les poches de
sachets de thé ? Il y a quelques jours seulement, Edgar
avait même surpris quelqu'un au-dessus de tout soupçon vider un sucrier entier dans un sac en plastique.
Mais, comme à son habitude, il n'avait rien dit. Ne pas
faire de vagues…

28

Annabelle qui prenait d'ordinaire les transports en
commun pour se rendre sur son lieu de travail préféra
ce matin venir en taxi. Il faisait encore nuit quand le
chauffeur la déposa devant l'entrée de Key News. À
peine fut-elle descendue de voiture qu'une limousine
se gara devant la porte. Sans aucun doute l'un des ani-
mateurs de « Key to America », qui avaient droit à ce
traitement de faveur vu l'heure à laquelle commençait
l'émission.

Elle fut heureuse de constater que c'était Constance
qui descendait de la voiture, et non Harry Granger. Elle
se précipita aussitôt vers son amie et l'enlaça. Toutes
deux s'embrassèrent chaleureusement.

— Mais, dis-moi, tu t'es offert un nouveau manteau, remarqua Constance en caressant l'épaule d'Annabelle.

— Tais-toi, si jamais les ligues de protection des
animaux ou les comités antifourrure m'apercevaient, ils
m'aspergeraient de peinture rouge. Et puis cette veste
n'a rien de neuf. Elle a même une quinzaine d'années.
Disons plutôt que c'est une relique, d'accord ?

Après avoir sorti leur badge électronique, les deux amies pénétrèrent ensemble dans le hall de la chaîne. En pleine lumière, Annabelle ne put qu'admirer le teint d'albâtre du visage sans défaut de Constance.

— Tu m'as manqué, hier. Comment s'est passé ton voyage ? s'enquit Annabelle.

— Bien, répondit Constance. J'ai rapporté toutes les images dont j'avais besoin et j'ai même réussi à caser un déjeuner avec mon ancien boss. En revanche, partir pour Boston juste après l'émission d'hier matin m'a plombé le moral. Raconte-moi vite tout ce qui s'est passé.

Annabelle lui fit un rapport complet des entretiens qu'elle avait eus avec la présidente puis avec le FBI.

— Yelena semblait vraiment furieuse, et John Lee en a pris pour son grade. Je n'aimerais vraiment pas être à sa place en ce moment… Remarque, je n'aimerais pas non plus être à celle de Yelena, reprit Annabelle après quelques instants de réflexion.

29

Yelena passa un long moment sous le jet brûlant de la douche. Si seulement je pouvais rester là indéfiniment, pensa-t-elle. Balayant aussitôt cette idée tant la journée s'annonçait chargée. Au prix d'un immense effort, elle enfila son peignoir et commença à se sécher. Vigoureusement d'abord, puis plus doucement quand elle approcha de la cicatrice que lui avait laissée son hystérectomie – marque encore bien visible des enfants qu'elle n'aurait jamais. Quand elle était encore jeune, elle se disait qu'elle avait tout le temps de devenir mère. Une fois qu'elle aurait une situation stable… Une fois qu'elle aurait rencontré le père idéal… Mais sa carrière ne lui avait laissé aucun répit. Elle s'était investie sans compter et les hommes qu'elle avait fréquentés s'étaient vite lassés de se voir reléguer au second plan. Puis, au fur et à mesure qu'elle progressait dans la hiérarchie, Yelena s'était rendue à l'évidence que les seuls hommes qu'elle côtoyait n'étaient autres que des relations de travail ou ses collègues de Key News. Une fois, une seule, elle avait eu une aventure avec l'un d'eux. Mais cette liaison s'était révélée désastreuse. Pete Carlson s'était en fait servi d'elle pour l'avancement de sa propre carrière, et Yelena n'avait toujours pas surmonté cet échec sentimental.

Tandis qu'elle s'appliquait une crème hydratante sur le visage, Yelena ne put que constater la fuite du temps en observant l'image que lui renvoyait le miroir de la salle de bains. Les années avaient filé. Des années riches en succès professionnels, des années intenses, mais uniquement dédiées à Key News, son bébé. Son unique enfant. Car, à cinquante-trois ans, elle savait qu'elle n'en aurait pas d'autres. Elle doutait même de jamais se marier…

Le seul avantage de la situation était qu'elle pouvait se consacrer entièrement à la chaîne. Surtout en cette période agitée où celle-ci était menacée. Yelena ferait tout ce qui est en son pouvoir pour que cet épisode n'entache pas la crédibilité de Key News. Rien ne comptait plus à ses yeux que de voir la chaîne conserver son statut. Grâce à elle, Key News s'était hissée au rang des meilleures chaînes d'information. Pour rien au monde, elle ne laisserait s'effondrer le travail d'une vie. D'autant que l'organisation était bonne, qui reposait sur des hommes et des femmes compétents et créatifs.

Yelena veillait personnellement au recrutement des cadres dirigeants et des journalistes, cherchant à séduire les plus talentueux pour qu'ils viennent renforcer ses équipes. Et cet investissement s'était révélé payant. « Key Evening Headlines », l'émission présentée par Elisa Blake, progressait régulièrement dans les sondages et talonnait à présent les éditions de soirée présentées par de vieux briscards comme Rather, Jennings et Brokaw. « Hourglass » avait trouvé son public sur un créneau pourtant difficile, celui du prime time. Et « Key to America » avec sa formule gagnante de deux heures, mêlant informations, reportages, économie, loisirs et culture, dominait la tranche matinale.

Pourtant, certains ne jouaient pas le jeu. Yelena pensait en particulier à Linus Nazareth, que son ego démesuré poussait souvent à privilégier ses propres intérêts plutôt que ceux de la chaîne. Il dirigeait « Key to America » comme s'il s'agissait de sa propre boutique, se montrant souvent odieux et irrespectueux envers ses collaborateurs, persuadé – à tort – qu'il ne risquait rien tant que les taux d'audience seraient bons. En fait, Yelena le gardait surtout pour qu'il ne rejoigne pas la concurrence. Mais, si sa réputation était écornée, ni CBS, ni ABC, ni NBC ne voudraient de lui… Et, pour peu qu'elle lui laisse suffisamment de corde, il serait même capable de se pendre lui-même. Alors, autant laisser faire le temps.

30

Les résultats définitifs des analyses n'étant toujours pas connus, la décision avait été prise de diffuser « Key to America » depuis les studios de « Key Evening Headlines » – détails dont s'était chargée Beth Terry.

L'actualité de la nuit n'avait apporté aucune nouvelle sensationnelle. Aussi Linus Nazareth, dont les plans n'avaient pas été bouleversés, put-il consacrer la majeure partie de l'émission au sujet qui lui tenait à cœur. Ce qu'Annabelle constatait depuis la salle de contrôle.

— Oui, Constance, depuis hier soir, l'agitation est à son comble. Mais rien qui ne fût prévisible, poursuivit le docteur Lee, s'écoutant parler. Mon but était de rendre public le danger qui nous menace tous. Et je crois, il faut bien l'admettre, que nous avons réussi au-delà de nos espérances.

Avant d'enchaîner, la présentatrice jeta un coup d'œil rapide à ses notes.

— Effectivement, ponctua-t-elle. Mais il n'en demeure pas moins que les autorités veulent savoir où vous avez obtenu cet échantillon d'anthrax. Qu'allez-vous leur répondre ?

Le docteur Lee, tout en gardant la pose, adopta une expression hautaine que vint souligner un sourire suffisant.

— Je ne leur ferai aucune confidence, Constance. Un journaliste se doit de préserver ses sources, sans quoi il perd toute crédibilité. Et, par là même, j'espère rassurer tous ceux qui nous livrent des informations confidentielles : continuez à faire confiance aux médias, votre anonymat sera toujours respecté…

Annabelle était écœurée par ce numéro, mais un coup d'œil rapide à l'autre bout de la salle lui fit comprendre que tous ne partageaient pas son opinion. Comme s'il avait senti son regard, Linus lui adressa un clin d'œil et l'apostropha.

— Alors, je compte sur toi dimanche prochain ? lui lança-t-il à haute voix, comme s'il cherchait à la mettre mal à l'aise.

Annabelle savait que Nazareth ne l'appréciait pas vraiment, et qu'elle soit ou non présente lui importait certainement peu. Mais elle avait aussi entendu dire que cette journée rituelle faisait partie des obligations. Ceux qui par le passé avaient manqué la traditionnelle fête autour de l'écran géant qui diffusait la finale du Super-bowl[1] avaient par la suite connu quelques déconvenues professionnelles – pour employer un euphémisme.

— Bien sûr, Linus, compte sur moi, lui répondit-elle mal à l'aise avant de se pencher sur son bloc-notes.

Un dimanche en moins loin des siens, pensa-t-elle en silence. Mais c'est le boulot…

31

Pour Gavin Winston, le maquillage était toujours une corvée. Cependant nécessaire, pensa-t-il en s'observant dans la glace de la loge. Quelle mine de déterré ! Ces traces de couperose et ces cernes marqués que faisait

---

1. Finale du championnat de football américain. Un événement qui chaque année bat des records d'audience.

ressortir son teint cadavérique… Mais qu'espérer de mieux après plusieurs nuits d'insomnie ?

Les rumeurs qui couraient depuis plusieurs jours dans les milieux autorisés avaient éclaté au grand jour dans l'édition matinale du *Wall Street Journal*. Une pleine page était consacrée au délit d'initié dont s'étaient rendus coupables les dirigeants de la firme Wellstone, un fonds de pension dont la faillite ruinerait plusieurs milliers d'épargnants. Encore une fois, ceux qui étaient dans la confidence avaient revendu leurs actions à temps et engrangé de confortables plus-values, tandis que les petits porteurs s'étaient fait flouer.

Winston était d'autant plus mal à l'aise à l'idée d'avoir à présenter ce sujet qu'il se sentait impliqué dans ce scandale. Ayant, de par sa position privilégiée, eu vent de certaines informations confidentielles, il s'était empressé d'en tirer profit. Il avait vendu au plus haut et empoché un véritable pactole…

32

Après le premier flash d'informations, Constance se tourna vers Caridad Vega qui se tenait devant la carte météo.

— Alors, Caridad, pouvez-vous nous dire ce qui nous attend ce week-end ?

— Eh bien, Constance, à mon grand regret, je suis obligée d'admettre que le temps ne sera pas fameux. Et les habitants du Nord-Est en particulier auront du mal à croire que l'hiver ne débute que dans un mois.

Une tempête de neige est en effet annoncée, poursuivit-elle en pointant des courants d'air froid sur la carte. Un front glacial en provenance du Canada va gagner toute la région, entraînant une chute brutale des températures. Alors, un conseil, sortez vos bonnets, vos gants et vos écharpes.

Annabelle se demanda si les après-ski de l'année dernière iraient encore aux jumeaux. Ce dont elle douta.

— Le reste du pays connaîtra des températures de saison et un week-end relativement ensoleillé, poursuivit Caridad.

Les veinards, pensa Annabelle.

33

« Un nouveau film époustouflant ! Un scénario bien ficelé et des acteurs au sommet de leur art ! Croyez-moi, on n'a pas fini d'entendre parler de *Icicle*… »

De retour dans son bureau où elle avait décidé de suivre la fin de « Key to America », Annabelle fut stupéfiée d'entendre Russ Parrish encenser cette superproduction que tous considéraient comme un navet. Le critique cinéma du *New York Times* avait descendu *Icicle* ce matin. De même que ses confrères du *Washington Post* et du *Daily News*. Intriguée, Annabelle se saisit de la télécommande et changea de chaîne. Au moment même où Russ parlait de chef-d'œuvre, le chroniqueur du « CBS Early Show » évoquait l'un des plus gros bides de ces dernières années…

La critique reste certes un exercice subjectif, où la sensibilité de chacun s'exprime, mais comment expliquer que l'opinion de Russel fût si radicalement différente de celle de ses confrères ?

34

Constance profita d'une page de publicité pour relire l'entame du sujet qu'elle lancerait une fois le direct revenu. Une lumière rouge s'alluma au-dessus de la caméra. La maquilleuse qui était venue réajuster son fond de teint s'éclipsa et le chef de plateau lui fit signe d'y aller.

— Ce week-end, nous célébrerons un bien triste anniversaire. Il y a quarante ans, le Président John Fitzgerald Kennedy était assassiné à Dallas. Pour beaucoup, cet événement correspond au jour où l'Amérique perdit son innocence.

Un montage réalisé à partir de films d'époque fut alors diffusé, qui montrait le Président Kennedy et son épouse Jackie à leur descente d'avion, puis le couple dans la limousine décapotable qui remontait les rues de Dallas, avant que, soudain, les images en noir et blanc ne deviennent plus floues.

Je n'étais même pas née, pensa Annabelle en regardant la fin du sujet.

— Mais, pour une plus jeune génération d'Américains, le jour dont ils se souviendront comme ayant marqué la fin de leur innocence est sans conteste le 11 septembre 2001. Surtout que beaucoup de nos compatriotes souffrent encore de maux liés à cette tragédie…

C'est le cas de Mike, songea tristement Annabelle. Merci de remuer le couteau dans la plaie… Hélas son mari n'était pas un cas isolé. Elle avait lu que près de cinq cent mille New-Yorkais avaient fait une dépression directement liée à ces attentats. Des chiffres qui paraissent énormes si l'on oublie qu'environ trois mille personnes étaient mortes ce jour-là. Des victimes qui toutes avaient de la famille, des amis, des collègues… Autant de gens qui devaient continuer à vivre avec le souvenir des proches qu'ils avaient perdus de manière si brutale.

Les pompiers étaient ceux qui avaient payé le plus lourd tribut : trois cent quarante-trois soldats du feu avaient péri dans les décombres des tours jumelles en se sacrifiant pour sauver d'autres vies. Depuis, nombre de survivants étaient hantés par leurs camarades disparus. Ils se sentaient coupables d'être toujours en vie – pourquoi eux et pas moi ? – ou ressassaient les mêmes questions, se demandant sans cesse ce qui aurait dû être fait différemment. Si seulement les secours avaient été mieux structurés… Si les radios avaient fonctionné… Si les tours ne s'étaient pas écroulées… Si, si, si…

Annabelle s'était abondamment documentée. Puisque Mike avait sombré, il lui semblait que, plus elle en saurait sur la question, plus elle serait en mesure de lui venir en aide. Mais, chaque fois qu'elle abordait le sujet, l'implorant de crever l'abcès, elle obtenait les mêmes résultats. Mike se mettait à hurler comme un fou ou, ce qui était peut-être pire, se refermait sur lui-même.

En regardant la fin du document retraçant la tragédie du 11 septembre – un film apuré où n'apparaissait pas l'image de ces corps sautant dans le vide pour échapper

aux flammes –, Annabelle put une nouvelle fois imaginer ce que Mike avait bien pu ressentir. Imaginer,
seulement, puisqu'il refusait d'en parler.

35

Une fois l'émission terminée, Annabelle descendit à
la cafétéria et remplit deux gobelets de café. Cherchant
en vain le lait du regard, elle se tourna vers Edgar.

— Je suis désolée de vous déranger, mais je crois
bien qu'il n'y a plus de lait.

— Pas de problème, je vais vous en chercher.

Il revint peu de temps après avec une brique qu'il
lui tendit.

— Oh, merci, Edgar.

Il la regarda verser le liquide blanc dans les tasses
puis alla déposer le carton entamé près des cafetières.
Vraiment quelqu'un de gentil et d'attentionné, pensa-
t-il. Pas comme tous ceux qui ne lui adressaient jamais
un mot.

Annabelle était en train de se servir une salade de
fruits quand une femme accompagnée de deux jeunes
enfants vêtus d'anorak de ski fit son apparition dans la
cafétéria.

— Oncle Edgar, s'exclama le plus petit des deux en
courant vers ce dernier les bras ouverts.

— Comment va mon Willy ? s'enquit Edgar, age-
nouillé, qui enlaça son neveu. Bon anniversaire, mon
grand.

En observant les enfants, dont l'aîné était resté en
retrait près de sa mère, Annabelle estima qu'ils devaient

avoir trois et quatre ans. Sentant son regard, la sœur d'Edgar lui adressa un sourire. Annabelle le lui rendit et s'approcha.

— Quelle aventure de venir ici rendre visite à son oncle, hein ? demanda-t-elle à l'enfant en se penchant vers lui. Mes jumeaux sont chaque fois excités quand ils m'accompagnent au bureau.

La dernière fois qu'elle était venue à Key News avec Tara et Thomas, Constance avait accepté de les prendre sur ses genoux après l'émission tandis que les caméras filmaient encore. Depuis, ils ne cessaient de repasser la cassette les montrant dans le studio de « Key to America », trônant sur le siège de la présentatrice. Annabelle aurait aimé pouvoir offrir aux neveux d'Edgar le même souvenir, mais l'effervescence qui régnait en ce moment rendait la chose impossible. Aussi souhaitait-elle un bon anniversaire à Willy avant de regagner son étage.

Elle se dirigea vers le bureau de Constance qui venait juste de quitter le plateau et lui tendit un gobelet.

— Exactement ce dont j'avais besoin, la remercia son amie en enlevant le couvercle en plastique qui le recouvrait. Alors, du nouveau ?

— Non, lui répondit Annabelle. Comme je te le disais tout à l'heure, je pense que le FBI m'a crue quand je leur ai dit que je n'avais rien à voir avec les manigances de Lee. Reste à prier pour que Yelena soit de cet avis… Tu sais que j'ai besoin de ce job.

Constance acquiesça, puis reprit :

— Et à la maison, comment ça se passe ?

— J'attends que le nouveau traitement de Mike fasse effet. Mais bon, ça ne fait que deux semaines qu'il l'a commencé. Enfin, j'espère qu'il prend vraiment ses médicaments… ajouta-t-elle en baissant la voix.

— Je ne sais pas quoi dire, Annabelle, enchaîna la présentatrice. Ça peut te sembler idiot, mais je suis persuadée que tout va finir par s'arranger. Mike est un type formidable, il va s'en sortir. Crois-moi.

— Je voudrais pouvoir en être sûre, lui répondit Annabelle qui sentait venir les larmes. En ce moment, je suis à cran.

— Je ne sais pas comment tu fais pour être si forte et te battre sur tous les fronts. Je suis vraiment admirative.

— Tu plaisantes? ne put s'empêcher de dire Annabelle en riant. Toi, m'admirer? Tu es brillante, tu as un poste formidable, tout le monde t'envie, le public t'aime…

— Oui, oui, je sais tout ça. Et crois bien que je suis consciente de ma chance. Seulement, il se trouve que je peux agir en égoïste. Moi, vois-tu, je n'ai personne sur qui veiller.

— Est-ce un regret?

Constance réfléchit quelques instants avant de répondre.

— Non, je ne pense pas. Les choses sont comme elles sont. Qui sait où je serais aujourd'hui si j'avais rencontré le prince charmant, avec qui j'aurais eu de beaux enfants? Mais ce n'est pas le cas… Et, pour le moment, ma vie me plaît… Tiens, au fait, avant que j'oublie…

Constance sortit de son sac un comprimé, qu'elle avala.

— Qu'est-ce que c'est? s'enquit Annabelle.

— Du cipro. J'ai décidé de suivre le traitement. Je préfère ne prendre aucun risque.

84

Annabelle ne voulut pas juger Constance. Après tout, comment aurait-elle réagi si un inconscient avait agité un flacon d'anthrax sous son nez ? Les deux amies finirent leur café en médisant de John Lee, s'interrogeant sur la tournure qu'allait désormais prendre sa carrière.

— Bon, ce n'est pas le tout, fit Annabelle en se levant. Mais il est temps que j'aille retrouver le cher docteur.

— Bonne chance. Moi, j'ai quelques coups de fil à passer, et je pars à Washington voir ma mère.

— Oh, non ! Ne me dis pas que tu vas manquer la fête chez Linus…

— Ah, si seulement je pouvais échapper à cette corvée ! Mais, rassure-toi, je rentre dimanche en début d'après-midi et serai donc fidèle au poste.

— Tant mieux, parce que je vais avoir besoin de soutien.

Constance eut une moue de dégoût.

— Moi aussi, je risque fort d'avoir besoin de soutien. Rien que l'idée de voir Lauren Adams tourner autour de Linus pour prendre ma place me donne des frissons. Je sais pertinemment qu'elle veut mon poste et qu'elle est prête à tout pour l'obtenir.

— Constance, réagit Annabelle avec force. Elle n'a aucune chance de présenter « Key to America ». Elle ne t'arrive même pas à la cheville. Tu en es consciente, au moins ?

— Oui, tu as sans doute raison. Mais nous savons toutes deux que, dans ce métier, des choses plus surprenantes encore se sont déjà produites…

36

— C'est une mauvaise plaisanterie ? demanda Joe Connelly, incrédule.

Encore sous le choc, le chef de la sécurité ne voulait pas croire son interlocuteur. Il raccrocha cependant et mit quelques instants à digérer l'information. Le pire étant à venir : il lui incombait de prévenir Yelena. Quelle serait sa réaction ? La colère froide, à n'en point douter. Et elle aurait toutes les raisons de réagir ainsi. Comment sauver la réputation de Key News après un tel coup de massue ? D'autant que les chaînes concurrentes allaient s'en donner à cœur joie… Sans parler de la confiance des téléspectateurs, qui s'en trouverait altérée…

Et comment qualifier l'attitude de cet abruti de Lee ? Ne savait-il donc pas que la vérité finissait toujours par éclater ?

Les résultats des tests étaient formels : la substance contenue dans la fiole que ce crétin avait agitée à l'antenne n'était pas de l'anthrax !

37

Annabelle se tenait à côté de John Lee quand Yelena Gregory fit son entrée dans la salle de projection. Toute arrogance disparut aussitôt du visage de Lee, son teint devenant même livide quand Yelena lui assena la nouvelle.

— Mais c'est impossible ! s'étrangla-t-il.

— Oui, c'est impossible, John, comme toute cette affaire. Un simple malentendu. Le malentendu du siècle. Ni plus ni moins, poursuivit la présidente de Key News.

Annabelle admira Yelena, dont le ton restait égal. Elle remarqua pourtant ses mains qui tremblaient.

— Mais, non ! Mon contact n'a pas pu me faire ce coup-là… s'écria Lee, complètement hors de lui.

— Un coup ? Quel coup ? lui rétorqua Yelena d'une voix toujours aussi sourde. Toujours est-il que c'est Key News qui subit les conséquences de ce coup, comme vous dites. Et quel contrecoup… Depuis des années, nous nous battons pour hisser la chaîne au niveau des autres médias nationaux. Croyez-vous que je vais laisser passer un tel scandale ?

Lee devint livide.

— Mais… Je… Je vous promets, Yelena, bafouilla le médecin. J'étais persuadé qu'il s'agissait bien d'anthrax. Je ne savais pas que la fiole contenait du sucre en poudre. Je vous le…

— Comment voulez-vous que je vous croie ? Je ne vous fais plus confiance, Lee. Du reste, vous ne faites plus partie de l'équipe. Vous êtes mis à pied.

38

Le bureau de Beth Terry regorgeait de photos d'enfants, bien qu'aucun ne fût le sien. Uniquement des neveux, des nièces ou des filleuls. Des bambins qui l'appelaient tante Beth et qu'elle choyait à la moindre occasion. Un anniversaire, le passage dans une classe supérieure, Noël… Elle ne manquait jamais aucun événement. Et, chaque fois, elle leur offrait des cadeaux qui leur faisaient vraiment plaisir, pas uniquement des vêtements ou des livres. Quand tante Beth arrivait les bras chargés, tous savaient que ses paquets contenaient les jouets en vogue du moment ou les derniers jeux vidéo.

Beth, qui passait ses week-ends à arpenter les grands magasins et les boutiques, était au courant de tout. À tel point que ses collègues de « Key to America » venaient souvent lui demander conseil quand ils étaient en manque d'idées – ce dont elle tirait une certaine fierté. Après tout, le shopping était l'une de ses occupations favorites.

Les fins de semaine étaient généralement des moments calmes pour Beth. Ses amis qui avaient une famille consacraient ces moments à leurs proches, tandis que les célibataires profitaient des nombreuses distractions qu'offrait Manhattan. Aussi, contrairement à la plupart de ses collègues, attendait-elle le lundi matin avec hâte. Pour enfin retrouver l'agitation de la chaîne et résoudre les divers problèmes logistiques qu'impliquait la réalisation quotidienne d'une émission telle que « Key to America ». Et aussi pour retrouver Linus…

Elle ne pouvait s'empêcher de penser qu'une aventure était possible entre eux, même si, pour être honnête avec elle-même, elle devait bien admettre que ce dernier ne lui avait jamais laissé entrevoir le moindre espoir. Pourtant, les phrases qu'il lui répétait sans cesse quand ils travaillaient ensemble lui faisaient chaud au cœur. Dès qu'il lui disait : « Je ne sais pas ce que je ferais sans toi, Beth », ou encore : « J'ai de la chance de t'avoir à mes côtés », en posant sa main sur son épaule de manière protectrice, elle se mettait à rêver…

Elle savait que Linus ne faisait pas l'unanimité. Certains le craignaient, d'autres le méprisaient, et bon nombre disaient du mal de lui dans son dos. Mais, pour Beth, Linus Nazareth possédait toutes les qualités qu'elle recherchait chez un homme. En fait, il représentait pour elle l'idéal masculin. Elle connaissait de plus un aspect de sa personnalité ignoré de tous. Aussi était-elle heureuse qu'il lui ait confié, cette année encore, ses achats de Noël. Cependant, malgré son sens de l'organisation, le temps lui ferait défaut pour effectuer tous les cadeaux qu'elle avait planifiés. Heureusement, Internet existait. Elle alluma son ordinateur, cliqua pour se connecter au web et laissa ensuite ses doigts « faire leur course » sur le clavier.

39

Yelena Gregory mettait un point d'honneur à assister autant que son emploi du temps le lui permettait aux réunions éditoriales de « Key to America ». Aujourd'hui, elle n'aurait manqué pour rien au monde le speech qu'allait adresser Linus à ses troupes au sujet de cette histoire d'anthrax. Elle prit place autour de la longue table et s'assit au milieu des autres membres de l'équipe.

Nazareth fit son apparition peu de temps après, le visage pourpre, la cravate desserrée et les manches de chemise retroussées.

Prêt pour le combat, pensa Yelena.

À peine entré, il envoya son ballon de football américain vers Russ, qui le réceptionna avec difficulté. Linus lâcha aussitôt un juron, puis enchaîna :

— Voilà qui résume à merveille l'émission d'hier, tonna-t-il. Une succession de passes mal ajustées…

Le silence se fit aussitôt.

— Mais il va falloir que cela change. À cause de la stupidité de Lee, nous nous sommes couverts de ridicule. Comme vous le savez sans doute déjà tous, la fiole que ce bouffon a exhibée en direct ne contenait pas le moindre gramme d'anthrax. Il s'agissait de sucre… Du vulgaire sucre en poudre… Tout son reportage n'était qu'une vaste fumisterie. Il nous a mis hors jeu. Et c'est nous tous qui aujourd'hui devons payer pour son inconséquence. Alors, il va falloir inverser la tendance et se mettre au boulot. Je veux que tout le monde donne son maximum et tire dans le même sens. Je vous préviens tout de suite, je n'accepterai pas longtemps d'être le coach d'une équipe bancale…

Personne n'osa émettre le moindre commentaire.

Linus reprit alors le ballon ovale que Russ avait posé devant lui et le lança en l'air. Avant même de l'avoir rattrapé, il poursuivit :

— Notre public doit continuer à nous faire confiance, à suivre notre jugement. Même si sa confiance a été ébranlée, il ne faut en aucun cas qu'il se détourne de Key News et aille sur les chaînes concurrentes. « Key to America » est devenu leader sur son créneau horaire, et j'entends bien que l'émission le reste. Alors je compte sur vous. La partie va être serrée et la semaine prochaine sera décisive. En effet, bon nombre de téléspectateurs vont guetter notre réaction. Sans parler de la concurrence… Alors, croyez-moi, on n'a pas le choix.

Il va falloir casser la baraque, s'exclama-il en tapant un grand coup de poing sur la table. On va les épater en leur offrant des moments de télévision dont ils se souviendront longtemps. À tel point que l'idée de faire des infidélités à « Key to America » ne leur viendra même plus et que notre erreur sera bien vite oubliée.

Le producteur exécutif se tourna ensuite vers sa présentatrice vedette.

— Constance, je compte sur toi pour les charmer, les ensorceler. Toi, Harry, ne change rien, et tout se passera bien, précisa-t-il en flattant l'ego du coprésentateur de l'émission. Quant à vous autres, je veux que chacun soit à 110 %. Je n'accepterai pas moins. Et si j'en vois un flancher, il sait ce qui l'attend : la porte !

Un bref coup d'œil à la cantonade, et Linus comprit que son message était passé.

— Bon, Dominick, expose-nous les grandes lignes des opérations.

Le bras droit de Nazareth se leva et commença à arpenter la salle de conférence.

— Le thème que nous avons retenu pour la semaine de Thanksgiving est le suivant : « Vacances à New York. » Chaque matin, Constance et Harry présenteront l'émission d'un endroit différent. Lundi, le Radio City Music Hall. Mardi, Ellis Island et la Statue de la Liberté. Mercredi, nous serons dans les grands magasins, et nous en profiterons bien sûr pour faire admirer les vitrines. Jeudi, Macy's et sa traditionnelle parade. Il n'y a que vendredi où rien n'est encore arrêté. Mais comme il s'agit de la journée de l'année où tout le monde fait son shopping de Noël, peut-être pourrions-nous aller sur la 5e Avenue, suggéra Dominick.

— Ou bien faire l'émission depuis le studio, intervint Gavin. Après tout, qui regarde la télévision à cette heure le lendemain de Thanksgiving ?

Linus se tourna aussitôt vers le consultant économique et lança violemment son ballon dans sa direction.

— Mais je me fous que tout le monde fasse la grasse matinée ce matin-là ou soit déjà en route pour les magasins. On prépare cette émission comme si les gens n'avaient rien de mieux à faire que la regarder. D'autant que c'est la dernière de notre semaine cruciale. On ne va quand même pas arrêter la partie avant le coup de sifflet final !

Pour bien enfoncer le clou, Linus répéta sa devise d'une voix sentencieuse, bien que tous la connaissent par cœur.

— Gagner n'est pas essentiel, Gavin. Gagner est l'unique enjeu.

Du coup, ceux qui jusqu'à la fin de la réunion prirent la parole le firent uniquement pour apporter des idées constructives ou émettre des suggestions « positives ». Une demi-heure plus tard, tous les membres de l'équipe rassemblaient leurs affaires et s'apprêtaient à quitter la salle.

— Attends une minute, Annabelle. J'ai deux mots à te dire.

Surprise, elle sursauta et le contenu de son sac se répandit sur la table. Elle rougit aussitôt et se dépêcha d'y remettre le manuscrit de Jérôme pendant que ses collègues s'éloignaient.

— Annabelle, poursuivit Linus Nazareth. Étant donné que tu n'as plus de journaliste attitré, je propose que la semaine prochaine tu ailles donner un coup de main aux équipes sur le terrain. Va voir Dominick, il t'expliquera.

40

Au beau milieu du speech du producteur exécutif, Gavin Winston décrocha et son esprit se mit à papillonner vers de plus réjouissantes pensées. En l'occurrence, Lily, la jeune et jolie stagiaire qu'il observait à la dérobée. Assise sagement dans un coin de la salle de conférence, elle semblait fascinée par le charabia que Linus Nazareth assenait avec conviction.

Lily était bien trop tendre pour ce métier, pensat-il tout en imaginant qu'il caressait ses longs cheveux blonds. Elle ferait bien mieux de trouver un gentil petit mari avec qui elle élèverait de beaux enfants. Il se mit un instant dans la peau de celui-ci. Quelle chance de retrouver chaque soir la douce Lily…

Mais, comme la plupart des stagiaires de « Key to America » que Gavin avait poursuivies de ses assiduités, Lily rêvait de journalisme télévisé. Ah, l'attrait suscité par le monde magique du petit écran ! Elle avait déjà un plan de carrière tout tracé. Une grande université, quelques stages et, une fois le diplôme en poche, un premier poste dans une chaîne locale avant d'intégrer enfin une rédaction nationale. Constance Young, Elisa Blake, gare à vous, la jeune Lily veut votre place !

Elle lui avait fait part de ses projets hier soir, après qu'elle eut finalement accepté de venir boire un verre avec lui. Gavin l'avait écoutée et avait proposé de l'aider à atteindre son but, pensant en lui-même : « Mais ce ne sont pas tes projets de carrière qui m'intéressent, si tu savais... »

Une fois la réunion terminée, au cours de laquelle il s'était « réveillé » pour se faire rabrouer, Gavin regagna son bureau et ouvrit sa boîte mail. Il tapa l'adresse qui avait été attribuée à Lily pour la durée de son stage et lui envoya le message suivant :

Ma chère Lily,

J'ai passé hier soir un excellent moment en ta compagnie. Découvrir ta personnalité était vraiment passionnant. Lily, tu es une jeune fille remarquable, dont l'avenir semble tout tracé. Tu as choisi une voie merveilleuse, mais ô combien difficile. Faire son trou dans cet univers souvent impitoyable n'est pas chose aisée, et l'on a souvent besoin de quelqu'un sur qui compter, d'un guide en quelque sorte. Je pourrais être cette personne, Lily. J'aimerais pouvoir t'aider. Mais, pour cela, j'ai besoin de mieux te connaître. D'identifier tes forces et tes faiblesses. Il serait donc bon que nous passions plus de temps ensemble. Commençons par un dîner la semaine prochaine. Que dirais-tu de lundi ?

À très bientôt.
Gavin

41

Deux membres de la sécurité en uniforme stationnaient devant l'entrée du bureau de John Lee, attendant qu'il ait fini de ranger ses affaires personnelles pour le raccompagner jusqu'à la sortie de l'immeuble.

Annabelle, qui l'aidait à remplir ses cartons, trouvait la situation humiliante. Surtout quand elle décrocha du mur le diplôme de docteur en médecine de Lee. Un matin, vous pénétrez dans le hall d'une des plus importantes chaînes du pays, où vous travaillez. Le suivant, vous êtes devenu *persona non grata*, le ver à l'intérieur du fruit. Votre badge électronique a été désactivé et vous ne pouvez plus entrer. Vous êtes désormais indésirable…

Annabelle avait déjà entendu parler de mises à pied aussi brutales, de personnes qui s'étaient ainsi fait licencier avec perte et fracas, mais jamais elle n'avait assisté à une telle scène. Et elle espérait bien ne jamais revivre de tels instants. Non que Lee fût quelqu'un qu'elle appréciât, bien au contraire. Mais personne ne méritait un tel traitement.

— Je ne vais pas pouvoir tout prendre avec moi, lui dit Lee d'un ton las.

— Oui, je m'en doutais, répondit Annabelle. C'est pourquoi j'ai demandé aux appariteurs de passer un peu plus tard. Ils livreront chez toi ce que tu ne peux pas emporter. En fait, si tu veux y aller, n'hésite pas. Je finirai de tout emballer.

— Oui, je te remercie, je n'ai vraiment pas envie de m'éterniser ici. Je finis juste de ranger mon bureau et j'y vais.

À ce moment le téléphone sonna. Annabelle se dirigea vers une étagère qu'elle débarrassa de ses livres et fit semblant de ne pas prêter attention à la conversation tendue.

— C'est seulement maintenant que vous me rappelez, l'entendit-elle proférer d'une voix sourde et menaçante. Comment avez-vous pu me faire un coup pareil ?

John Lee laissa son interlocuteur parler, puis reprit :

— À d'autres ! Les tests sont formels. Vous deviez me fournir de l'anthrax et vous vous êtes foutu de moi. Résultat, je me suis discrédité en exhibant du sucre en poudre…

La personne au bout du fil parla un long moment avant qu'Annabelle entende Lee conclure l'entretien, affolé.

— Mais si ce que vous dites est vrai, si vous me jurez que la fiole contenait bien de l'anthrax… Qu'a-t-il bien pu se passer ?

42

Les risques avaient été grands, mais calculés. De toute façon, l'échange n'aurait pu s'effectuer ailleurs qu'à Key News. Ici, si les choses avaient mal tourné, on aurait accusé Lee et les services de sécurité auraient pris en main les opérations de décontamination.

Tout s'était enchaîné comme prévu. Trouver l'anthrax dans le bureau de Lee n'avait pris que quelques secondes. À peine plus de temps qu'il n'en avait fallu pour dénicher sur Internet les précautions à prendre pour manier une telle substance. Une discrète incursion dans une grande surface de bricolage pour acheter les gants et le masque de protection, et le tour était joué. Même la chance s'en était mêlée. La boîte de l'apprenti chimiste envoyée par un fabricant de jeux, qui traînait dans l'un des bureaux, lui avait procuré une fiole identique à celle contenant la précieuse poudre blanche.

Une seule chose aurait dû être faite différemment. Le sucre en poudre aurait dû être acheté à l'extérieur au lieu d'être dérobé à la cafétéria. Une erreur qui pourrait se révéler fatale… Autre détail gênant, dont il faudrait s'occuper sans tarder : le manuscrit de Henning. Il ne pouvait rester indéfiniment dans le sac d'Annabelle. Dès que l'on apprendrait la mort de son auteur, cette dernière irait probablement le confier à la police ou à un éditeur…

43

Le service communication de Key News envoya aux différentes agences de presse le communiqué que Yelena Gregory avait approuvé précédemment. Une demi-heure plus tard, Annabelle lisait sur l'écran de son ordinateur la dépêche lapidaire relayée par l'Associated Press.

« Les services de santé de la ville de New York ont rendu leurs conclusions. La substance que le docteur John Lee, chroniqueur médical de "Key to America", affirmait être de l'anthrax n'était que du sucre en poudre. La chaîne, qui désapprouve de tels procédés, contraires à l'éthique de la profession, a immédiatement mis un terme au contrat la liant à son consultant. »

Ça y est, Annabelle n'avait plus d'affectation, le journaliste avec qui elle travaillait ayant été officiellement remercié. Heureusement, elle savait au moins quelle serait sa mission pour les jours à venir.

Trouver l'endroit idéal d'où seraient tournées les émissions, proposer le meilleur angle possible pour les prises de vue ne présenterait pas de difficulté majeure. D'autant qu'elle connaissait la ville comme sa poche. Seule la perspective de passer plusieurs heures glaciales mardi matin dans le port de New York tempérait son enthousiasme.

Elle consulta sa montre. Bientôt 13 heures. Elle s'apprêtait à partir déjeuner quand le téléphone sonna. Elle hésita à répondre et enfila son manteau. Cependant, la sonnerie se faisant insistante, elle décrocha le combiné.

— Annabelle Murphy, j'écoute.

— Ici le secrétariat de l'hôpital Essex Hills. Lors de son admission, M. Jérôme Henning nous a laissé vos coordonnées. Vous faites partie de la liste des personnes à prévenir en cas d'urgence. Est-il bien exact que vous le connaissez ?

— Oui, bien sûr, répondit Annabelle, alarmée.

Si l'hôpital appelait, les nouvelles ne devaient pas être bonnes.

— Comment va-t-il ? s'enquit-elle, paniquée.

— Un moment je vous prie, je vous passe le médecin qui s'occupe de M. Henning, poursuivit la standardiste d'une voix neutre.

Les pensées d'Annabelle se bousculèrent. Qu'avait-il ? Et pourquoi la prévenir, elle ? Mais il est vrai que les parents de Jérôme étaient décédés à l'époque où ils sortaient ensemble, et que son unique frère vivait sur la côte Ouest. Elle fut touchée qu'il ait pensé à elle. Mais elle s'en voulut aussitôt de ne pas avoir insisté davantage pour le joindre. Mais, après tout, ce n'était qu'une mauvaise grippe, et l'agitation qui régnait à Key News ne lui avait guère…

Annabelle sursauta quand le médecin prit la parole à l'autre bout du fil.

— Madame Murphy, j'ai une mauvaise nouvelle à vous annoncer, attaqua-t-il d'emblée. La situation de M. Henning est critique. Il est actuellement sous respiration artificielle et son état ne va pas en s'améliorant. Pour être honnête, nous sommes pessimistes quant au diagnostic vital…

— Mais de quoi souffre-t-il ? interrogea Annabelle en essayant de conserver son calme.

— Nous venons juste de prévenir le ministère de la Santé, qui nous a recommandé de ne pas ébruiter l'affaire. Mais, comme vous faites partie de ses proches, nous sommes également tenus de vous informer. Il a contracté la maladie du charbon…

44

— Fiona Simon, sur la ligne 3, lui annonça sa secrétaire.

Linus appuya sur le bouton clignotant.

— Fiona, comment vas-tu ? lui demanda Linus d'un air enjoué.

— Moi, je vais bien… Mais c'est plutôt à toi qu'il faudrait poser la question…

— Oh, si tu fais allusion à cette histoire d'anthrax, aucune inquiétude à avoir, ça va se tasser. Dans quelques jours, on n'en parlera même plus.

— Pourtant, en ce moment, ça occupe toutes les conversations… Je me demandais du reste s'il ne serait pas judicieux d'inclure dans ton livre quelques pages sur cet épisode…

Linus Nazareth jura silencieusement. Pour rien au monde il ne voulait voir figurer cet épisode bien peu glorieux dans sa biographie.

— Mais n'est-il pas trop tard pour intervenir, Fiona ? Je pensais que je recevrais bientôt les épreuves pour la dernière relecture.

— Oui, je les ai, le service fabrication vient juste de me les apporter, et je vais t'en faire passer un jeu cet après-midi par coursier. Mais il est encore temps d'ajouter un chapitre avant d'envoyer le livre chez l'imprimeur. Réfléchis-y. Tout le monde veut en savoir plus…

Il n'avait pas envie de contrarier Fiona une seconde fois. Il avait déjà refusé que soit relaté l'épisode concernant l'accident tragique de Seth, le frère jumeau de Wayne, une histoire qui aurait pourtant ému bon nombre de lecteurs et fait grimper les ventes.

— Promis, lui répondit-il pour gagner du temps. Je vais y penser à tête reposée, en relisant l'ensemble.

— Je t'envoie les épreuves au bureau ?

— Non, je préférerais autant les recevoir chez moi.

Il lui donna son adresse sur Central Park Ouest avant de raccrocher. Voilà une bonne chose, pensa-t-il en se frottant les mains. Il pourrait ainsi les laisser négligemment traîner dimanche, quand tout le monde serait là…

Remonté à bloc, il décrocha son téléphone et aboya un ordre à sa secrétaire.

— Trouvez-moi Russ Parrish et dites-lui que je veux le voir toute affaire cessante.

Moins de deux minutes plus tard, ce dernier passait la tête dans l'entrebâillement de la porte du bureau de Nazareth.

— Entre et ferme derrière toi, lui ordonna Linus. Assieds-toi.

Russ s'exécuta.

— Avant tout, estime-toi heureux que cette discussion ait lieu ici, entre quatre murs. J'aurais très bien pu te rentrer dedans devant tout le monde, tout à l'heure, au cours de la réunion éditoriale. Mais, attention, à la prochaine incartade, tu n'auras pas droit à un tel traitement de faveur…

— Me… me rentrer dedans… Mais pourquoi ? demanda Russ, affolé.

— Au sujet de ta chronique enthousiaste de ce matin…

— Je ne vois pas de quoi tu veux parler…

— Tu ne vois vraiment pas de quoi je veux parler ? Allons, ne joue pas ce petit jeu avec moi, Russ, tonna Linus en se faisant menaçant. « Un nouveau film époustouflant ! Un scénario bien ficelé et des acteurs au sommet de leur art ! Croyez-moi, on n'a pas fini d'entendre parler de *Icicle*… » poursuivit-il, sarcastique. Mais tu te fous de la gueule de qui ? Ce film est une sombre merde, Russ, et nous le savons tous les deux.

— C'est peut-être ton opinion, Linus, mais ce n'est pas la mienne, tenta-t-il de se défendre.

— Arrête ! Il faudrait avoir un goût de chiottes pour apprécier *Icicle*… Et ce n'est pourtant pas ton cas, du moins je l'espère sinon je vais devoir chercher quelqu'un d'autre, enchaîna le producteur, de plus en plus remonté. Le problème, c'est que tu as chaudement recommandé ce film à nos téléspectateurs. Et que certains d'entre eux vont dépenser leur argent pour aller le voir, car ils ont confiance en notre jugement. Le problème est là. S'ils se sentent floués, ils n'écouteront plus tes critiques, ce qui est mauvais pour l'émission. Et ce qui est mauvais pour « Key to America », je le supprime…

Russ n'avait qu'une hâte : quitter ce bureau et retrouver un certain réconfort auprès de sa poudre blanche.

— … alors, je te préviens, Russ. Encore un faux pas de ce genre et je te vire !

Yelena Gregory savait que l'e-mail qu'elle allait envoyer mettrait de l'huile sur le feu – comme si Key News avait en ce moment besoin de soubresauts supplémentaires – et en ferait râler plus d'un. Mais la situation qui la préoccupait depuis un certain temps déjà n'avait que trop duré. Trop nombreux étaient ceux qui passaient plus de temps à s'occuper de leurs affaires personnelles qu'à se soucier de celles de la chaîne.

```
De Yelena Gregory
À l'ensemble du personnel

Je vous rappelle que l'utilisation du
matériel de Key News est strictement
réservée à un usage professionnel. Par
conséquent, surtout avec les fêtes qui
approchent, se servir d'Internet pour
effectuer ses achats de fin d'année est
formellement interdit.
```

Yelena relut une dernière fois son message et cliqua sur le bouton « Envoyer ».

Avant de partir pour l'hôpital de Mapplewood, Annabelle fit un crochet par le bureau de la présidente de Key News. Elle aurait aimé que quelqu'un d'autre s'en charge, mais elle se devait de lui annoncer la mauvaise nouvelle.

Joe Connelly, qui avait été averti par les autorités sanitaires, se trouvait déjà sur place et envisageait avec Yelena Gregory les diverses solutions.

— Nous n'avons plus le choix. Nous allons devoir faire évacuer tous les bureaux des membres de « Key to America » et procéder à de nouveaux tests de détection, soupira Yelena. Je ne sais pas si ces mesures sont vraiment utiles, mais nous ne devons prendre aucun risque.

Le chef de la sécurité approuva.

— Pour aller dans ce sens, nous devrions également effectuer des dépistages individuels. Il faut que chaque employé de la chaîne, et pas uniquement les membres de l'équipe de « Key to America », passe le test. Si vous voulez, je m'occupe de tout organiser. On pourrait faire ça dans la cafétéria.

— Oui, bonne idée. Merci, Joe, approuva Yelena, quelque peu abattue. Heureusement que nous sommes vendredi. L'activité est toujours plus calme le week-end et « Key to America » ne sera pas diffusée avant lundi. Avec un peu de chance, tout sera rentré dans l'ordre d'ici là.

47

— Non, Gavin, il est hors de question que tu mettes les pieds à la maison. Tu m'entends ? Je t'interdis de rentrer. Tu veux tous nous contaminer, hurla sa femme, hystérique.

— Margaret, écoute-moi, reprit-il posément. La maladie du charbon n'est pas transmissible par l'homme. Donc, à imaginer que je sois contaminé – ce qui n'est évidemment pas le cas –, tu ne risquerais rien.

— Peut-être, mais tes vêtements, eux, ils sont sûrement imprégnés de particules d'anthrax…

— Eh bien, laisse-moi des affaires dans le garage et je me changerai avant d'entrer… tenta-t-il de la convaincre, agacé.

— Gavin, c'est non. Non, non et non, martela-t-elle avec force. Je ne veux pas que tu approches. Tu ne penses donc qu'à toi ! Et ma santé ?

Inutile d'insister, d'argumenter ou même de se mettre en colère. Ses interminables années de mariage lui avaient appris que cela ne servirait à rien. Dès lors que Margaret avait une idée en tête – si fausse soit-elle –, il était vain de vouloir l'en déloger. Il pouvait bien être un journaliste influent dont les conseils en matière d'investissements étaient écoutés, chez lui, il n'avait jamais le dernier mot.

Le plus désolant, pensa-t-il, était que Margaret ne craignait pas pour sa santé ou celle des enfants que, de toute façon, ils n'avaient pas… Non. Seul la préoccupait – il en était certain – le bien-être de Gigi. Cette espèce d'animal à quatre pattes qui tenait plus du rat que du chien. Crois bien, Margaret, que si j'avais de l'anthrax sous la main, je lui en donnerais volontiers à celui-là…

Gavin rangea son téléphone portable dans la poche de sa veste et se dirigea vers la cafétéria, où une queue se formait déjà pour les tests individuels de dépistage. Comment s'étonner ensuite qu'il ait besoin d'aller cher-

cher ailleurs le réconfort qu'il ne trouvait pas chez lui ?
songea-t-il, quelque peu désabusé.

48

Le bruit de l'appareil d'assistance respiratoire
emplissait la chambre dans laquelle Jérôme se trouvait allongé sous une fine couverture de coton blanc,
inconscient.

Annabelle avait été autorisée à entrer dans la pièce
quelques minutes seulement. Et dire que la veille il
attendait avec impatience ses commentaires sur son
précieux manuscrit. Écrire avait constitué pour lui une
sorte de thérapie, disait-il. Cela avait exigé beaucoup
d'énergie mais, au moins, s'était-il fixé un but : celui
d'être publié. Et, quand il s'efforçait de l'atteindre, il
pensait à autre chose qu'aux frustrations quotidiennes.
Écrire lui avait aussi permis de se détacher d'elle, de
surmonter les années difficiles qui avaient suivi leur
rupture…

Elle le coupait et changeait chaque fois de sujet dès
qu'il lui répétait cela. À quoi bon s'appesantir sur le
passé ? Elle était désormais mariée à Mike, qu'elle
aimait, même s'ils traversaient en ce moment une passe
difficile. Il est vrai, cependant, quand elle se réveillait
seule au milieu de la nuit tandis que Mike errait on ne
sait où, qu'elle se demandait parfois ce qu'aurait pu
être sa vie en compagnie de Jérôme…

Cette question ne la travaillait jamais très longtemps.
Elle pensait aussitôt à Tara et à Thomas. Et les regrets
qui auraient pu naître de sa relation actuelle avec Mike
s'évanouissaient aussitôt.

Elle repoussa avec douceur une mèche de cheveux bruns qui barrait son front brûlant. Si jeune, si fort, et pourtant si vulnérable en ce moment…

Longtemps, Jérôme s'était cru invincible, vivant à cent à l'heure, toujours prêt à tenter de nouvelles expériences. À la fois sa force et sa faiblesse… Sa joie de vie communicative, son sourire franc et ses yeux sombres toujours en éveil avaient d'emblée séduit Annabelle lorsqu'ils s'étaient pour la première fois croisés dans la salle d'archives de Key News alors qu'ils débutaient tous deux leur carrière.

Jérôme était le compagnon idéal. Son enthousiasme et sa curiosité le poussaient sans cesse à découvrir de nouveaux endroits. Ensemble, ils avaient fréquenté de nombreux restaurants ethniques, assisté à des concerts de musique expérimentale, visité les expositions les plus tendances ou passé des week-ends dans des lieux inimaginables… Mais le charme s'était rompu le jour où Annabelle avait découvert qu'il se droguait. Non qu'elle fût prude ou refusât de temps à autre une soirée un peu arrosée, mais la cocaïne lui faisait peur. Et bien qu'il lui eût promis d'arrêter, il ne l'avait toujours pas fait quand elle décida de le quitter.

Peu de temps après, elle rencontrait Mike.

Encore une fois grâce à son travail. Elle avait cette fois été envoyée dans une caserne préparer un reportage sur les soldats du feu. Parmi tous les pompiers qu'elle avait interviewés, Mike s'était montré le plus disponible pour lui expliquer le fonctionnement de leur matériel, et de loin le plus enthousiaste. À n'en point douter, il prenait son métier à cœur. Plus qu'un métier, une passion. À tel point qu'Annabelle fut aussitôt sous le charme.

Sous le prétexte qu'il pouvait la contacter s'il pensait avoir oublié le moindre élément nécessaire à son reportage, elle lui laissa sa carte de visite. Mike appela dès le lendemain, non pour lui communiquer de nouveaux éléments mais pour l'inviter à dîner le soir même. Depuis cet instant, ils ne s'étaient pour ainsi dire jamais plus quittés. Une situation que Jérôme avait eue du mal à accepter.

Et aujourd'hui, par un sombre clin d'œil du destin, l'homme qui comptait le plus au monde pour elle se débattait contre des démons invisibles, tandis qu'un autre, pour qui elle conservait une tendre affection, luttait pour ne pas perdre la vie…

Annabelle observa la chambre, puis repensa à toutes les informations qu'elle avait recueillies pour préparer ses sujets sur le bioterrorisme. Elle tenta de se concentrer car elle sentait que quelque chose clochait. Même en imaginant que Jérôme ait inhalé l'anthrax que Lee s'était procuré – car, à en croire la conversation qu'elle avait surprise, Lee possédait réellement un échantillon de cette poudre mortelle –, jamais il n'aurait pu développer aussi vite la maladie et se retrouver aussi rapidement dans un tel état. En fait, Jérôme se sentait déjà mal en début de semaine, ce qui signifiait qu'il avait dû inhaler les spores le week-end précédent. Donc bien avant l'agitation déclenchée par l'émission… Mais comment avait-il bien pu être infecté ? Et si Jérôme avait été contaminé, qui le serait à présent ? D'autant que l'échantillon de Lee s'était évaporé dans la nature…

49

Annabelle aurait aimé rentrer directement chez elle en sortant de l'hôpital, mais elle se souvint qu'elle devait repasser par le siège pour se soumettre aux tests. L'idée l'effleura un instant de ne pas tenir compte de l'ordre de la direction, mais elle se ravisa bien vite. Le moment était mal choisi pour se faire remarquer. Et, vu l'état de santé de Jérôme, l'affaire n'était plus à prendre à la légère.

Il faisait presque nuit quand elle déposa la voiture à l'entrée du garage de Key News. Un vent mordant venant de l'Hudson River s'engouffrait dans la 57e Rue. Annabelle frissonna, sortit son badge et entra dans le hall, heureuse de retrouver une température plus clémente. Elle se dirigea aussitôt vers la cafétéria.

À l'exception de l'infirmière chargée des prélèvements, la salle était déserte. Tous les autres avaient sans doute décidé de venir en début d'après-midi pour pouvoir partir de bonne heure en week-end.

— Est-ce que je suis la dernière ? demanda Annabelle.

L'infirmière consulta le listing que lui avait communiqué le service du personnel.

— Non, quelques-uns ne sont pas encore venus, lui répondit-elle en lui tendant le petit appareil chargé de recueillir ses sécrétions nasales.

Ces sécrétions seraient ensuite analysées afin de déterminer la présence ou non de spores pathogènes. Espérons que tout cela se révélera seulement n'être qu'une perte de temps… pensa Annabelle en lui rendant l'instrument.

*

De nouveau sur le trottoir, Annabelle enfila une paire de gants qu'elle tira de son sac et hésita quelques instants. La file des véhicules roulant vers Broadway ou la 5e Avenue dessinait une sorte de serpent gigantesque. Elle serait bien rentrée en taxi mais la circulation déjà dense allait encore s'intensifier, et la course lui coûterait les yeux de la tête. Aussi se dirigea-t-elle en marchant d'un bon pas vers la station de métro la plus proche. Elle croisa plusieurs personnes qui sortaient de bureaux ou de magasins, les bras chargés de sacs. Des gens qui avaient leur vie et leurs problèmes…

Elle prit son titre de transport dans son portefeuille et l'introduisit dans la fente du tourniquet. Des détritus en tout genre jonchaient le sol du quai. Ils s'envolèrent quand le train fit son entrée dans la station. La foule compacte qui attendait se dirigea en masse vers les portes qui s'ouvraient. Mais laissez-les donc descendre, pensa Annabelle.

Au moment où elle entrait parmi les derniers passagers dans la rame, elle fut violemment tirée en arrière et sentit qu'on lui arrachait son sac. Elle se retourna aussitôt et vit, alors que les portes se refermaient déjà, une silhouette vêtue d'un manteau sombre à la capuche relevée monter en courant les marches qui menaient vers l'extérieur.

50

Comme Noël approchait, Edgar multipliait les heures supplémentaires pour faire face aux dépenses engendrées par les fêtes de fin d'année. Sa sœur élevait seule ses enfants, son mari ayant déserté le foyer familial, et Edgar incarnait pour les deux garçons la figure paternelle. Il prenait ce rôle particulièrement à cœur en cette période de l'année. Il voulait en effet que ses neveux puissent partir en vacances et soient aussi gâtés que n'importe quels enfants de leur âge. Mais ces largesses avaient un coût, qu'Edgar finançait en acceptant de remplacer au pied levé ses collègues de l'équipe du soir qui tombaient malades.

En début de soirée, la cafétéria était un lieu le plus souvent désert, les membres de la rédaction encore présents préférant se faire livrer des pizzas ou des plats préparés par le traiteur chinois. Aujourd'hui, cependant, du fait des mesures prises par la direction, régnait une agitation inhabituelle. Plusieurs employés de la chaîne faisaient encore la queue pour les tests de dépistage. Edgar se mêla à eux, bien décidé lui aussi à profiter des analyses gratuites. Après tout, il se rendait plusieurs fois par jour à l'étage de « Key to America ». Mieux valait en avoir le cœur net.

À 21 heures, après que le laboratoire fut venu chercher les échantillons recueillis, l'infirmière remballa son matériel et quitta les lieux. À 22 heures, le cuisinier éteignit ses fourneaux et regagna son domicile, laissant Edgar finir de ranger la salle avant de tout éteindre et de boucler les portes pour la nuit.

Edgar s'assura que rien ne traînait, puis il posa les deux cafetières et la théière encore à moitié remplies sur un chariot. Il ne lui restait plus qu'à les vider et à les rincer pour que tout soit en ordre. Il éteignit les lumières de la cafétéria et poussa avec son chariot les portes battantes menant à la cuisine. Il se dirigea vers l'évier et ouvrit en grand les robinets…

Sans doute la raison pour laquelle il n'entendit pas l'inconnu approcher dans son dos. Quand il se redressa après avoir terminé la vaisselle, il ressentit une violente douleur entre les omoplates et s'effondra la tête la première dans l'évier encore plein d'eau.

51

Après avoir couché les jumeaux et nettoyé la cuisine, Annabelle se fit enfin couler le bain auquel elle rêvait depuis des heures. Elle aurait aimé y ajouter des sels exotiques ou des lotions relaxantes, mais dut se contenter du bain moussant des enfants.

En se déshabillant, Annabelle grimaça. Son épaule lui faisait mal. L'inconnu qui lui avait volé son sac avait tiré avec une telle force qu'il lui avait presque arraché le bras. Elle s'étira et pensa qu'elle s'en était plutôt bien sortie. Son portefeuille et ses clefs étaient dans une poche de son manteau. Elle n'aurait donc pas à faire changer les serrures de l'appartement ni à appeler sa banque pour faire opposition sur ses cartes bancaires.

À l'heure actuelle, le voleur devait se maudire d'avoir choisi une telle cible. Il avait dû abandonner le sac dans une poubelle ou un caniveau, ne trouvant aucun objet de valeur à l'intérieur. Il ne contenait en effet que des notes professionnelles, mais aussi, plus embêtant aux yeux d'Annabelle, le manuscrit de Jérôme. Même si elle n'aurait pas à lui faire part du vol de ses précieuses feuilles… pensa-t-elle tristement.

Quelqu'un frappa doucement à la porte de la salle de bains.

— Oui, répondit Annabelle, qui s'attendait à voir entrer l'un des jumeaux, tout ensommeillé, qui lui réclamerait un verre d'eau ou viendrait simplement la trouver car un mauvais rêve l'aurait réveillé.

Au lieu de quoi, le visage de Mike apparut dans l'entrebâillement.

— Je venais juste m'assurer que tout se passait bien, lui dit-il en voyant qu'elle le dévisageait.

— Juste un peu contusionnée, mais, à part ça, tout va bien, lui répondit-elle en souriant.

Il entra, repoussa la porte et s'assit sur le rebord de la baignoire.

— Je ne sais pas ce que nous ferions, ce que je ferais, si quelque chose t'arrivait, lui murmura-t-il doucement.

Les yeux de Mike s'embuèrent tandis que sa main effleurait la joue d'Annabelle. Depuis combien de temps n'avait-il pas eu de paroles et de gestes aussi affectueux à son égard ? songea-t-elle.

Depuis l'attentat du World Trade Center, il était déconnecté de la réalité, et ce que les enfants ou elle-même pouvaient ressentir ne l'atteignait plus. Annabelle et lui vivaient dans deux mondes parallèles. Mike s'était enfermé dans sa bulle, laissant à Annabelle les responsabilités du quotidien.

— Rien ne peut m'arriver, chéri. Je suis là. Et tu n'es pas près d'être débarrassé de moi avant longtemps, lui assura-t-elle en fermant les yeux.

Elle porta la main de son mari à ses lèvres. Elle voulait y voir un signe d'espoir. Peut-être était-il sur la voie de la rémission. Faites, s'il vous plaît, que ce soit effectivement le cas. Qu'elle retrouve le Mike d'antan. Il lui manquait tant.

— Des collègues sont passés me voir aujourd'hui, lui glissa-t-il ensuite.

— Oh, vraiment ? lui répondit-elle, le visage radieux. Alors, quelles sont les nouvelles ?

— Pas franchement bonnes, reprit Mike. En fait, plutôt mauvaises, même. Il paraît que le maire veut fermer la caserne pour équilibrer je ne sais quel budget. Et, s'ils sont venus me trouver, c'est pour que je me joigne à la mobilisation générale.

— Et que leur as-tu dit ? lui demanda Annabelle qui retint sa respiration en attendant sa réponse.

— Que j'allais y réfléchir…

Au moins n'avait-il pas d'emblée refusé leur proposition. Un autre signe encourageant. Peut-être le dernier traitement commençait-il enfin à porter ses fruits.

52

Un peu avant minuit, Linus se servit une autre vodka. Il n'était pas le moins du monde fatigué et n'envisageait pas encore d'aller rejoindre son lit, où il se serait retourné dans tous les sens à chercher en vain le sommeil. En pénétrant dans la bibliothèque, son verre à la main, il fut tenté d'appeler Lauren. Mais ils s'étaient fixé une règle tacite. En semaine, ils se voyaient, passaient de bons moments ensemble ; le week-end, en revanche, chacun restait de son côté, ce qui permettait à Lauren de retrouver son amant, un banquier de Chicago. Et puis, il ne voulait pas avoir l'air pathétique en l'appelant si tard.

Lauren était habile. Elle avait vite cerné ce qu'il attendait d'une relation et avait façonné la leur sur mesure. Elle avait compris qu'il était à présent marié avec son travail et n'avait besoin que de distractions passagères.

De par son statut de veuf, il était souvent invité à des dîners ou à des soirées, où bon nombre de personnes bien intentionnées cherchaient à lui présenter l'âme sœur. Il n'en avait que faire ! Il aimait les jeux de séduction, les flirts poussés, mais ne voulait en aucun cas entendre parler de remariage.

Pourquoi diable se serait-il seulement remarié ? pensa-t-il en introduisant une cassette dans le magnéto-scope. Il la rembobina et s'installa dans un confortable canapé en cuir. Son premier – et unique – mariage lui avait apporté tout ce qu'il en avait espéré. Suzanne était séduisante, dynamique et raffinée – quoiqu'un peu trop sensible. Ensemble, ils avaient passé des années magnifiques. De plus, ce qui ne gâtait rien, sa famille était extrêmement riche. Son père avait investi dans l'immobilier à Manhattan et le somptueux triplex surplombant Central Park qu'il occupait aujourd'hui encore était un cadeau qu'il leur avait offert pour surmonter l'épreuve. Le vieil homme s'était également montré généreux à sa mort, léguant une somme colossale pour que son petit-fils fût traité de la meilleure façon, évitant à ce dernier d'être envoyé dans une quelconque institution.

Les premières années avaient été les plus belles. Les jumeaux étaient nés un an jour pour jour après leur mariage. Suzanne était ravie de son rôle de mère au foyer, dont elle s'acquittait à merveille. Pendant ce temps, Linus gravissait un à un les échelons de la hiérarchie. Il travaillait sans relâche, se déplaçait fréquemment, mais Suzanne ne lui en tenait pas rigueur, les enfants étaient son monde…

Un monde qui s'était écroulé le jour de l'accident, songea-t-il en se penchant pour caresser le setter irlandais allongé à ses pieds. Après ce jour-là, elle avait continué à agir comme avant, mais Linus n'avait aucun souvenir de l'avoir vue rire une seule fois. Le cœur n'y était plus. Elle tenait bon pour Wayne mais, une fois celui-ci parti à l'université, elle renonça. L'appartement si calme à présent lui laissait trop de temps pour réfléchir. À Thanksgiving, elle s'éteignit. Le rapport du médecin légiste conclut à un accident coronarien…

Neuf ans déjà.

Linus prit une longue gorgée de vodka et porta son attention sur l'écran géant, lequel repassait l'émission de jeudi matin. En voyant Lee agiter sa fiole censée contenir de l'anthrax, Linus eut un accès de rage comparable à celui qui l'avait submergé quand il avait appris qu'il ne s'agissait en réalité que de sucre en poudre. Quelle stupidité ! Stupidité et arrogance. Et c'était, lui, Linus, qui passait désormais pour un imbécile. Mais le petit docteur apprendrait bien vite qu'on ne se moquait pas impunément de Linus Nazareth…

*

Linus se réveilla en sursaut en entendant du bruit dans le hall d'entrée de l'appartement.

— Wayne ? demanda-t-il d'une voix pâteuse. C'est toi ?

— Oui, qui veux-tu que ce soit ?

Linus ne releva pas et enchaîna.

— Viens donc me voir, mon fils.

Wayne, encore vêtu de son manteau, demeura dans l'encadrement de la porte, les yeux rougis par le froid et les cheveux décoiffés par le vent.

— Alors, tu as passé un bon moment ? s'enquit son père.

— Ouais, pas mal, grommela-t-il.

— Qu'est-ce que tu as fait de beau ?

— Oh, rien de spécial. On a traîné avec des potes…

— Et j'en connais certains ?

— Nan, je ne pense pas, répondit Wayne en étouffant un bâillement.

Quand arriverait-il à établir un véritable dialogue avec son fils ? s'interrogea Linus, qui poursuivit.

— En tout cas, je suis content que tu prennes du bon temps. Je trouve même que tu devrais sortir plus souvent. Tu es jeune, tu es libre. Profites-en, mon garçon.

— Oui, papa. En attendant, je vais me coucher. Bonne nuit.

— Toi aussi. À demain…

Linus entendit les pas de Wayne qui descendait l'escalier en colimaçon. Il attendit quelques minutes et emprunta le même chemin, aussitôt suivi par son setter irlandais. Linus passa devant la porte close de la chambre de Wayne et s'arrêta devant la suivante. Quand il entra dans la pièce faiblement éclairée, la garde de nuit, assise dans un fauteuil, referma le livre qu'elle était en train de lire et se tourna vers lui.

— Comment ça va ? demanda Linus en montrant du regard le lit où était allongée une frêle silhouette.

— Tout va bien, monsieur Nazareth, lui répondit l'assistante médicale.

Qu'avait-il espéré qu'elle lui réponde d'autre ? L'état stationnaire de Seth ne présentait jamais aucune évolution. Depuis des années, il demeurait allongé dans la chambre jouxtant celle de son frère, immobile.

Il referma la porte et se dirigea vers sa chambre. À quoi ressemblerait Seth aujourd'hui s'il avait eu une vie normale ? Serait-il champion de football, musicien, médecin, prêtre ou policier ? Aurait-il avec lui des relations différentes de celles qu'il avait avec Wayne ? Seraient-ils complices ? Partageraient-ils des passions communes ? Autant de questions vaines qu'il ressassait depuis toutes ces années dès qu'il était sujet à un accès de mélancolie…

Samedi 22 novembre

53

Annabelle profitait souvent du week-end pour regarder les émissions matinales des chaînes concurrentes. Pendant que Tara et Thomas mangeaient leurs pancakes en sirotant un jus d'orange, elle gagna le salon et alluma le poste de télévision. « The Saturday Early Show » de CBS n'allait pas tarder à commencer et Annabelle baissa le volume pour que les jumeaux n'entendent pas les titres. Quand il y avait quelque chose à leur expliquer, elle préférait s'en charger elle-même. Or, elle se doutait que l'affaire secouant Key News serait largement développée. Elle estimait qu'ils n'étaient pas en âge de comprendre et ne voulait surtout pas qu'ils imaginent n'importe quoi et s'inquiètent ensuite pour elle.

Annabelle s'installa sur le sofa, l'estomac noué. Effectivement, la première nouvelle développée par le présentateur fut celle qu'elle redoutait.

« Tout le monde a encore en mémoire l'édition de jeudi dernier de "Key to America". Au cours de cette émission, le docteur John Lee, pour prouver au pays entier qu'il n'était pas difficile de se procurer de l'anthrax, a exhibé en direct une fiole qui, selon ses dires, contenait un échantillon de la tristement célèbre poudre blanche. Cependant, les tests auxquels ont procédé les autorités sanitaires ont conclu que la substance présentée par le consultant médical de Key News n'était pas de l'anthrax, mais de la saccharose, autrement dit : du sucre… Le docteur Lee a été aussitôt mis à pied par la direction de la chaîne, qui précise qu'il a pris seul cette malencontreuse initiative, sans en référer à sa hiérarchie.

« Hasard ou coïncidence… ? Nous apprenions hier, en fin de journée, qu'un chroniqueur de cette même émission, Jérôme Henning, âgé de trente-six ans, souffrait de la maladie du charbon. Il est actuellement hospitalisé dans le New Jersey et son état de santé est jugé critique par les médecins qui le suivent. Un nouveau bulletin de santé sera émis tout à l'heure, en milieu de matinée.

« Tandis que la police enquête pour déterminer comment il a été contaminé, la direction de la chaîne a décidé de fermer provisoirement les bureaux et le studio de "Key to America", qui seront passés au peigne fin aujourd'hui et demain. De même, toujours pour raisons de sécurité, tous les employés de Key News ont été invités à subir des tests de dépistage… »

La porte de la chambre s'ouvrit, laissant apparaître un Mike hirsute aux yeux gonflés de sommeil. Avec sa barbe de six jours – Annabelle les avait comptés –, il ressemblait à un ours.

— Bien dormi ?

Il grommela une réponse indistincte et se dirigea vers la cuisine.

— On mange des pancakes, papa. T'en veux ? lui proposa Tara.

Cette fois, Mike ne répondit même pas.

— Mike, chéri, Tara te parle, lui lança affectueusement Annabelle. Elle te demande si tu veux un pancake.

— Mais pour l'amour du ciel, Annabelle, fiche-moi la paix avec tes pancakes… Laisse-moi tranquille, tu veux…

Et il fit demi-tour pour aller s'enfermer dans la chambre.

Les espoirs de la veille s'envolaient au petit matin. Un pas en avant, deux pas en arrière. Encore un weekend qui s'annonçait sous les meilleurs auspices pour la famille Murphy… songea Annabelle avec tristesse.

54

Tiens, c'est étrange, la porte n'est pas fermée à clef, constata l'employé de la cafétéria. Il se demanda qui avait bien pu oublier. Il alluma et jeta un coup d'œil circulaire dans la pièce. Ne constatant aucun désordre apparent, il alla en cuisine vaquer à ses occupations. Il alluma d'abord le gril puis sortit du réfrigérateur les œufs et le bacon. Il mit ensuite le café en route et chercha du regard les cafetières qui seraient ensuite disposées en salle. Il les aperçut au loin qui séchaient sur la paillasse.

Comme il approchait, il vit un corps étendu sur le sol glacé.

— Edgar ! hurla-t-il.

Il s'agenouilla et prit le cadavre dans ses bras.

— Edgar, vieux frère, réveille-toi, cria-t-il en le secouant de manière hystérique, sachant au fond de lui qu'il était trop tard.

55

À peine sortis, les enfants se précipitèrent vers la station de métro. Puis, surexcités comme des puces, ils bondirent sur une banquette dès que les portes de la rame s'ouvrirent. Depuis des mois, ils attendaient ce jour avec une impatience grandissante : leur premier cours d'équitation à l'Académie équestre de Claremont.

Quand, l'été dernier, les parents d'Annabelle lui avaient demandé ce qui ferait plaisir aux jumeaux pour leur anniversaire, elle n'avait pas hésité. En plus de la joie qu'ils éprouveraient à monter à cheval, elle espérait que cette activité développerait leur concentration et, au contact d'un animal, leur sens des responsabilités.

Debout dans le métro face à Tara et Thomas, Annabelle pensait à Mike. Elle aurait aimé qu'il accompagne les enfants. Avant, il n'aurait laissé à personne d'autre ce soin, et Annabelle aurait pu en profiter pour aller rendre une nouvelle visite à Jérôme… En évoquant de nouveau son ami, elle sentit les larmes monter. Elle détourna la tête pour que ni Tara ni Thomas ne la voient dans cet état-là. Il fallait à tout prix qu'elle ait l'air normale. Ils auraient suffisamment de soucis par la suite. Autant les en préserver le plus longtemps possible…

Annabelle regarda sa montre. Le frère de Jérôme, qui arrivait de Los Angeles, devait à présent être à son chevet.

— Moi, je veux un cheval fille, décréta Tara.

— Ça s'appelle une jument, la reprit Annabelle en élevant la voix pour couvrir le bruit métallique du métro mordant les rails. La femelle du cheval, c'est la jument.

— Et moi, je veux un cheval garçon, enchaîna Thomas qui emboîtait le pas de sa sœur. Un qui gagne les courses.

— Tu sais, chéri, je pense que tu risques d'être déçu. Je ne crois pas que pour commencer vous monterez des pur-sang ou des étalons, lui répondit Annabelle en réprimant un fou rire. Mais peut-être plutôt des poneys, ils sont plus doux.

Elle observa la mine grave de Thomas, partagé entre la bravoure et la prudence.

— Mais ne t'en fais pas, reprit-elle, dès que tu seras un grand cavalier, tu auras le plus rapide de tous les chevaux.

Thomas demeura un instant songeur, mais cette promesse dut le satisfaire puisqu'il ne dit mot jusqu'à leur arrivée. Bien emmitouflés, Annabelle et les jumeaux entrèrent dans l'Académie. Comme partout ailleurs à New York, l'espace se faisait rare. Aussi le centre équestre avait-il été installé sur plusieurs niveaux. Le manège intérieur se situait au rez-de-chaussée, tandis que les box étaient au premier étage.

L'homme qui les accueillit décrocha un combiné téléphonique et, quelques minutes plus tard, deux lads descendirent une rampe en colimaçon accompagnés de deux poneys sellés et prêts à être montés.

L'odeur rassurante des écuries n'empêcha pas Annabelle d'éprouver une pointe d'appréhension en voyant les jumeaux juchés sur leur monture pénétrer dans le manège. Un chat roux qui se faufila entre les jambes d'un des deux poneys lui sembla minuscule. Mais elle fut bien vite rassurée en voyant les yeux grands ouverts de Thomas qui écoutait avec attention les recommandations de son professeur. Puis ils entamèrent leur premier tour de piste et Annabelle se dit que rien d'autre au monde n'importait que cet instant.

— Annabelle ? Mais oui, c'est bien toi. Que fais-tu ici ?

Annabelle se retourna en direction de la voix familière qui l'apostrophait et vit Lauren Adams se diriger vers elle. Toujours aussi élégamment vêtue, cette dernière arborait une tenue complète d'écuyère, de superbes bottes en cuir marron flambant neuves et une bombe en feutre de couleur beige. Annabelle prit soudainement conscience qu'elle portait son vieux caban informe dont les poignets commençaient à s'effilocher, et regretta de ne pas avoir mis son manteau de fourrure.

— Oh, Lauren ! Comment vas-tu ? lui demanda-t-elle d'une voix qu'elle voulut enjouée.

— On ne peut mieux. Mais, dis-moi, je ne savais pas que tu venais ici…

— En fait, c'est la première fois. Ce sont les enfants qui commencent leurs leçons, expliqua Annabelle en tournant la tête vers le manège.

— Oh, quelle bonne idée ! s'exclama Lauren. Tu verras, c'est une activité qu'ils pourront poursuivre toute leur vie. Quand j'ai débuté, je devais avoir leur âge. Et, tu vois, même si aujourd'hui je suis une citadine, je monte tous les week-ends, c'est mon bol d'oxygène… Même quand mon fiancé vient me rejoindre. Pour rien au monde je ne manquerais ma balade hebdomadaire dans Central Park.

Annabelle avait souvent vu des cavaliers parcourir les allées du parc et, chaque fois, elle se disait qu'un fossé la séparait de ces gens-là. Ils semblaient issus d'un monde qui n'était pas le sien. Tout comme Lauren, du reste.

— Tu as bien de la chance, constata Annabelle.

— Mais cela n'a rien à voir avec la chance! Ce moment de liberté est pour moi une priorité, et je fais tout ce qui est en mon pouvoir pour le préserver, lui dit-elle d'un ton légèrement hautain.

Inutile de lui dire que ma remarque était juste destinée à relancer la conversation, pensa Annabelle. Lauren et elle n'avaient vraiment rien en commun. Annabelle avait bien vite senti que jamais elles ne deviendraient amies. De simples relations de travail.

— C'est horrible ce qui arrive à Jérôme, enchaîna Annabelle pour changer de sujet.

— Oh, ne m'en parle pas! s'écria aussitôt Lauren. Et je ne sais pas ce que tu en penses, toi, mais je trouve que les mesures prises pour assurer notre sécurité ont été bien tardives. Pour tout te dire, j'hésite même à venir la semaine prochaine.

Tu ne penses vraiment qu'à ta petite personne, se dit Annabelle en détournant son regard pour observer Tara et Thomas.

— Est-ce que je te vois demain chez Linus? poursuivit Lauren d'un ton mondain.

Cette foutue réception est à mille lieues de mes préoccupations, songea Annabelle qui pensait à Jérôme, à l'article de la mort.

— Ah, je croyais que Linus aurait annulé, lui répondit-elle, un brin caustique.

— Mais non, bien sûr que non. Je l'ai vu hier avant de quitter le bureau et il n'en était pas question. D'ailleurs, pourquoi aurait-il modifié ses plans ? interrogea Lauren qui n'avait visiblement pas saisi le sarcasme. Et puis, tu le connais, c'est un fonceur. *Show must go on*, comme il dit. Allez, on se voit demain… Tu devrais venir, ça te changerait les idées.

Lauren tourna les talons et monta la jument baie que le garçon d'écurie lui avait préparée.

Sais-tu seulement ce qui pourrait me changer les idées ? se demanda Annabelle en s'asseyant sur les gradins qui entouraient le manège.

56

Linus se leva à une heure tardive, le crâne pris dans un étau, conséquence des excès de vodka de la veille. Il enfila son peignoir et gagna la salle de bains. Il ouvrit l'armoire à pharmacie et en sortit un tube d'aspirine dont il avala trois comprimés. Puis il brancha sa brosse à dents électrique. Pendant qu'il se lavait méthodiquement les dents, il observa le contenu de la pharmacie, dont la porte était restée ouverte.

Quelque chose n'était pas normal. Il avait l'impression que les différents flacons, boîtes et autres tubes avaient été déplacés. Il tenta de se remémorer ce que l'armoire contenait. Sur la tablette inférieure, la mousse à raser était toujours là, de même que son blaireau et son rasoir, son eau de toilette également. Il leva les yeux et vit ses tablettes de viagra. Le cipro ! Voilà ce qui manquait.

Par mesure de précaution, il s'était procuré des tablettes de ciproflexine quand bon nombre de chaînes de télévision du pays avaient reçu des lettres anonymes contenant de l'anthrax. Il ne s'en était jamais servi et ne comptait pas non plus en faire usage dans les jours à venir, les effets secondaires n'étant pas des plus réjouissants : vomissements, diarrhées, maux de tête…

Cependant, s'il en avait désormais besoin, la boîte avait disparu. Wayne, sans doute, s'était-il servi. Un hypocondriaque doublé d'un pleutre. Ah, quelle déception. Si seulement son fils avait pu avoir un peu plus de *cojones*[1] !

57

— On peut, maman ? demanda Tara.

— Oh, oui, s'il te plaît, renchérit Thomas.

Après tout, pourquoi ne pas terminer cette matinée en beauté ? songea Annabelle. Étant donné qu'ils suivaient un régime alimentaire sain, une dérogation à la règle ne porterait pas à conséquence. La vie est si courte, autant en profiter… Et si l'on pouvait le lui demander, vu l'état dans lequel il se trouvait, Jérôme ne regretterait sûrement pas toutes les entorses qu'il avait pu commettre…

— Allez, c'est d'accord, leur répondit Annabelle.

— Ouais, émirent en chœur les jumeaux, qui aussitôt se reprirent en voyant le regard réprobateur de leur mère.

Après un « oui » qui arracha à Annabelle un sourire attendri, ils se précipitèrent à l'intérieur du fast-food. Ils ne commandèrent qu'un seul hamburger mais se rattrapèrent sur les desserts, réclamant chacun un muffin,

---

1. En espagnol dans le texte.

un donnut et, malgré la température, une crème glacée nappée de pépites de chocolat multicolores.

— Moi je veux plein de vertes, demanda Thomas.

— Et moi des roses, c'est les meilleures, surenchérit Tara.

Annabelle commanda pour sa part une salade et un donnut.

— Sur place ou à emporter ? s'enquit l'employé.

— Et si nous allions manger au square ? leur proposa-t-elle, prise d'une inspiration soudaine.

Elle n'eut pas besoin d'insister bien longtemps, tant le square Bleecker, d'Abingdon Street, faisait partie de leurs terrains de jeux préférés. Elle régla puis saisit le sac en papier que lui tendait le serveur.

Tous trois s'installèrent sur un banc. Malgré la température hivernale, un franc soleil réchauffait l'atmosphère, rendant leur pique-nique improvisé des plus agréable.

— Enlève donc tes moufles, tu seras plus à l'aise, suggéra Annabelle à son fils, qu'elle voyait gêné.

Thomas ôta aussitôt ses moufles de laine rouge. Il les donna à Annabelle, qui les mit au fond d'une des poches de son caban. Puis elle les observa qui se jetaient goulûment sur leurs sandwiches. Leurs petites joues rosies par le froid lui mirent du baume au cœur. Vraiment une belle journée.

58

Joe Connelly observait l'aréopage qui entourait Yelena Gregory. Quand tout cela prendrait-il fin ? pensa-t-il, incrédule. Outre les deux agents Mary Lyons et Leo McGillicuddy, du FBI, étaient également présents un détective de la brigade criminelle et des représentants du ministère de la Santé. Jamais, un samedi, il n'avait vu un tel remue-ménage. Pourtant, Yelena parvenait à garder, sinon le contrôle de la situation, du moins une certaine maîtrise d'elle-même.

— C'est la première fois qu'un meurtre est commis à l'intérieur même de nos locaux, parvint-elle à articuler d'une voix faible tandis que le corps d'Edgar recouvert d'un drap blanc passait devant eux.

— Et nous aurons sans doute une seconde mort à déplorer dans peu de temps, ajouta Connelly qui faisait allusion à la situation critique dans laquelle se trouvait Jérôme Henning.

— Ce qui ne va pas arranger nos affaires, murmura Yelena en se tournant vers le responsable de la sécurité. Hier, le cours de l'action a chuté. Et j'ai bien peur que, lundi, ce ne soit pire encore. Qu'allons-nous faire ?

— Notre possible, lui répondit Connelly. Mais, avant tout, laissons-les agir. Ce sont des professionnels, ils connaissent leur travail.

Disant cela, il savait que sa réponse ne la satisferait pas. Yelena était habituée à donner des ordres, et à les voir exécutés dans les plus brefs délais. Or, tout ce qui se passait en ce moment échappait à son contrôle. Une situation inconfortable qu'elle ne pourrait supporter longtemps.

— On va avoir besoin de vous, Yelena, lui soufflat-il pour l'encourager. Il va falloir que vous rassuriez tout le monde, que vous disiez haut et fort que tout va bien.

Yelena esquissa un sourire, plus proche du rictus.

— Comment vais-je pouvoir me montrer crédible, murmura-t-elle en secouant la tête, alors que je suis persuadée du contraire…

59

Jamais le 31 Highland Place n'avait connu pareille agitation. Des voitures de police et un camion de décontamination stationnaient devant le domicile de Jérôme Henning. Les deux extrémités de la rue avaient été barrées par un cordon de sécurité et les agents invitaient les curieux à rentrer chez eux.

Chez le journaliste, des hommes vêtus de combinaison inspectaient chaque recoin de la maison. Après plusieurs minutes d'une fouille minutieuse, l'un d'eux ouvrit un tiroir du bureau de Jérôme et, de sa main gantée, en sortit une fiole.

Alertée par l'appel d'un voisin intrigué par le remue-ménage, une équipe d'une chaîne locale de télévision arriva sur les lieux peu de temps après. Voyant que le secteur avait été bouclé, la camionnette du Garden State News Network se gara à quelque distance de la maison de Jérôme.

— Préparez le matériel, lança le journaliste à ses deux acolytes, moi je pars en repérage.

Il était conscient qu'il enfreignait la loi en se faufilant dans le jardin de la maison qui jouxtait celle de Henning. Du reste, il se fit interpeller par un policier alors qu'il s'approchait des palissades en bois délimitant les deux parcelles.

— On ne va pas plus loin, lui ordonna Andrew Kenny – à en croire la plaque que l'officier arborait à la poitrine.

— Je suis journaliste au Garden State, sergent Kenny, et je ne fais que mon boulot, vous le savez bien, lui dit-il en lui montrant sa carte de presse.

— Oui, je m'en doute, lui répondit le policier. Moi aussi, je fais le mien et je vous demande de rebrousser chemin.

— D'accord, d'accord, mais vous pouvez au moins me dire ce qui se passe ici, insista le journaliste.

— Désolé, j'ai des consignes, pas de commentaires. Et maintenant, demi-tour.

Alors qu'il s'apprêtait à partir, en se demandant quelle tactique adopter pour obtenir des informations, le journaliste vit la porte de la maison de Henning s'ouvrir.

— Eh Andrew, on va pouvoir lever le camp, annonça un de ses collègues au policier en faction. On a trouvé une fiole qui pourrait bien contenir de l'anthrax.

60

Une fois leur repas terminé, Annabelle sortit les moufles de Thomas de la poche de son caban et les lui tendit. Pendant que son fils les enfilait, elle remarqua qu'elles étaient en piteux état. Le pouce troué de l'une d'elles laissait même apparaître la peau.

— Elles font vraiment pitié à voir, dit Annabelle en faisant la moue. Il va falloir que je t'en achète une nouvelle paire.

En règle générale, Annabelle attendait Noël pour compléter la garde-robe de ses enfants. Mais, comme elle se trouvait dans une phase « la vie est trop courte pour ne pas en profiter », elle n'hésita pas quand ils passèrent devant l'étal d'un vendeur. Et puis les jumeaux seraient ainsi parés de neuf pour assister à la parade de Thanksgiving.

Devant la multitude de gants, d'écharpes et de bonnets de toutes les couleurs, Thomas hésita avant d'arrêter son choix. Il se décida enfin pour des moufles rayées vert et blanc et un bonnet assorti. Tara préféra le violet.

Vu l'état de l'ancienne paire, Annabelle jugea inutile de les laver pour les donner à une œuvre de charité, aussi demanda-t-elle à Thomas d'aller jeter ses vieilles moufles dans une poubelle.

61

— Je sors prendre une bière au Chumley's avec les copains, lui annonça Mike.

Quelle douce nouvelle ! Annabelle détourna le regard de la pile de linge qu'elle était en train de plier et observa avec plaisir que Mike avait pris soin de lui. Il s'était non seulement lavé les cheveux mais aussi rasé et coupé les ongles. Il portait son pull-over favori, un col rond bleu marine qui allait si bien avec ses yeux, et un jean délavé. Et, bien que ce dernier ne fût pas de toute première jeunesse, Annabelle retrouvait le Mike d'antan. Celui qu'elle aimait tant.

— Vraiment ? lui demanda-t-elle, surprise, avant d'enchaîner aussitôt : Mais c'est une excellente idée, passe un bon moment.

Mike vint l'embrasser sur la joue. Depuis combien de temps n'était-il pas sorti avec ses amis ? s'interrogea Annabelle. Mike qui aimait bien ces virées entre hommes avait même délaissé ces moments de franche camaraderie. Ce n'était pourtant pas la faute de ses amis et collègues, qui appelaient souvent pour prendre de ses nouvelles, lui proposer de venir à la caserne ou simplement d'aller boire un verre. Mais Mike, qui ne répondait même plus au téléphone, laissait le soin à Annabelle d'inventer une excuse. Qu'il ait décidé de passer la soirée en leur compagnie était encourageant.

— Veux-tu que je te garde quelque chose à dîner, pour quand tu rentreras ? lui proposa-t-elle au moment où il s'apprêtait à quitter l'appartement.

— Non, on mangera sans doute sur place. J'ai une de ces envies de hamburger…

Encore un signe ! Sur un nuage, Annabelle finit de ranger le linge. Les enfants jouaient aux Lego dans leur chambre, bâtissant d'improbables châteaux, son mari était au pub avec des amis, la vie reprenait enfin une tournure normale.

Ainsi rassérénée, Annabelle trouva la force d'appeler l'hôpital pour prendre des nouvelles de Jérôme. Hélas, celles-ci n'étaient guère rassurantes. Jérôme luttait toujours entre la vie et la mort.

62

Gavin Winston suivit du regard la flamboyante rousse qui faisait son entrée dans le bar du Ritz-Carlton. Une beauté qu'il aurait bien aimé épingler à son tableau de chasse…

Se sentant sans doute observée, la jeune femme se tourna vers lui. Gavin lui sourit et leva son verre de brandy en guise de salut. La rousse le toisa puis s'éloigna avec une moue de dédain. Gavin finit son verre d'un trait, laissa un généreux pourboire sur la table basse et quitta le bar avec empressement. Quelle poisse ! Si seulement Margaret ne lui avait pas interdit de rentrer, il ne se serait pas retrouvé dans cette situation embarrassante, à se faire éconduire par une fille de trente ans sa cadette.

Mais à qui la faute, après tout ? N'importe quel homme normalement constitué vivant auprès de Margaret aurait agi de la sorte et cherché ailleurs un réconfort… Qu'elle aille au diable, elle et sa prétendue peur de la contamination. Qu'elle reste donc calfeutrée chez eux ! Lui en profiterait pour passer un week-end des plus agréable.

Et le Ritz-Carlton de Battery Park, à quelques dizaines de mètres seulement de Ground Zero[1], semblait le lieu indiqué. Habitué à recevoir une clientèle d'hommes d'affaires internationale, le personnel de l'hôtel se mettait en quatre pour répondre au moindre de vos désirs. Sans parler du luxe de la salle de bains, tout en marbre, et de la chambre, celle de Gavin étant meublée Art-Déco. Il y avait passé hier sa meilleure nuit depuis une éternité. Ah le moelleux de ces oreillers ! Seule ombre au tableau, il ne pourrait se faire rembourser la note par Key News. Mais ce n'était qu'un détail.

---

1. Nom donné, après l'attentat du 11 septembre 2001, à l'endroit de New York où se dressaient les tours jumelles. *(N.d.T.)*

Et, après tout, il avait maintenant les moyens de s'offrir ce genre d'extra.

Une fois dans le hall, Gavin décréta qu'il avait faim. Ayant envie d'un dîner léger, il alla vers les ascenseurs et se fit déposer au quatorzième étage. Il entra au Rise, l'un des nombreux bars du Ritz-Carlton, et se dirigea vers une fenêtre afin de profiter de la vue. Il passa commande puis observa la Statue de la Liberté, illuminée, qui embrasait Ellis Island et toute la baie. Des voiliers regagnaient le port après une journée en mer… Soudain, une voix le tira de sa rêverie.

— Gavin Winston ! Que fais-tu donc ici un samedi soir ?

— Je pourrais te retourner la question, Paul, rétorqua Winston à son agent de change en se levant pour lui serrer la main.

— Oh, tu sais, samedi, dimanche, les affaires n'arrêtent jamais… Est-ce que tu attends quelqu'un ?

Gavin hésita un instant, mais, ne voyant pas d'échappatoire, il invita l'agent de change à s'asseoir.

— Tu as quelques minutes pour prendre un verre ? lui proposa-t-il à contrecœur.

— Volontiers. Un whisky, avec des glaçons.

Rapidement, la conversation s'orienta vers l'affaire Wellstone et ses récents soubresauts.

— Serais-tu un peu nerveux, Gavin ? lui demanda l'agent de change. Nous le sommes tous un peu depuis que la SEC[1] a ouvert son enquête…

---

1. Securities and Exchange Commission, l'équivalent américain de l'AMF (Autorité des marchés financiers), le « gendarme » de la Bourse. *(N.d.T.)*

— Pour être nerveux, Paul, il faudrait avoir quelque chose à se reprocher, conclut Winston en finissant son verre.

63

Beth se contorsionnait dans tous les sens devant le miroir de sa penderie, n'arrivant pas à décider si oui ou non cette nouvelle robe conviendrait pour la fête du lendemain. Sa jupe de velours beige serait sans doute plus seyante. Et puis elle lui arrivait à mi-mollets, ce qui l'amincissait… Mais n'était-elle pas trop classique au goût de Linus ? Oh, et puis zut, après tout ce n'était qu'une invitation informelle pour assister à un match de football, ce n'était pas une réception mondaine où elle aurait à se pavaner en robe de soirée. Pourtant, elle n'avait qu'une envie : que Linus la remarque enfin. Qu'il ne la voie plus seulement comme la collaboratrice fidèle sur qui se reposer…

Si seulement elle pouvait perdre quelques kilos supplémentaires ! Beth retint sa respiration et rentra son ventre. Ce faisant, elle ne put s'empêcher de penser à la tenue que porterait Lauren Adams. Toujours élégante, quoi qu'elle enfilât. Agaçant ! Mais il faut dire aussi qu'avec une telle silhouette elle pouvait tout se permettre.

Pourtant, Beth faisait des efforts. Elle avait même déjà perdu cinq kilos. Au prix de quels sacrifices ? Elle participait à des réunions hebdomadaires, notait scrupuleusement tout ce qu'elle avalait au cours d'une journée, ne mangeait que des plats de régime ou des produits diététiques et s'obligeait à préférer l'escalier à l'ascenseur. Mais le chemin était encore long, d'autant que les fêtes arrivaient – une période propice aux écarts en tout genre. Heureusement, elle avait un objectif en tête : séduire Linus.

Son ventre criait famine. Beth enfila un peignoir avant de se diriger vers sa minuscule cuisine. Elle ouvrit le congélateur et en inspecta le contenu. Elle choisit un filet de dinde accompagné d'une pincée de légumes. Le nombre de calories de la portion lui permettrait d'égayer sa soirée télé d'un Coca *light* et d'un carré de chocolat. Encore un samedi soir solitaire…

Avaler son dîner ne lui prit que quelques minutes. En raclant les dernières gouttes de sauce de la barquette, Beth se demanda si contracter la maladie du charbon pouvait aider à perdre du poids… Mais elle chassa aussitôt cette idée saugrenue de son esprit.

64

Mike n'était toujours pas rentré quand Annabelle alluma le téléviseur pour suivre les informations de 23 heures. Elle commençait à se faire du souci, mais le début du flash détourna aussitôt ses pensées.

« Les habitants de Mapplewood, dans le New Jersey, ont tout lieu de se montrer inquiets. Le ministère de la Santé a en effet confirmé que de l'anthrax avait été retrouvé cet après-midi chez l'un des leurs, Jérôme Henning. Âgé de trente-six ans, ce journaliste de Key News est actuellement hospitalisé dans un état jugé sérieux.

« Nous vous rappelons qu'un peu plus tôt dans la semaine le chroniqueur médical de l'émission matinale "Key to America", le docteur John Lee, avait exhibé à l'antenne une fiole censée contenir de l'anthrax – substance qui, après analyse, se révéla n'être que du sucre en poudre…

« Existe-t-il un lien entre ces deux affaires ? Lequel ? C'est ce que la police et le FBI tentent de déterminer. Mais, comme pour compliquer encore l'équation, nous apprenions en milieu de journée qu'un membre du personnel de Key News, Edgar Rivers, avait été assassiné dans les locaux mêmes de la chaîne. Âgé de quarante-deux ans, cet employé de… »

Annabelle resta pétrifiée devant l'écran, ne saisissant plus que par bribes ce qu'annonçait le journaliste.

Edgar ! Il venait bien de dire qu'Edgar avait été assassiné ! Poignardé dans le dos, et que son corps avait été retrouvé dans la cuisine de la cafétéria…

Annabelle était sous le choc. Bien qu'elle ne connût pas intimement Edgar, il faisait partie des personnes qu'elle était contente de voir chaque jour. Et le fait qu'il ait été tué à quelques mètres seulement de l'endroit où ils échangeaient souvent un mot, un sourire, la plongea dans un abîme mêlé de désarroi et de peur… Qui pouvait bien en vouloir à cet homme si gentil ? se demanda Annabelle, qui aussitôt se remémora la scène dont elle avait été témoin. Elle eut une pensée émue pour ses neveux et sa sœur, qui semblaient tant l'aimer…

Mais, bien vite, ses réflexes professionnels reprirent le dessus et elle se mit à réfléchir à toute vitesse. La mort d'Edgar, l'état dans lequel se trouvait Jérôme, y avait-il un rapport ? Quant au vol de son sac, fallait-il aussi imaginer que son agresseur n'avait pas agi au

hasard, mais cherchait quelque chose de précis ? Annabelle frissonna. Elle décrocha le téléphone mais se souvint que Constance passait le week-end chez sa mère et
ne serait de retour que le lendemain. En tremblant, elle
reposa le combiné.

Si seulement Mike avait pu être présent. Elle ne se
sentait pas rassurée, seule ce soir avec les enfants…

65

Il avait besoin de plus de place pour ranger ses
disques. Russ était fier de sa collection, qu'il classait
méthodiquement par genre : rock, rap, jazz, classique,
variétés, country… Mais ces disques, auxquels il fallait
ajouter les DVD et les cassettes vidéo, envahissaient
son appartement.

Il avait aussi besoin de plus d'espace pour ses
vêtements. En homme de télévision, il possédait une
importante garde-robe. Il prenait grand soin à souvent
changer de tenue et à se démarquer de ses confrères
des chaînes concurrentes. Russ évitait les trop clas-
siques blazers bleu marine, ou les nœuds papillons
qu'il jugeait ringards, préférant des tenues plus décon-
tractées et des matières plus nobles, comme le daim, le
cuir ou les soies italiennes… Et c'était chaque fois un
déchirement que d'entasser d'aussi beaux vêtements
dans une penderie trop encombrée.

Ses étagères débordaient, son dressing était trop
étroit… Il était temps de songer à déménager. Et il
en avait maintenant les moyens ! Il n'avait plus qu'à
attendre qu'un appartement plus grand se libère dans

son immeuble. Ou alors, avec un peu de chance, c'est sa voisine de palier qui se déciderait enfin à déménager. Il n'aurait plus qu'à racheter son appartement et à percer une cloison pour agrandir le sien. Qu'elle s'en aille après tout cette vieille chouette qui ne supportait pas le bruit et se plaignait constamment qu'il écoute sa musique trop fort, ou à des heures indues... Bien sûr, elle n'était jamais venue le lui dire en face, mais elle glissait régulièrement des lettres de plainte et de menace sous sa porte. Qu'elle dégage !

Pris d'une inspiration soudaine, Russ sniffa une ligne de coke puis inséra dans sa platine un des CD reçus cette semaine. Il poussa le volume à fond et se mit à chantonner en examinant sa pile de courrier. Facture, facture, facture... Sans même se donner la peine de les décacheter, il laissa tomber les lettres sur la table basse de son salon. Toutes, sauf la dernière – celle qu'il attendait. Il ouvrit l'enveloppe blanche et sourit.

Comme il était agréable de pouvoir compter sur une autre source de revenus... Mais, pour éviter les foudres de Linus, il faudrait qu'il se montre plus vigilant à l'avenir quand il ferait l'éloge de films qui ne valaient rien...

66

Annabelle ne parvenait pas à trouver le sommeil. Une nouvelle fois, elle eut envie d'appeler le Chumley's, mais se retint, ne voulant pas avoir l'air de surveiller Mike. Alors qu'elle se retournait pour la centième fois dans son lit, elle repensa au livre que Jérôme avait écrit.

Si seulement elle avait pris le temps de le lire ! Sans doute y aurait-elle trouvé une piste, des indices menant à la personne qui lui en voulait. Car il était impensable que Jérôme se soit lui-même contaminé. Mais que faisait alors cette fiole retrouvée chez lui ?

Dès le lendemain, elle appellerait la police pour faire part aux inspecteurs du vol du manuscrit. Jérôme en possédait certainement une copie, ne serait-ce que sur le disque dur de son ordinateur, et l'enquête s'en trouverait sans doute facilitée si les inspecteurs en prenaient connaissance.

Par la porte entrouverte, Annabelle entendit une clé qui jouait dans la serrure, puis des bruits de pas dans l'entrée, qui se rapprochèrent de la chambre. Elle alluma la lampe de chevet et aperçut la silhouette de Mike, légèrement chancelante, qui avançait vers le lit.

— Tu as passé un bon moment ? s'enquit-elle.

— Oui, vraiment. Une excellente soirée, lui répondit-il en souriant.

Il sourit ! remarqua Annabelle.

— Et comment vont tes collègues ? reprit-elle.

— Oh, tu les connais, poursuivit-il en enlevant son pull. On peut toujours compter sur eux pour une franche partie de rigolade.

Ce qui ne t'était pourtant pas arrivé depuis bien longtemps, se dit-elle avant de poursuivre à haute voix :

— Je suis si contente que tu sois heureux.

Pourvu que ça dure, pensa-t-elle pendant que Mike finissait de se dévêtir. Annabelle aurait aimé partager avec lui les nouvelles de la soirée et ses dernières réflexions, le fait que le vol de son sac à main avait peut-être un lien avec l'empoisonnement de Jérôme et la mort d'Edgar. Mais elle ne voulut pas gâcher cet instant et se tut.

Mike se glissa sous les draps et s'approcha d'elle.

— Tu m'as manqué, lui chuchota-t-il à l'oreille.

Même si ses paroles étaient peut-être dictées par la bière, elles étaient douces à entendre. Annabelle ferma les yeux et répondit à son baiser. Il y avait si longtemps qu'elle attendait ce moment.

Dimanche 23 novembre

67

Après la messe de 8 heures, Beth se dirigea vers l'une des chapelles de la cathédrale Saint Patrick, glissa une pièce dans le tronc et s'agenouilla sur un prie-Dieu devant une statue de la Vierge. En pensant à l'état dans lequel se trouvait Jérôme, elle se dit qu'il eût été charitable d'allumer un autre cierge à son intention, mais elle ne put s'y résoudre.

Jérôme marquait le début de tous ses problèmes.

En tant que croyante, elle aurait dû lui pardonner, mais elle ne parvenait pas à trouver la force de le faire… Pas plus qu'elle ne se pardonnait à elle-même sa décision…

Un courant d'air fit vaciller les flammes et Beth se recueillit comme elle le faisait chaque semaine pour son enfant qui aurait cette année fêté son septième anniversaire.

Comment avait-elle pu commettre un tel geste ? Primo, elle était à l'époque vulnérable et sensible au qu'en-dira-t-on. Deuzio, sa mère et son entourage n'auraient jamais compris qu'elle devînt mère célibataire. Mais, quand même, comment avait-elle pu en arriver à une telle extrémité ? Elle aurait dû tenir tête à Jérôme,

et garder l'enfant. Qu'il accepte ou non de le recon-
naître. Ensuite, après sa naissance, si elle n'avait alors
pas eu le courage de l'élever seul, elle aurait sans doute
pu trouver une famille d'adoption qui se serait fait une
joie de l'accueillir, et l'aurait entouré de son amour.

Dès qu'elle lui avait annoncé être enceinte, Jérôme
s'était éloigné. Il n'y avait jamais eu de passion entre
eux, et Beth se doutait même qu'il la fréquentait alors
pour oublier Annabelle, mais elle pensait que cet événement les rapprocherait… Au contraire ! Jérôme s'était
détourné d'elle aussitôt, évitant même sa présence, ou
toute discussion.

Jérôme s'était défilé, et c'est elle qui avait dû prendre
la terrible décision – qu'elle n'assumait toujours pas.
Elle se considérait comme une meurtrière, et une intruse
dans ce lieu de culte.

68

Cela ressemblait si peu à Clara, pensa Évelyne.
Elle était la ponctualité même, ne voulant jamais faire
patienter son amie qui avait la gentillesse de venir la
chercher. D'habitude, elle se tenait toujours dans le
hall de son immeuble et se précipitait dehors dès que la
voiture d'Évelyne ralentissait devant l'entrée. Chaque
dimanche, c'était le même cérémonial, Clara l'attendait parée de ses plus beaux vêtements. En semaine,
elle s'habillait simplement pour aller travailler, mais
elle tenait à être élégante le jour du Seigneur, pour aller
lui rendre grâce.

Évelyne consulta sa montre. Elle n'était pourtant pas
en avance et, si Clara tardait, elles seraient en retard.

Cette perspective ne dérangeait pas Évelyne outre mesure, mais elle savait que son amie tenait à être placée le plus haut possible et surtout à être présente pour entonner l'hymne d'ouverture. Avec son fort accent polonais, elle chantait de tout son cœur, juste et haut.

La neige tombait sur le pare-brise et Évelyne actionna ses essuie-glaces. Elle se pencha au-dessus du volant et tendit le cou. Personne dans l'entrée. Elle klaxonna et leva les yeux vers les fenêtres de l'appartement de son amie. Les rideaux bordés de dentelle blanche restèrent immobiles.

Évelyne ouvrit la portière et sentit le froid lui mordre les mollets. Elle aurait dû mettre un pantalon, quitte à essuyer une remarque de Clara qui estimait qu'une telle tenue n'était pas convenable pour se rendre à l'église. Qu'est-ce qu'elle pouvait être conservatrice… sourit Évelyne.

Une fois dans le hall, elle sonna à plusieurs reprises. Pas de réponse. Que pouvait-il bien se passer ? Connaissant son amie, Évelyne savait que Clara l'aurait prévenue si elle avait modifié ses plans.

Évelyne commença à redouter le pire. Se pouvait-il que Clara soit chez elle, incapable de répondre ? Peut-être avait-elle glissé en sortant de sa baignoire et s'était-elle assommée contre le rebord, gisant à présent sur le carrelage ? Il fallait qu'elle en ait le cœur net.

Évelyne se dirigea vers la loge du concierge et lui fit part de ses craintes.

— Peut-être devrions-nous appeler la police, lui répondit ce dernier après qu'Évelyne lui eut demandé d'ouvrir la porte de l'appartement.

— Qu'est-ce que ça changera ? répliqua-t-elle. Une fois sur place, ils vous réclameront les clefs. Allez, venez, ne perdons pas de temps.

À quelques kilomètres de là, le chant d'entrée venait de s'achever et les fidèles s'asseyaient quand Évelyne et le concierge découvrirent le corps sans vie de Clara.

69

Les enfants firent irruption dans la chambre de leurs parents, encore endormis.

— Il neige, maman, il neige, annonça Tara, surexcitée.

— Dis, on peut aller chercher les luges à la cave? enchaîna Thomas en tapant des mains sur le lit.

Annabelle, qui n'avait aucune envie de se lever, garda les yeux fermés. Elle effleura le bras de Mike et se rappela pourquoi elle avait dormi si profondément jusqu'à cette heure tardive…

— Allez, maman, debout, poursuivait Thomas en agitant la couette.

Pour les jumeaux, un matin comme celui-là était aussi merveilleux que le jour de Noël. Comme le temps passe vite, songea Annabelle, pour qui chute de neige rimait désormais avec enfants à emmitoufler puis vêtements à faire sécher… Ressaisis-toi ma vieille, se dit-elle en commençant à bouger pour s'extraire du lit.

— Reste là, chérie, je m'en occupe, lui souffla Mike à l'oreille.

Serait-ce déjà Noël? pensa-t-elle pendant que Mike enfilait sa robe de chambre.

— J'ai une faim de loup, lança-t-il en nouant sa ceinture. Et vous, vous êtes partants pour un méga petit déjeuner? demanda-t-il aux jumeaux incrédules, qui cherchèrent du regard l'approbation de leur mère.

Malgré leur jeune âge, ils avaient conscience que l'homme enjoué qui leur parlait ce matin n'était plus le même que celui des derniers mois. Avaient-ils enfin retrouvé leur père d'avant ? Annabelle leur fit signe de le suivre. Bien que goûtant l'instant, elle réprima tout optimisme béat. Il n'y avait qu'à se rappeler la manière dont Mike l'avait hier envoyée promener… Le chemin de la guérison risquait d'être encore long, et semé d'embûches.

*

Annabelle s'accorda encore quelques instants de tranquillité sous la chaude couette. De la cuisine lui parvenaient une odeur de saucisses et le babil joyeux des jumeaux qui échafaudaient mille projets. Au-dehors, la neige tombait, qui étouffait les bruits de la rue. Une bien belle journée qu'elle aurait volontiers passée dans leur intérieur douillet si cette fichue réception n'était venue tout gâcher. Mais elle ne pouvait y échapper…

Avant de se lever, Annabelle prit le téléphone. Elle demanda au standardiste de Key News de lui passer la sécurité. Ce fut Joe Connelly en personne qui décrocha.

— Joe, c'est Annabelle Murphy, de « Key to America »…

— Oui, Annabelle, lui répondit-il. Qu'y a-t-il ?

Annabelle lui raconta toute l'histoire et lui fit part de ses doutes :

— D'après le peu que j'ai lu, Jérôme ne ménageait personne. Et, pour être franche, je ne sais pas comment j'aurais réagi si quelqu'un avait écrit de telles choses sur moi. Mal, sûrement… En fait, je me demandais si l'agression dont j'ai été victime n'a pas un quelconque lien avec l'empoisonnement de Jérôme, et peut-être aussi l'assassinat d'Edgar…

— Vous avez bien fait de m'appeler, Annabelle, conclut Joe. Je vais prévenir la police et le FBI, qui voudront très certainement vous entendre… À demain.

70

Le personnel du traiteur était déjà en train de dresser le buffet et Linus observait les plats qui défilaient : jambons italiens, terrines de viande, fines tranches de rosbeef, diverses sortes de pains pour confectionner des sandwiches, des nachos, du guacamole, du chili con carne et des salades de pâtes et de pommes de terre, sans oublier les caisses de bière et le vin. Voilà de la vraie nourriture, et tant pis pour les grincheux qui ne picorent que des légumes ou de la salade verte, songea Linus, non sans une certaine satisfaction.

La sonnerie du téléphone interrompit ses pensées, et Linus se renfrogna aussitôt après que son interlocuteur se fut présenté.

— Ah, oui, bonjour, John, répondit-il sans enthousiasme aucun.

— Alors, comment se prépare cette petite fête ? lui demanda le docteur Lee.

— Ça va, grogna Nazareth.

Il y eut un moment de silence, puis l'ancien chroniqueur médical de « Key to America » reprit, embarrassé :

— Je t'appelais justement à ce propos. Je voulais… Comment dire ? C'est un peu gênant… En fait, je voulais m'assurer que j'étais toujours le bienvenu…

Linus n'hésita pas un seul instant et reprit la balle au bond :

— La situation est également délicate pour moi, John, mais, vu les circonstances, tu comprendras aisément que ta présence n'est pas souhaitable…

La voix de Lee monta dans les aigus.

— Je n'arrive pas à y croire, Linus. Tu es en train de me lâcher ! On avait pourtant monté le coup ensemble…

— Tu m'as fait passer pour un imbécile aux yeux de tous. Et ça, je ne le supporte pas, martela Nazareth.

— Et moi, rétorqua Lee, tu crois que ma position est confortable, peut-être ! Je n'ai plus de boulot et je ne suis pas près d'en retrouver… En plus, si les autorités arrivent à prouver que les souches d'anthrax qui ont infecté Henning sont celles que je m'étais procurées, je risque de gros ennuis…

— C'est ton problème, pas le mien, l'interrompit Nazareth d'un ton cassant.

— Mais ça pourrait très bien le devenir, répliqua Lee, menaçant. Imagine que Yelena apprenne que tu me couvrais depuis le début…

Linus réfléchit à toute vitesse. Il prit une tranche de jambon, dont il ne fit qu'une bouchée, et quitta la pièce pour poursuivre la conversation loin de toute oreille indiscrète.

— À ta place, John, je n'en ferais rien… Surtout si tu souhaites un jour retravailler pour une chaîne nationale. J'ai des relations, tu sais… Une fois que l'affaire sera tassée, je passerai deux ou trois coups de fil. Mais, essaye seulement de me faire plonger, et je te garantis que plus jamais personne ne voudra de toi. C'est clair ?

71

Le corps de Clara serait autopsié. Évelyne savait que son amie n'aurait pas voulu qu'on la mutilât, mais elle n'était pas en mesure de s'opposer à cette décision.

Évelyne rentrait chez elle et conduisait lentement sur les petites routes verglacées. Les arbres étaient blancs et les pelouses recouvertes d'un épais tapis immaculé. Clara, qui aimait tant la neige – qui lui rappelait son pays natal –, aurait apprécié la beauté du paysage, songea Évelyne en écrasant une larme.

D'ordinaire animé par la conversation de son amie, le trajet lui parut sinistre. Évelyne alluma l'autoradio. Un air entraînant emplit l'habitacle. Ce n'est vraiment pas de circonstance, pensa-t-elle en changeant de station. Elle tomba sur un flash d'information.

« … le journaliste de Key News. Victime d'un empoisonnement à l'anthrax, Jérôme Henning, trente-six ans, se trouve toujours entre la vie et la mort… »

Henning ? Henning… Mais oui, bien sûr, c'était l'une des personnes chez qui Clara travaillait. Elle n'arrêtait pas d'en parler, tant elle était fière de s'occuper de la maison d'une célébrité du petit écran. Mais se pourrait-il alors que Clara ait, elle aussi, été contaminée ? Une fois rentrée chez elle, Évelyne se promit d'appeler la police pour lui faire part de ses doutes.

72

Mike s'apprêtait à emmener les jumeaux faire un bonhomme de neige. Ils avaient enfilé leur combinaison, chaussé leurs après-ski et piaffaient d'impatience dans l'entrée tandis qu'Annabelle leur nouait une écharpe autour du cou et ajustait leur bonnet.

— Amusez-vous bien, leur lança-t-elle avant de refermer la porte.

Dès qu'ils furent partis, Annabelle appela Mme Nuzzo pour lui dire qu'il était inutile qu'elle se déplace. Mike avait décidé qu'il s'occuperait des enfants toute la journée pendant qu'elle se rendrait chez son producteur. Toujours quelques dollars d'économisés…

Après avoir raccroché, Annabelle put enfin se consacrer à ce qui lui tenait à cœur. Elle mit de l'eau dans la bouilloire, sortit un sachet de thé et alla chercher un bloc de papier. De retour dans la cuisine, elle s'assit à table.

Afin de faciliter le travail de la police, il lui semblait important de brosser un rapide portrait des protagonistes, tels que Jérôme les avait dépeints sans complaisance dans son manuscrit. Autant de suspects potentiels…

• *Linus Nazareth*
Producteur exécutif de « Key to America ».
Ego surdimensionné, prêt à tout pour la réussite de ses projets.
De nombreux exemples d'intimidation ou de déstabilisation du personnel.

• *Wayne Nazareth*
Fils de Linus et stagiaire à Key News.
Perturbé par un traumatisme d'enfance dû à l'accident de son frère.

Jeune homme angoissé qui ne doit son statut qu'à la position de son père.

La bouilloire émit un sifflement et Annabelle se leva pour se servir une tasse de thé. Puis elle se rassit et fit de nouveau appel à sa mémoire.

• *Lauren Adams*
Chroniqueuse mode et nouvelles tendances.
Une belle plastique mais peu de contenu.
Envie le poste de Constance Young et flirte avec Linus pour parvenir à ses fins.

• *Gavin Winston*
Chroniqueur économique.
Type pompeux, formé à la vieille école, qui exècre les manières directes de Nazareth.
Comportement libidineux et malsain. Drague toutes les stagiaires de la rédaction.
Profiterait de sa situation et de ses connexions à Wall Street pour s'enrichir.

• *John Lee*
Chroniqueur médical.
Ne pense et n'agit qu'en fonction de ses intérêts.
Cherche à se faire un nom dans l'univers des médias.

Annabelle qui le côtoyait quasi quotidiennement ne put qu'acquiescer au portrait fait par Jérôme. Elle se rappelait toutes les conversations privées qu'il passait tandis qu'elle travaillait.

• Russ Parrish
Chargé des rubriques divertissements.
Issu d'un milieu pauvre. A pris goût à la grande vie et profite de toutes les invitations et cadeaux liés à sa fonction.
Cocaïnomane.

En sirotant son thé, Annabelle regretta de ne pas avoir lu la totalité du manuscrit de Jérôme. Elle aurait sans doute pris connaissance d'autres éléments intéressants. Quoi qu'il en soit, et même si aucune des personnes dont elle avait brossé le portrait n'était responsable du cauchemar actuel, elle taperait dès demain ses notes qu'elle transmettrait à la police.

73

— J'ai mon doigt qui me fait mal, papa, se plaignit Thomas en enlevant l'une de ses moufles détrempées.

Mike s'accroupit devant son fils et prit sa main rougie entre les siennes.

— Où ça, fais-moi voir ?

— Là, lui répondit-il en tendant l'index de sa main droite.

Mike inspecta la petite entaille et y déposa un baiser.

— Ce n'est rien, lui dit-il. Juste une coupure que le froid a dû rouvrir… En rentrant, on mettra du mercurochrome et un pansement. Tu te souviens comment tu t'es fait ça ?

— Oui, c'était à l'école, lui expliqua son fils d'un ton solennel. Pendant les cours de travaux pratiques. Il fallait qu'on fasse des plumes pour la dinde de Thanks-giving et je me suis coupé avec le bord d'une feuille de papier.

— Ce n'est rien mon chéri, ça va cicatriser.

Et tous deux rejoignirent Tara qui s'affairait autour du bonhomme de neige.

74

— Tu veux que je t'accompagne à l'aéroport? demanda Lauren pour la forme, espérant que la réponse serait négative.

— Non, inutile que tu perdes ton temps, mon cœur, je vais prendre un taxi.

Lauren observa son banquier de Chicago qui rangeait ses affaires de toilette dans sa trousse de cuir, encore tout heureuse qu'il fût obligé de prendre un vol aussi tôt dans l'après-midi. Si tous ceux du début de soirée n'avaient été complets, elle aurait été obligée de venir avec lui chez Linus, ou alors d'annuler. Aucune de ces deux options n'était acceptable. Elle voulait assister à la réception. Mais seule !

— Heureusement, nous ne serons pas séparés longtemps, lui murmura-t-elle en l'embrassant dans le cou. On se revoit dans quelques jours seulement, pour Thanksgiving.

Il se retourna, la fixa d'un regard empreint d'amour et de désir, puis l'enlaça.

Oh oui, elle le tenait celui-là. Aucun doute, il était ferré. Mais il n'était pas le seul que Lauren souhaitait voir frétiller dans ses filets. Bien que pour des raisons différentes, elle n'était pas près de renoncer au producteur exécutif de « Key to America ». Le pouvoir était également un puissant aphrodisiaque. Et Linus avait le pouvoir de booster sa carrière…

Une fois qu'elle aurait grâce à lui pris la place de Constance, il serait toujours temps de l'envoyer balader, si jamais l'envie l'en prenait. Il ne pourrait alors plus rien contre elle. Et si jamais il tentait quoi que ce soit pour se venger, elle brandirait alors le couperet du harcèlement sexuel… Tel qu'elle le connaissait, il abandonnerait aussitôt toutes velléités plutôt que voir son image écornée.

75

Venir avec une bouteille de bon vin chez Linus équivalait à donner du miel à des cochons… Mais cela faisait partie des principes de Gavin Winston que de ne jamais venir les mains à moitié vides. De même qu'arriver à l'heure lui semblait non seulement naturel mais dénotait une marque de respect envers son hôte. Aussi fut-il le premier à faire son entrée…

— C'est toi qui fais office de majordome ? demanda Gavin, surpris, au fils de Linus qui vint lui ouvrir.

— Non, quelqu'un va s'en occuper, mais ils n'ont pas encore fini de tout préparer, et comme je passais par là… lui répondit Wayne. Papa est encore sous sa douche, il ne va pas tarder, mais entre, montons prendre un verre.

Ils traversèrent un vaste salon et empruntèrent un escalier en colimaçon qui les mena à l'étage supérieur.

Bien qu'il fût un habitué des traditionnelles réceptions de Linus, et donc déjà venu à maintes reprises, Gavin ne put cacher son admiration. Un triplex sur Central Park Ouest. Au bas mot dans les douze millions de dollars ! Nazareth était certainement bien mieux payé que lui mais ce n'était pas son salaire à Key News qui lui avait permis une telle acquisition. Non, il avait fait un bon mariage. Un très bon mariage...

Ils débouchèrent dans un espace salon salle à manger dont les immenses baies vitrées dominaient Central Park, le poumon vert de New York.

— Dis-moi, tu devais être aux premières loges pour assister à la parade de Thanksgiving[1], demanda Winston à Wayne.

— Ouais, si l'on veut. Mais, en fait, tu sais, on est si haut perchés que chaque année le Père Noël n'était qu'un minuscule point rouge...

Un serveur s'approcha de Winston et s'enquit de ce qu'il désirait boire.

— Tu es venu seul ? lui demanda ensuite Wayne pour alimenter la conversation, espérant que son père ferait rapidement son entrée afin qu'il puisse s'éclipser au plus vite.

— Oui, Margaret ne se sentait pas très bien, mentit Gavin.

En fait, sa femme détestait toutes ces soirées assommantes en compagnie des collègues de son mari. Tant mieux ! Qu'ils restent bien au chaud, elle et son maudit cabot...

---

1. Ce défilé est organisé par le grand magasin Macy's lors du dernier jeudi de novembre. Des chars et des ballons géants représentant des personnages de dessins animés arpentent les avenues de Broadway et de Central Park. *(N.d.T.)*

La sonnette de l'entrée retentit et Wayne le pria de l'excuser.

Il se sentit mal et dut se tenir à la rampe pendant qu'il descendait l'escalier. La tête lui tournait et il eut une bouffée de chaleur. Il s'appuya un instant contre le mur et reprit sa respiration. Sans doute les effets secondaires du cipro. Toute la journée, il avait fait des allers-retours incessants aux toilettes, ne sachant jamais s'il fallait qu'il s'asseye ou s'agenouille devant la cuvette.

Comment allait-il pouvoir tenir toute la soirée ? Vivement que le gros des invités soit arrivé. Avec un peu de chance, il pourrait alors s'éclipser sans que personne remarque son absence.

Wayne fit un effort pour maîtriser son malaise, afficha son plus beau sourire et ouvrit la porte pour accueillir l'invité suivant.

76

— Il y a des lasagnes au réfrigérateur. Tu n'auras qu'à les faire réchauffer et…

— Ne t'inquiète pas, Annabelle, la coupa Mike. Tout va bien se passer. Vas-y, et amuse-toi bien.

Annabelle n'en revenait pas. Mike, qui s'était déjà occupé des enfants depuis le début de la matinée, se proposait encore de tout prendre en charge. Pourtant, il avait déjà l'air fatigué, et Annabelle craignait que la fin de journée, avec le bain, le dîner puis les histoires, ne l'épuise totalement. Mais elle n'avait pas le choix, il y avait cette fichue réception…

— J'ai laissé le numéro de Mme Nuzzo sur la table du salon, au cas où tu aurais besoin de…

— Annabelle !

Mike l'interrompit d'un ton mi-agacé mi-amusé.

— Tout va bien se passer, lui répéta-t-il en martelant chaque syllabe.

— Oui, je… je sais, bafouilla-t-elle, un peu honteuse en embrassant Mike sur la joue.

Elle enfila son manteau de fourrure et lança à l'attention des enfants :

— Tara, Thomas, je m'en vais.

Les jumeaux se précipitèrent hors de leur chambre et lui sautèrent au cou. Tant pis pour ma coiffure, pensa-t-elle.

— Tu es très jolie, maman, lui dit Thomas.

— Monsieur est trop bon, lui répondit-elle attendrie, avant d'enchaîner : Les enfants, je compte sur vous, vous êtes bien sages avec papa.

Puis, se tournant vers Mike :

— Je ne vais pas rentrer tard et, au cas où, je prends mon téléphone portable.

77

Arrivé non loin de chez Linus, Russ marqua une pause. C'est ici qu'il faut habiter, se dit-il en observant les buildings majestueux de ce quartier cossu. Ces façades et ces halls imposants avaient quand même bien plus d'allure que les immeubles de Baltimore, où il avait grandi.

Russ n'aimait pas retourner dans sa ville natale, mais il ne pourrait y échapper en fin de semaine. Il avait promis à sa mère qu'il serait là pour Thanksgiving, la réunion de famille annuelle par excellence. Et, la connaissant, il savait qu'elle était déjà en train de lui préparer toutes sortes de plats.

Heureusement, il l'avait prévenue qu'il ne ferait qu'un saut. Il prendrait la route après l'émission, déjeunerait avec elle puis regagnerait New York. Il avait une chronique à présenter le lendemain… Évidemment, il n'avait pas dit à sa mère que celle-ci serait enregistrée. Aussi n'y verrait-elle que du feu en regardant son petit écran, persuadée comme l'immense majorité des téléspectateurs qu'il était bien en direct sur le plateau. Ah, les progrès de la technique !

En fait, pendant que tous le croiraient à New York, Russ profiterait de l'hospitalité d'un ponte de l'industrie cinématographique qui l'avait convié à passer le week-end dans sa propriété des Hamptons. Une superbe demeure, d'après ce qu'il avait entendu dire, avec une vue imprenable sur l'océan, et un hôte répondant au moindre de vos désirs. Le cadre idéal pour entamer de fructueuses négociations.

Si tout se déroulait comme il l'espérait, il se pourrait que Linus compte prochainement un nouveau voisin…

78

C'était à croire que, contrairement à beaucoup, le FBI ne s'arrêtait jamais…

— Mon avocat est parti en week-end. Il m'est impossible de le joindre avant lundi et je ne répondrai à aucune de vos questions en son absence.

Malgré la situation, John Lee essayait de se maîtriser pour afficher une attitude sereine. Il ne fallait pas qu'il craque. Pourtant les accusations que portaient les deux agents en auraient déstabilisé plus d'un.

— Nous avons maintenant la preuve que le laboratoire vous a bien fourni un échantillon d'anthrax, celui que vous vous êtes ensuite empressé d'exhiber à l'antenne, poursuivit l'agent McGillicuddy d'un ton menaçant.

— Et, comme par hasard, enchaîna Mary Lyons, l'un de vos collègues a été contaminé… Mais, voyez-vous, nous ne croyons pas au hasard…

— À votre place, j'appellerais immédiatement votre avocat.

— Mais puisque je vous dis qu'il est injoignable avant lundi, répliqua Lee. Et les analyses sont quand même formelles, non ? La fiole que j'avais ce jour-là ne contenait que du sucre en poudre… Et puis, si l'on en croit les dernières nouvelles, on a retrouvé de l'anthrax chez Henning. Il a très bien pu s'empoisonner lui-même… En quoi serais-je responsable de quoi que ce soit ?

— Peut-être qu'Henning et vous étiez de mèche dans cette affaire ? insinua Mary Lyons en le regardant dans les yeux. Ou alors dites-nous comment l'anthrax que vous vous êtes procuré a pu se retrouver chez lui…

— Mais qu'est-ce que vous voulez que je vous réponde ? Je n'en sais rien, répliqua Lee, aux abois. Et d'ailleurs, qu'est-ce qui vous prouve qu'il s'agit bien du même ?

164

— Pour le moment rien, rétorqua l'agent McGilli-cuddy d'une voix glaciale. Mais des analyses sont en cours. Et s'il s'avère que les souches d'anthrax retrou-vées chez Henning correspondent à celles que vous a fournies le laboratoire, je ne donne pas cher de votre peau…

Lee se racla la gorge et déglutit avec peine.

— Maintenant, laissez-moi tranquille, je ne répon-drai à vos questions qu'en présence de mon avocat, bafouilla-t-il, affolé.

Puis il ouvrit la porte de son domicile pour les inviter à sortir.

79

Beth observait avec envie un plateau de nachos recouverts de fromage fondu. Elle en aurait volontiers englouti quelques-uns… Mais était-il raisonnable de céder à la tentation ? Le fromage, tout comme le sucre, est à bannir de votre alimentation, ne cessait de lui répéter son conseiller Weight Watchers, ce dont elle se souvint en cherchant du regard des aliments moins caloriques. Mais rien de ce que Linus avait commandé n'entrait dans cette catégorie. Elle aurait dû prendre un en-cas avant de venir…

Et Linus qui ne lui prêtait pas la moindre attention. C'est à peine s'il lui avait adressé un regard depuis qu'elle était arrivée. Pourtant, il passait de groupe en groupe, régalant chaque convive d'une anecdote ou d'un bon mot. Il plaisantait avec tout le monde. Avec tout le monde, sauf avec elle… Mais Beth avait mis au point une stratégie pour retenir son attention.

Connaissant sa passion pour le football américain, elle s'était renseignée et attendait le moment propice pour l'aborder. Bien que ne comprenant pas l'intérêt que l'on pouvait porter à ce sport de brutes, elle avait lu tous les journaux et s'était informée. Elle avait appris cette semaine que l'équipe favorite de Linus affrontait cet après-midi les Houston Texas.

— Alors, les New York Giants partent favoris… réussit-elle enfin à lui glisser tandis qu'il se dirigeait, seul, vers le bar.

Il décapsula une bière mais ne lui répondit pas.

— La clef du match réside dans la défense, poursuivit-elle en répétant ce qu'elle avait lu le matin même dans la presse. Les lignes arrière des Giants vont devoir assurer, sinon…

Linus la regardait, un peu surpris par ces considérations tactiques.

— C'est vrai, tu as raison. Mais ils vont y arriver, l'interrompit-il, visiblement peu enclin à continuer la conversation.

D'autant que Lauren Adams venait de faire son apparition.

On dirait Audrey Hepburn, songea Beth avec une pointe de jalousie tandis qu'elle observait Lauren, vêtue d'une simple robe noire. Les cheveux ramenés en chignon, il ne lui manquait plus que le fume-cigarette et les longs gants pour que la copie fût parfaite.

Linus la dévora du regard.

Beth se précipita sur les nachos.

166

80

Un verre de chablis à la main, Annabelle observait Beth qui affichait une moue renfrognée. Tout le monde au bureau savait qu'elle en pinçait pour le producteur exécutif de « Key to America ». Et tout le monde savait aussi que Linus ne l'apprécierait jamais que pour les services qu'elle lui rendait dans le bon déroulement de son émission…

Pauvre Beth, pensa Annabelle. D'autant qu'elle connaissait son secret. Bien que Jérôme ne lui en ait jamais parlé, elle savait, par des bruits de couloir, qu'ils avaient eu une liaison après son mariage avec Mike, et que celle-ci s'était très mal terminée. Surtout pour Beth, qui connaissait depuis de sérieux problèmes d'embonpoint.

Annabelle se souvenait pourtant d'une femme plutôt fine. Jérôme lui avait-il consacré un passage dans son livre ? Elle espéra que non. Vouloir dénoncer les abus de certains est une chose, déballer au grand jour la vie intime en est une autre, qu'Annabelle réprouvait.

Autour du lit de Jérôme, se tenaient son frère et deux infirmières.

Le médecin débrancha l'appareil de respiration artificielle et nota, pour son rapport : « Heure de la mort, 17 h 34. »

À la mi-temps du match, Linus se leva et demanda une minute d'attention.

— J'ai une surprise pour vous, dit-il en agitant les épreuves reliées de son livre, *Le Seul Enjeu : gagner la bataille de l'information*. Le livre ne sera disponible que dans une dizaine de jours, mais, dès demain, je ferai passer à chacun une copie de ce futur best-seller. Vous serez ainsi les premiers à en prendre connaissance…

Un murmure et quelques applaudissements polis parcoururent l'assemblée après cette tirade.

— Quelle bonne idée… chuchota Constance à l'oreille d'Annabelle. À la place d'une prime de fin d'année, le livre de Linus !

— Quelle chance, n'est-ce pas ? lui répondit Annabelle, d'un ton tout aussi caustique. Et je suis sûre que tout le monde ici préfère, et de loin, ces pages d'auto-satisfaction à une somme sonnante et trébuchante… D'abord, qu'en ferions-nous ?

— Alors on complote ? leur demanda Gavin Winston qui s'était emparé du manuscrit que Linus avait posé sur une table basse. Vous aussi vous subodorez que la prose de ce vaniteux ne vaut pas tripette ?

Annabelle, qui ne l'avait pas senti approcher, sursauta et lui fit signe de parler moins fort. Gavin, visiblement ivre, balaya ses craintes.

— Ne t'inquiète pas, il est trop occupé à pérorer pour m'entendre. Regarde-moi ce paon… Encore un peu et on va le voir faire la roue et l'entendre brailler… Quel ridicule !

Puis, avant que les deux jeunes femmes aient le temps de s'éloigner, il se mit à lire.

— Non mais, écoutez ça. Ce sont les premières phrases du chef-d'œuvre : « Pour un homme de télévision, prendre la plume est un challenge aussi excitant qu'angoissant, commença Gavin en imitant les intonations de Linus. Mais, heureusement, la rédaction de cet ouvrage s'est révélée plus aisée que je ne l'aurais imaginé, et chaque mot, choisi avec soin, faisait écho à des souvenirs… » Vous voulez que je vous dise un truc, si Linus a écrit plus de deux lignes de ce bouquin, c'est que moi je suis Marie-Antoinette, hoqueta Gavin avant de s'éloigner.

83

Yelena était épuisée. Elle avait peu dormi au cours des nuits précédentes et n'aspirait qu'à une soirée paisible. Elle aurait aimé prendre un verre puis se couler dans un bain bien chaud pour oublier un moment la tempête qui déferlait.

Mais il fallait hélas qu'elle se rende chez Linus. Ce dernier aurait en effet pris comme un affront personnel son absence… Qu'il aille au diable ! Lui et son maudit chien. Car Yelena, qui avait une phobie pour ces animaux, redoutait peut-être plus encore la présence du setter que le fait d'avoir à abandonner son cocon.

Elle se servait un verre de scotch quand Joe Connelly, qui n'avait pas quitté Key News de tout le week-end, appela.

— Que se passe-t-il, Joe ? demanda-t-elle au chef de la sécurité.

— Une mauvaise nouvelle, Yelena. Une de plus. Je viens d'apprendre la mort de Jérôme Henning. Nous avons maintenant deux homicides sur les bras.

84

— Écoutez, les enfants, leur dit Mike qui négociait avec eux. Si vous prenez votre bain maintenant, vous aurez le temps de regarder un dessin animé avant d'aller vous coucher.

Marché conclu.

Il laissa la porte de la salle de bains ouverte, afin de pouvoir entendre Tara et Thomas, et se rendit à la cuisine. Il voulait que tout soit impeccable quand Annabelle rentrerait. En effectuant ces simples taches, il se sentait lui-même comme un enfant qui voulait qu'on soit fier de lui. Mais, à dire vrai, il prenait aussi du plaisir à nettoyer et à ranger, en deux mots, à être actif et à se montrer efficace. En fait, c'est surtout l'envie d'agir qu'il trouvait encourageante.

Sans doute le nouveau traitement commençait-il à porter ses fruits. Il est vrai que, depuis qu'il le suivait, le brouillard qui enveloppait ses pensées semblait moins épais. La tragédie n'était pas encore oubliée – le serait-elle jamais ? – mais il se sentait moins oppressé. Pourvu que cela aille en s'améliorant, pensa-t-il. Mais à chaque jour son lot de surprises, alors autant profiter de l'instant présent.

De retour dans la salle de bains, il aida les jumeaux à se sécher et à enfiler leur pyjama.

— Il faut désinfecter mon doigt, papa, lui rappela Thomas.

— C'est vrai, tu as raison.

Mike s'agenouilla et tamponna un coton imbibé de mercurochrome sur la petite coupure.

— Et voilà ! lui dit-il. Tu es guéri.

— Je t'aime, papa, lui déclara son fils en passant ses bras autour du cou de Mike.

— Moi aussi, mon chéri, je t'aime, lui répondit-il en se relevant et en l'embrassant sur le front.

*

Le micro-ondes émit un bip. Mike ouvrit la porte du four et en retira le sac gonflé. Il versa ensuite le pop-corn dans un saladier qu'il déposa sur la table basse du salon.

— C'est comme au cinéma ! s'exclama Tara.

— C'est même mieux, assura Mike. Non seulement tu peux être en pyjama, mais en plus il n'y a personne devant toi pour te cacher une partie de l'écran.

Mike introduisit une cassette dans le magnétoscope et vint s'installer sur le canapé, entre les jumeaux. À peine était-il assis qu'une sonnerie retentit.

— La barbe, dit-il en se relevant.

Il posa la télécommande et se dirigea vers le téléphone situé dans la cuisine.

— Puis-je parler à Annabelle Murphy ? demanda l'homme à l'autre bout du fil.

— Je suis désolé, elle est absente pour le moment. Mais je peux peut-être prendre un message ? proposa Mike.

— Je suis Peter Henning, le frère de Jérôme et…

171

— Oh, bonjour, Peter, c'est Mike. Le mari d'Annabelle. Alors, comment va votre frère ?

Peter prit quelques secondes avant de répondre, d'une voix tremblante, que Jérôme était décédé depuis une heure et demie.

85

Linus observa le déhanchement de Lauren Adams avec gourmandise. Il la suivit jusqu'à la bibliothèque, impatient de se retrouver seul avec elle. La pièce aux hauts rayonnages ouvrait sur une terrasse à la vue imprenable. L'endroit idéal pour l'impressionner.

*

Annabelle sentit son téléphone vibrer. Mon Dieu, pourvu qu'il ne soit rien arrivé aux enfants, pensa-t-elle aussitôt.

— Que se passe-t-il, Mike ? lui demanda-t-elle après avoir décroché.

Elle n'entendit pas sa réponse, que couvrait le brouhaha de la pièce.

— Attends une minute, dit-elle en quittant la salle.

Elle se dirigea vers les toilettes et s'y enferma.

— Que disais-tu ? reprit-elle.

— Je suis navré de te déranger, mais je suis sûr que tu aurais voulu être prévenue le plus vite possible. Je viens de recevoir un appel du frère de Jérôme…

*

Yelena se fit déposer devant l'entrée de l'immeuble de Linus. Après l'appel de Joe, elle n'avait pas hésité un instant sur la conduite à tenir. Autant que ce soit elle qui annonce aux membres de l'équipe de « Key to America » le décès de leur collègue.

Les portes de l'ascenseur venaient de se refermer quand son portable sonna. C'était de nouveau le chef de la sécurité, qui avait cette fois obtenu les comptes rendus des tests effectués par l'équipe de décontamination.

— Et alors ? s'enquit-elle.

— Ils n'ont décelé la présence d'anthrax que dans un seul bureau…

— Lequel ? demanda aussitôt Yelena.

— Celui d'Annabelle Murphy.

86

John Lee ruminait, seul dans son appartement. Il fixait l'écran de son poste de télévision sans prêter la moindre attention aux images qui défilaient. Il n'aurait pas su dire laquelle des deux équipes menait à la marque. En fait, il se moquait éperdument du résultat de ce match… Une seule chose le préoccupait : il était hors de question qu'il porte seul le chapeau.

Il en voulait à Linus, avec qui il avait manigancé toute l'affaire. Maintenant que celle-ci avait mal tourné, le courageux producteur se défilait… Il niait catégoriquement avoir été informé des intentions du chroniqueur médical, rejetant sur ce dernier l'entière responsabilité de l'idée, avec les conséquences juridiques que cela impliquait.

Eh bien, non, il ne se laisserait pas faire ! Bouillonnant de colère, il éteignit le téléviseur d'un geste rageur.

Il n'était pas le bienvenu, et alors ? Ce n'est pas cela qui allait le dissuader de s'inviter à la fête…

87

Annabelle pensait que Linus devait être parmi les premiers informés. Elle le chercha du regard mais ne le trouva nulle part. Au moment où elle s'apprêtait à remonter pour informer Constance de la terrible nouvelle, la porte d'entrée s'ouvrit sur Yelena. Annabelle ne lui laissa pas le temps d'ôter son manteau et se précipita vers elle.

— Yelena, j'ai quelque chose à vous dire.

— Moi aussi, j'ai à vous parler, Annabelle, répliqua la présidente de Key News qui observait du coin de l'œil le setter irlandais qu'elle aurait voulu éviter. Venez, allons dans un endroit tranquille.

Elles entrèrent dans le salon désert qui jouxtait l'entrée. Yelena sortit un mouchoir de son sac et se moucha.

— Vous avez pris froid ? s'inquiéta Annabelle.

— Non, une allergie, ce n'est rien. Que vouliez-vous me dire ?

— J'ai reçu un appel de Peter Henning qui m'annonçait le décès de Jérôme, lui souffla Annabelle.

— Oui, je suis au courant. L'hôpital a prévenu la police qui a aussitôt averti Joe Connelly. Je suis navrée, poursuivit Yelena. D'autant que je sais que vous étiez… amis, conclut-elle après une légère pause.

Ainsi, elle était au courant qu'ils avaient eu une liaison… Mais cela n'avait après tout rien de surprenant. Les bruits de couloir se propagent si vite…

— Oui, répondit-elle, sentant les larmes venir.

Yelena lui prit les mains et la regarda avec compassion.

— Mais j'ai hélas une autre mauvaise nouvelle à vous annoncer, poursuivit la présidente.

Qu'est-ce qui va encore me tomber dessus ? songea Annabelle avant que Yelena lui rapporte l'appel qu'elle venait de recevoir du chef de la sécurité.

*

Annabelle regarda Yelena Gregory s'éloigner.

Il ne fallait surtout pas qu'elle cède à la panique.

Elle pensa aussitôt à Mike et aux enfants. Heureusement, ils ne risquaient rien. On avait certes trouvé des traces d'anthrax dans son bureau, mais à mille lieues de l'appartement, et, si elle-même avait été contaminée, elle aurait aussitôt été prévenue par les services du ministère de la Santé.

Il n'y a donc aucune raison de s'inquiéter, se répétat-elle encore une fois.

Pourtant, elle n'avait plus qu'une idée en tête : rentrer.

Alors qu'elle s'apprêtait à partir, elle croisa Wayne, visiblement en petite forme.

— Tu nous quittes déjà ? lui demanda-t-il.

Annabelle hésita à lui annoncer la nouvelle. Mais la rumeur devait déjà être en train de se propager parmi les invités, et il pourrait par la suite prendre ombrage du fait qu'elle ne l'ait pas mis au courant. Autant que ce soit elle qui s'en charge.

— Wayne, lui dit-elle, on vient de nous apprendre la mort de Jérôme.

Contrairement à ce qu'elle aurait imaginé, Wayne Nazareth ne se montra pas particulièrement surpris, encore moins peiné. Le seul commentaire qu'il émit fut un laconique :

— Tu sais, moi je ne risque rien, je prends du cipro.

88

L'irritation de Yelena grandissait à mesure qu'elle cherchait Linus. Quel hôte attentionné il faisait ! Où pouvait-il bien se cacher ? Impossible de lui mettre la main dessus au moment où elle avait besoin de lui.

Elle préférait en effet qu'il soit à ses côtés pour informer tout le monde des derniers développements de l'affaire. Ils ne seraient pas trop de deux pour les convaincre qu'il n'y avait pas lieu de s'alarmer, que la vie à Key News devait dès demain reprendre son cours normal.

Yelena se dirigea vers la bibliothèque, l'une des dernières pièces à l'exception des chambres qu'elle n'avait pas encore visitées. Elle ouvrit la porte, suspendit son geste et demeura interdite devant la scène dont elle aurait préféré ne jamais être le témoin.

Linus, le pantalon sur les chevilles, se dégagea prestement de Lauren. Yelena détourna le regard et d'un ton glacial lui lança :

— Rhabillez-vous en vitesse, nous avons du travail.

John Lee arriva au moment où tous étaient rassemblés en demi-cercle autour de Yelena Gregory et de Linus Nazareth.

— Il n'y a aucune raison de paniquer, personne ne court le moindre danger.

— Toutes les mesures ont été prises.

— On a bien vu ce que ça a donné à CBS ou à NBC… répliqua Gavin Winston, un brin provocateur.

— Les affaires ne sont absolument pas comparables, répondit aussitôt Yelena en essayant de masquer au mieux son agacement. Dans les cas que vous mentionnez, les chaînes avaient reçu des lettres anonymes contenant de l'anthrax, et il était impossible de déterminer leur provenance. Là, nous sommes pratiquement convaincus que Jérôme a été contaminé par l'échantillon que s'était procuré le docteur Lee.

Ce dernier fit un pas en arrière, heureux que tous les regards soient portés sur Yelena.

— Et alors, où est la différence ? demanda Russ Parrish. Que la poudre soit envoyée en douce par la poste ou qu'elle fasse son entrée par la grande porte, le résultat est le même : les locaux de Key News sont infestés. Et ce foutu poison est mortel…

— Non, réagit vivement Yelena. Des traces d'anthrax n'ont été décelées que dans un seul bureau, celui d'Annabelle. Et, à l'heure où je vous parle, une équipe de décontamination est déjà sur place. Tout sera rentré dans l'ordre en fin de soirée.

Annabelle, qui se tenait en haut de l'escalier, prête à partir, devint un instant le centre d'attraction. Elle vit passer dans le regard de certains de ses collègues des sentiments allant de la gêne à la répulsion.

— Je pense quand même que nous devrions tous suivre un traitement, lança Lauren. Il ne faut pas courir le moindre risque.

— Eh bien, si cela peut vous rassurer, nous distribuerons du cipro à quiconque en fera la demande, conclut Yelena, résignée. En tout cas, je compte sur tout le monde demain matin.

*

À peine la présidente eut-elle achevé son speech que tous se précipitèrent vers la sortie. C'était amusant, du moins instructif, d'observer ces professionnels de l'information paniquer et se comporter comme n'importe qui, de manière irrationnelle. Quelqu'un souhaita bon courage à Annabelle et l'inconnu pensa qu'elle en aurait bien besoin, tout en se demandant quand elle développerait enfin les premiers symptômes de la maladie…

Lundi 24 novembre

90

Le réveil n'avait pas eu raison du sommeil de Mike mais Annabelle renversa un verre d'eau posé sur la table de nuit en voulant étouffer la sonnerie.

— Désolée, chéri, je ne voulais pas te réveiller, murmura-t-elle.

Mike alluma la lampe de chevet et tous deux cillèrent des paupières pour s'habituer à la lumière.

— Je n'arrive pas à croire que tu ailles travailler, lui dit-il d'une voix tout ensommeillée.

— Je n'ai pas vraiment le choix, lui répondit-elle. Et Yelena a bien insisté hier soir pour que tout le monde soit fidèle au poste.

— Oui, sans doute, mais *tout le monde* n'a pas son bureau infesté…

— Eh bien quoi ? Tu veux que je reste ici ? Ça n'aurait aucun sens… Et puis, après tout, je n'ai aucun des symptômes, ni fièvre, ni toux, ni courbatures… Je vais bien !

— En es-tu si sûre ? lui demanda-t-il.

— Oh, Mike, je t'en prie. Ne complique pas les choses. Si j'avais contracté la maladie, je suis persuadée que les services d'hygiène m'auraient déjà avertie. Enfin, si ça peut te rassurer, je t'appelle tout à l'heure, dès que l'on nous communique les résultats.

— Ce qui me rassurerait vraiment, lui répondit-il, c'est que tu prennes des médicaments.

— Merci bien, mais je me passerais volontiers des effets secondaires !

— Évidemment ce n'est pas agréable, mon amour, mais si cela peut t'éviter le pire…

91

Annabelle connaissait bien le Radio City Music Hall pour y être venue à plusieurs reprises. Quand elle était enfant, déjà, sa mère l'amenait souvent assister au Christmas Spectacular[1], et Annabelle, comme nombre de petites filles de cet âge, rêvait un jour de faire partie de la célèbre troupe des Rockettes.

Une fois de plus, Annabelle fut impressionnée par le caractère majestueux du lieu.

Bien qu'il ne fût que 5 heures du matin, la scène était déjà éclairée et un nombre incroyable de personnes s'agitaient en tous sens avant que débutent les répéti-

---

1. Ouvert en 1932, le Radio City Music Hall est l'une des plus célèbres salles new-yorkaises. Les deux principaux spectacles sont donnés au printemps (Spring Spectacular) et en hiver, de mi-novembre à début janvier (Christmas Spectacular). Ces représentations grandioses mettent en scène les célèbres Rockettes, une troupe de girls créée en 1925 dans le Missouri, capables de lever la jambe dans un synchronisme parfait. *(N.d.T.)*

tions. Elle se dirigea vers la régie. Le premier visage connu qu'elle aperçut fut celui de Beth Terry.

— Je suis là, Beth, lui dit-elle en lui faisant un signe de la main.

— Enfin une bonne nouvelle, lui répondit cette dernière. Je craignais que toi aussi tu appelles pour dire que tu ne viendrais pas…

— Pourquoi ? Il y a eu des… désistements ? lui demanda Annabelle.

— Un bon tiers des effectifs, répliqua Beth en soupirant. Dont Gavin et Lauren. À l'heure qu'il est, Linus est en train de se creuser les méninges pour savoir ce qu'il va mettre à leur place.

Sans parler de psychose, le mot était peut-être encore un peu fort, la peur suscitée par l'anthrax était bien réelle, pensa Annabelle.

*

Assis dans l'un des fauteuils, au fond du théâtre, Russ Parrish relisait ses notes. Pour pallier les absences de ses collègues, Linus lui avait confié une seconde chronique. Avoir une présence plus importante à l'antenne n'était pas pour lui déplaire, bien au contraire, mais il aurait préféré disposer de davantage de temps pour préparer son intervention supplémentaire. Cela ne faisait qu'augmenter la pression qu'il éprouvait chaque fois qu'il devait passer en direct – même si pour rien au monde il n'aurait avoué ressentir un quelconque trac. Les grands professionnels de la télévision se vantent de pouvoir faire face à toutes les situations et d'improviser, le cas échéant, si la situation l'exige. Ne jamais être pris au dépourvu face à une caméra, telle est la devise.

Mais la pression était bien réelle. Linus l'avait à l'œil et ne lui laisserait pas passer la moindre erreur. Le premier faux pas lui serait fatal. En plus, avec cette histoire d'anthrax, la mort rôdait. Jérôme et le pauvre type de la cafétéria en avaient fait les frais. Si seulement, Russ avait pu prendre un peu de sa poudre personnelle pour évacuer tout ce stress… Mais il fallait qu'il tienne, qu'il attende la fin de l'émission.

En pensant à Jérôme, il adressa un remerciement ironique à celui qui lui avait fait goûter la cocaïne pour la première fois. Au cours d'une soirée, Jérôme lui en avait proposé, lui disant qu'il se sentirait bien mieux. Tellement mieux en effet qu'il était devenu dépendant…

Au moins Jérôme avait-il réussi à décrocher, songea-t-il amèrement.

92

Le réveil sonna de nouveau. Après avoir appelé pour se faire porter pâle, Lauren Adams s'était rendormie. Après tout, sa gorge était irritée ! Aussi considérait-elle qu'il ne s'agissait que d'un demi-mensonge, même si Linus ne serait pas dupe. À moins qu'elle ne lui ait transmis son début de rhume…

Lauren tendit le bras et fit taire la sonnerie, puis elle s'assit dans son lit et repensa à la soirée de la veille. Apprendre la mort de Jérôme avait été un choc, mais Lauren était bien plus préoccupée par le fait que Yelena l'avait surprise en fâcheuse posture. Voilà qui risquait de desservir sa carrière. Connaissant la présidente de

Key News, Lauren se doutait qu'elle n'oublierait pas de sitôt la scène dont elle avait été témoin. Et, sans l'appui de Yelena, Lauren pouvait dire adieu à ses rêves d'avancement. Ce n'est pas demain qu'elle occuperait le fauteuil de Constance Young...

Lauren ôta le masque qu'elle portait pour dormir et saisit la télécommande. Le générique de « Key to America » retentit et Constance Young, vêtue d'un ravissant tailleur rouge, avança sur la scène.

— Mesdames, mesdemoiselles, messieurs, bonjour. Nous sommes aujourd'hui en direct du Radio City Music Hall, où les Rockettes interpréteront en exclusivité pour vous quelques-unes des danses de leur merveilleux spectacle. Je peux également vous annoncer, en fin d'émission, la visite du Père Noël, qui a accepté de venir nous saluer... Mais commençons par les titres de l'actualité.

Après un début d'émission résolument gai et annonciateur de promesses futures, Lauren fut comme chaque fois frappée par la transition brutale. Le début du journal était à mille lieues des plaisirs proposés par la suite. Mais, comme ne cessait de le marteler Linus, il faut tenir le téléspectateur en haleine, lui en mettre plein la vue et le faire sortir de son train-train quotidien.

— Hier, en fin de journée, nous avons appris avec douleur le décès de notre collègue et ami âgé de trente-six ans, Jérôme Henning. La police, qui a trouvé de l'anthrax après avoir perquisitionné à son domicile, est en train d'essayer d'établir un lien entre cette affaire et celle qui a agité notre chaîne...

Lauren se leva et se rendit à la salle de bains. Elle s'aspergea le visage d'eau froide. Dès qu'elle serait

185

prête, elle se rendrait chez son médecin et se ferait prescrire du cipro. Il fallait qu'elle prenne les devants, surtout si ce mal de gorge se révélait être autre chose qu'un simple début de grippe…

93

Alors que les puissantes orgues jouaient des airs de Noël, Annabelle sentit une larme rouler sur sa joue. Jérôme lui aussi aimait cette période de l'année. Il redevenait un enfant à cette époque. Elle se souvint que, lorsqu'ils étaient ensemble, il avait insisté pour profiter de tout ce qui rend New York féerique. Ils avaient fait du patin à glace au pied du Rockefeller Center, il l'avait entraînée dans le rayon jouets du grand magasin FAO Schwartz, une véritable caverne d'Ali Baba. Ils avaient aussi effectué une promenade en calèche dans les allées enneigées de Central Park. Là, serrés l'un contre l'autre pour se protéger du froid, il lui avait murmuré qu'il ne la quitterait jamais…

Mais Annabelle avait rencontré Mike. Dès le début, elle avait su que c'était l'homme de sa vie. Même si elle n'était pas aussitôt tombée amoureuse de lui, elle ne serait de toute façon pas restée très longtemps avec Jérôme. Trop de choses dans son comportement lui faisaient peur. Il avait beau être créatif, spirituel, et se montrer le plus attentionné des compagnons, il y avait cette addiction… Et Annabelle n'aurait pour rien au monde voulu d'enfants de lui.

Pauvre Jérôme, pensa-t-elle quand les orgues se turent. Il est parti si tôt, et si soudainement… Bien qu'il ait vécu dangereusement, repoussant souvent les limites, Annabelle ne parvenait toujours pas à comprendre pourquoi la police avait trouvé de l'anthrax chez lui. Avait-il subtilisé la fiole au docteur Lee ? Voulait-il mettre fin à ses jours ? Cela n'avait aucun sens. D'autant qu'il était excité à l'idée que son livre paraisse... Se pourrait-il alors qu'il ait confondu l'anthrax avec une autre poudre blanche, et qu'il se soit empoisonné en croyant prendre une autre substance ? Annabelle rejeta l'hypothèse. Il n'en restait plus qu'une. Quelqu'un avait déposé l'anthrax chez Jérôme...

Lee faisait évidemment le suspect idéal. Mais se pouvait-il qu'il ait délibérément contaminé mon bureau et empoisonné Jérôme ? se demanda Annabelle. Avait-il pris connaissance du portrait sévère que Jérôme avait dressé de lui ?

Mais était-ce seulement un mobile suffisant pour tuer quelqu'un ?

94

Les coups répétés finirent par le réveiller. En maugréant, il rejeta les couvertures et enfila une robe de chambre. Encore ensommeillé, il se dirigea vers la porte d'entrée de son appartement.

— Qui est-ce ? demanda-t-il.

— FBI, ouvrez !

Merde ! John Lee essaya d'analyser la situation à toute vitesse. Quelles possibilités s'offraient à lui ?

Aucune. Aussi se résigna-t-il à ouvrir.

— Vous pouvez garder le silence, mais tout ce que vous…

— Je veux mon avocat. Je ne dirai rien sans sa présence…

— C'est votre droit le plus strict, mais, en attendant, suivez-nous.

95

Depuis la régie, Linus observait sur un moniteur de contrôle les Rockettes qui effectuaient leur chorégraphie. Vêtues d'un costume de Mère Noël, il les trouva sexy à souhait. De quoi fouetter l'audience matinale !

— Mate-moi un peu ces jambes, lança un opérateur.

— Caméra 2, gros plan sur la meneuse, ordonna le réalisateur. Caméra 3, on élargit sur le premier rang. Maintenant !

Au moment où, dans une synchronisation parfaite, les danseuses levèrent la jambe, tous les téléspectateurs du pays purent admirer le mouvement.

— Vas-y, chérie, plus haut.

— Allez, fais-nous voir ta petite culotte…

Linus écouta avec satisfaction les commentaires graveleux des techniciens. S'ils étaient ravis, les spectateurs le seraient aussi. Puis il jeta un œil aux écrans qui diffusaient les programmes des chaînes rivales. Rien qui leur arrivât à la cheville. Ce matin, « Key to America » écrase la concurrence, pensa avec plaisir le producteur exécutif de l'émission. Moment de bonheur renforcé par la disparition de Jérôme Henning. Un problème de résolu. Son nègre étant mort, Linus n'avait plus rien à craindre…

96

Une hécatombe s'était produite durant le week-end et les cadavres emplissaient les placards réfrigérés. Le médecin légiste consulta son listing et soupira. La morgue manquait cruellement de personnel.

Le corps de Clara Romanski devrait attendre son tour avant d'être autopsié.

97

Après l'émission au Radio City Music Hall, Annabelle prit un taxi pour rejoindre les locaux de Key News. Comme elle s'y attendait, elle trouva son bureau sous scellés. Pour consulter sa boîte vocale et prendre connaissance de ses éventuels messages, elle gagna la salle de rédaction et s'installa à un bureau vide.

— Bonjour, Annabelle, Peter Henning à l'appareil. Je voulais juste te prévenir que je repars pour la Californie ce matin. Les pompes funèbres s'occuperont de tout et rapatrieront son corps. Jérôme sera incinéré, mais il n'y aura pas de cérémonie. Je sais qu'il n'aurait pas aimé cela… Peut-être organiserons-nous plus tard une messe en son souvenir.

Puis Peter laissa son numéro de téléphone, qu'Annabelle nota.

— Tu es toute pâle, Annabelle, tu te sens bien ? lui demanda Beth qui faisait son entrée dans la salle.

— C'était un message du frère de Jérôme, lui répondit-elle. Jérôme va être incinéré sans cérémonie religieuse.

Si Annabelle avait espéré un peu de compassion de la part de Beth, elle en fut pour ses frais.

— Cela ne m'émeut pas, répliqua-t-elle d'une voix neutre. Cela ne me surprend pas non plus. C'est plutôt l'inverse qui m'aurait choquée. Qu'il y ait justement une cérémonie religieuse…

— Oh, Beth ! Comment peux-tu dire de telles choses ? s'écria Annabelle, déçue par ces propos.

— Jérôme ne respectait pas la vie humaine, lui répondit-elle en tournant les talons, laissant Annabelle sans voix.

*

Un deuxième message avait été laissé sur son répondeur par l'assistante de Yelena Gregory. Annabelle la rappela immédiatement et cette dernière lui demanda de venir sur-le-champ. Les deux agents du FBI qui l'avaient interrogée la semaine passée souhaitaient lui parler au plus vite.

À peine introduite dans le bureau de la présidente, Annabelle prit un siège et écouta Yelena lui faire part des derniers rebondissements de l'affaire.

— Le docteur Lee a été placé en garde à vue, de même que l'employé du laboratoire qui a avoué l'avoir aidé à se procurer l'anthrax.

— Nous essayons à présent de déterminer si un lien existe entre l'anthrax que Lee avait obtenu et celui retrouvé au domicile de Jérôme Henning, poursuivit Mary Lyons.

— Et nous espérons bien que vous pourrez nous aider… conclut Leo McGillicuddy.

Le ton de l'agent, sinon accusateur, du moins empli de sous-entendus, la mit mal à l'aise. Était-elle aux yeux du FBI coupable ou complice de quoi que ce fût ? Annabelle se sentit rougir et espéra que personne ne le remarquerait.

— Avez-vous une idée de la raison pour laquelle M. Henning aurait pu vouloir posséder de l'anthrax ? reprit McGillicuddy.

— Non, aucune.

— Pensez-vous que M. Henning aurait pu s'en procurer pour s'en servir comme d'une arme ?

— Non, certainement pas, c'est ridicule ! protesta-t-elle.

— M. Henning avait-il selon vous des raisons de vouloir jouer un mauvais tour au docteur Lee ? Des raisons pour le ridiculiser ou le mettre dans une fâcheuse posture ? continua l'agent McGillicuddy.

— Je ne comprends pas ce que vous insinuez, rétorqua Annabelle.

— Écoutez, reprit Mary Lyons en la regardant droit dans les yeux. John Lee a dû se sentir humilié quand les analyses ont démontré que l'anthrax qu'il avait exhibé à l'antenne n'était que du vulgaire sucre en poudre. Croyez-vous que M. Henning aurait pu procéder à la substitution pour se venger du chroniqueur médical ?

— Bien sûr que non, assura Annabelle avec conviction. C'est vrai que Jérôme n'appréciait pas vraiment

John Lee, ce n'était un secret pour personne, mais de là à… Non, en fait, il lui était plutôt indifférent. Je ne vois donc pas pourquoi il aurait pris de tels risques, juste pour se payer sa tête…

Sans faire le moindre commentaire, Mary Lyons se plongea dans son calepin, avant de reprendre :

— Joe Connelly nous a dit que vous aviez eu en votre possession un manuscrit de M. Henning, à ce qu'il paraît bien peu flatteur pour la plupart des membres de « Key to America »…

Annabelle jeta un bref coup d'œil vers Yelena. La réputation de Key News était si importante aux yeux de la présidente qu'Annabelle se demanda quelle aurait été sa réaction si elle avait eu connaissance du texte.

— … Un manuscrit qu'on vous a volé vendredi soir, poursuivit l'agent Lyons.

— Oui, c'est exact, répondit Annabelle.

— Et pourquoi n'en avoir rien dit à la police ? s'enquit l'agent McGillicuddy, soupçonneux.

— Vous savez, je me suis déjà fait voler un portefeuille par le passé, et j'ai pu constater que les petits larcins ne font pas partie des priorités des forces de l'ordre… C'est seulement après, en y repensant, que je me suis dit que c'était peut-être à cause du livre de Jérôme que l'on m'avait arraché mon sac. Et c'est la raison pour laquelle j'ai aussitôt averti notre responsable de la sécurité. Joe m'a alors dit qu'il se chargeait de prévenir les autorités compétentes.

McGillicuddy acquiesça.

— C'est exact, Joe Connelly nous avait alertés. Et nous avons également cru comprendre que vous aviez l'intention de noter tout ce que vous vous rappelleriez…

— Oui, j'ai pris des notes manuscrites, mais, si vous voulez, dès que je sors d'ici je peux vous les taper au propre, proposa Annabelle qui avait envie que l'entretien prenne fin.

Mais tel n'était visiblement pas l'avis des deux agents. McGillicuddy poursuivit l'interrogatoire.

— Madame Murphy, pensez-vous que quelqu'un ait pu en vouloir à M. Henning au point de l'assassiner et de dissimuler ensuite une fiole d'anthrax chez lui ?

Annabelle pesa bien sa réponse avant de lancer :

— Je pense en effet que le manuscrit contenait des détails assez embarrassants pour certains. Au point que quelqu'un veuille à tout prix empêcher sa publication ? Je ne sais pas, c'est possible… Le mieux serait peut-être que j'aille mettre mes notes au propre… suggéra-t-elle.

Annabelle commençait à se lever mais l'agent Lyons lui fit signe de rester.

— Un instant, madame Murphy, nous n'avons pas encore terminé !

Annabelle se rassit.

— Une dernière question. Par curiosité. Comment se fait-il que nous ayons retrouvé des traces d'anthrax dans votre bureau ? Vous n'auriez pas une petite idée, par hasard ?

Oh, mon Dieu ! pensa Annabelle, dont le cœur se mit à battre la chamade. Ils me considèrent vraiment comme suspect à part entière.

— Je pense que je vais devoir appeler un avocat, leur répondit-elle.

— Pourquoi ? Vous avez quelque chose à nous cacher ? intervint McGillicuddy.

— Non, répliqua Annabelle. C'est vous qui semblez insinuer que je vous cache quelque chose…

Annabelle ne prenait pas cette affaire suffisamment au sérieux.

Muni de gants en caoutchouc qu'il avait trouvés sous l'évier de la cuisine, Mike inspectait le placard de leur chambre à coucher, essayant de se rappeler les vêtements qu'Annabelle avait portés la semaine passée.

Elle serait furieuse de constater qu'il avait jeté le pull en cashmere qu'il lui avait offert il y a deux ans, mais il lui en achèterait un autre pour Noël. Le pull-over jaune alla rejoindre dans le grand sac poubelle un pantalon noir et le tailleur gris qu'elle portait vendredi. Mike y déposa également deux paires de chaussures en cuir noir.

Alors qu'il s'apprêtait à fermer le sac, Mike songea au vieux caban bleu marine d'Annabelle accroché dans l'entrée. Celui-ci, elle ne le regretterait pas. Elle ne cessait de répéter qu'il était usé jusqu'à la corde et démodé.

Mike noua ensuite le sac de manière énergique et appela l'ascenseur. Tandis que la cabine le menait au rez-de-chaussée, il se sentait heureux à l'idée de ne plus éprouver l'appréhension des mois passés. Oui, il allait mieux. Et c'est en sifflotant qu'il partit à la recherche d'une benne à ordures pour y déposer le sac poubelle.

Où pouvait-il bien se trouver ?

Annabelle entendit le répondeur de leur appartement se mettre en route. Elle laissa défiler la bande d'annonce, hésita un instant, puis raccrocha sans laisser de message. Inutile d'inquiéter Mike. Seul, il ruminerait la nouvelle toute la journée sans rien pouvoir y faire. Annabelle décida plutôt d'aller trouver Constance. Elle serait de bon conseil et pourrait sans doute lui indiquer les coordonnées d'un avocat.

Tu n'as rien à craindre, se dit-elle en se dirigeant vers le bureau de son amie. Tu ne caches rien. Continue à dire la vérité et tout se passera bien.

La porte était ouverte mais Constance n'était pas là. Annabelle s'assit au bureau, sachant que son amie ne lui en voudrait pas si elle utilisait l'ordinateur en son absence. Annabelle sortit du sac à dos qu'elle avait emprunté aux jumeaux en attendant de se racheter un nouveau sac à main les notes manuscrites qu'elle avait prises sur les différents membres de l'équipe de « Key to America ».

Elle avait quasiment fini de recopier les passages les plus forts du manuscrit de Jérôme quand une main posée sur son épaule la fit sursauter.

— Oh, tu m'as fait peur ! s'exclama-t-elle.

— Désolé, je ne voulais pas t'effrayer, s'excusa Russ Parrish. Je t'ai vue en passant dans le couloir et je voulais juste te dire que… que je suis triste au sujet de ce qui est arrivé à Jérôme.

— Merci, c'est gentil, lui répondit-elle après avoir recouvré son calme. Je sais que Jérôme et toi étiez aussi très proches… Que vous avez partagé de bons moments…

— De bons moments, oui ! Ça on peut le dire. Mais ça remonte quand même à quelque temps. En fait, au cours des derniers mois, on ne se voyait presque plus…

Annabelle ne répliqua pas, attendant que Russ poursuive sa pensée.

— Tu sais, les gens évoluent différemment…

— Ça me semble normal, lui assura-t-elle pour alimenter la conversation. Chacun suit sa voie, et les amis d'hier ne sont pas forcément ceux d'aujourd'hui…

— Oui, tu as raison, mais c'est surtout la manière brutale et imprévisible dont Jérôme a mis fin à notre relation qui m'a surpris, continua Russ.

Qu'entendait-il par « brutale et imprévisible »? songea Annabelle. Se pouvait-il que Jérôme ait décroché de la cocaïne et souhaité s'éloigner de ses anciens compagnons de débauche, ou était-ce la rédaction de son livre qui l'avait poussé à dresser des barrières avec les personnes qu'il égratignait au fil des pages? Mais Annabelle ne s'attarda pas sur cette question. Elle se demandait si Russ avait eu le loisir de lire par-dessus son épaule les quelques lignes le concernant.

— C'est la vie, Russ, lui murmura-t-elle, mal à l'aise.

100

Wayne lut le message qui s'affichait sur l'écran de son ordinateur :

De Yelena Gregory
À l'ensemble du personnel

Jérôme Henning, notre collègue depuis plus de dix ans, est décédé hier en fin d'après-midi, et nous déplorons tous sa perte. Nous appréciions ses qualités de journaliste et ses talents d'écrivain, de chroniqueur et de découvreur de talents. Travailleur infatigable, ses interventions matinales dans « Key to America » ont permis à des millions d'Américains d'être au courant de l'actualité littéraire. Nous sommes persuadés qu'il a grandement contribué, par ses conseils avisés, à influencer les choix de nombre de téléspectateurs, qui, comme nous, le regretteront.

Aucune date d'office n'a pour le moment été fixée mais nous vous tiendrons au courant dès qu'elle nous sera communiquée.

Merci de vous joindre à moi pour présenter toutes nos condoléances à la famille et aux amis de Jérôme Henning.

Après la lecture du message, Wayne secoua la tête et poussa un soupir. Voilà tout ce que l'on obtenait après dix ans de bons et loyaux services, pensa-t-il. À quoi bon s'investir dans son travail, passer ses soirées et ses week-ends à se démener pour offrir le meilleur de soi-même ? se demanda-t-il avec dépit. Pour quelle reconnaissance ? Trois malheureux paragraphes… Un message somme toute assez impersonnel, que Yelena Gregory avait dû rédiger en quelques minutes à peine, et d'où il ressortait qu'elle regrettait plus le journaliste que l'homme. Une perte pour Key News, une perte pour l'audience de l'émission ! Mais la vie continuait… sans vous.

En relisant le mail, Wayne remarqua que Yelena rendait hommage aux talents de journaliste de Jérôme. Il avait lui-même pu constater que Jérôme était effectivement doué pour l'investigation. Il avait le don de faire remonter à la surface des informations ou des détails que tout le monde croyait oubliés, même si cela n'avait aucun rapport avec son travail.

Pourquoi s'était-il intéressé à l'accident de Seth ? Le ressentiment de Wayne à l'égard de Jérôme avait été grand quand il avait découvert sur son bureau de vieilles coupures de journaux évoquant l'accident de son frère jumeau. Jérôme n'aurait jamais dû remuer ces éléments du passé…

101

Les toilettes étaient l'endroit indiqué pour s'isoler et pleurer tout son soûl sans que personne vienne vous déranger.

Pardonne-moi, mon Dieu, se morigéna-t-elle.

Jamais elle n'aurait dû tenir à Annabelle de tels propos au sujet de Jérôme. Il était mort à présent, et cela ne servait à rien d'accabler un mort, même si les reproches que l'on avait à son encontre étaient grands.

Beth prit quelques feuilles de papier hygiénique. Elle se moucha et essuya ses yeux rougis. Elle tira la chasse d'eau, sortit de la cabine et se dirigea vers les lavabos. Alors qu'elle s'apprêtait à appuyer sur le distributeur de savon liquide, elle suspendit son geste.

La tablette en métal dépoli située sous le miroir était couverte de poudre blanche…

*

Après avoir répondu au coup de fil hystérique de Beth, Joe Connelly ordonna que les toilettes soient fermées. Il appela ensuite les autorités pour leur signaler ce nouveau fait, puis saisit de nouveau son téléphone pour informer sa présidente.

— Yelena, c'est Joe, commença-t-il, hésitant. J'ai… j'ai encore une mauvaise nouvelle…

— Allons bon, que se passe-t-il cette fois ?

Après que Joe l'eut informée, la présidente de Key News reprit, fataliste :

— À ce rythme-là, les couloirs seront déserts demain matin…

— Pas forcément, répondit le chef de la sécurité pour la rassurer. Si *nous* ne cédons pas à la panique, il n'y a aucune raison pour que la contagion gagne tout le monde. Et puis j'ai appelé la police, laissons-la prendre les choses en main.

— J'espère que vous avez raison, conclut Yelena avant de reposer le combiné.

*

Après avoir averti Joe, Beth fit intrusion dans la salle de rédaction de « Key to America » pour informer ses collègues de sa découverte. Les cris firent sortir Linus Nazareth de son bureau.

— Que se passe-t-il ici ? tonna-t-il.

— De l'anthrax… j'ai trouvé de l'anthrax dans les toilettes… lui répondit Beth, hors d'elle.

— Tu as prévenu la sécurité ? s'enquit Linus, pragmatique.

— Oui, bien sûr.

— Bon, calme-toi, j'appelle Yelena. Et vous tous, poursuivit Nazareth en s'adressant au personnel de « Key to America », pas de panique. On se remet au travail, dit-il froidement en regardant un à un ceux qui étaient déjà en train d'enfiler leur manteau.

*

Linus prit son téléphone et pria sa présidente de délivrer rapidement un communiqué rassurant.

— Oui, c'est important… et urgent. Les rats sont en train de quitter le navire… lui dit-il en observant le bureau qui se vidait.

*

```
De Yelena Gregory
À l'ensemble du personnel


Une poudre blanche suspecte a été
retrouvée ce matin dans les toilettes
pour femmes de « Key to America ». La
police et des représentants du minis-
```

```
tère de la Santé sont aussitôt inter-
venus.
    La substance est en cours d'analyse
mais nous avons tout lieu de penser
qu'il s'agit de poussière provenant
du plafond.
    Nous vous communiquerons les résul-
tats dès que nous les connaîtrons et
vous enjoignons de reprendre votre
travail.
```

102

L'infirmière entra dans la chambre et consulta les divers moniteurs reliés au corps de la patiente. La femme d'un certain âge dont la voiture s'était hier encastrée dans une cabine téléphonique n'avait toujours pas repris connaissance. À son avis, elle ne sortirait pas du coma.

En remontant la couverture sur le corps d'Évelyne Wilkie, l'infirmière se promit de faire attention au volant Avec le verglas, les routes sont si dangereuses…

103

Alors qu'elle achevait de retranscrire ses notes, Annabelle fut informée que les tests effectués à partir de ses sécrétions nasales s'étaient révélés négatifs. Elle n'avait pas contracté la maladie du charbon. Et, comme une bonne nouvelle ne vient jamais seule, Constance l'appela dans la foulée pour lui dire que son ami avocat acceptait de la défendre si jamais le besoin s'en faisait sentir.

Un peu de répit au milieu de cette période agitée…

Annabelle tenta de joindre Mike pour lui faire part de ces bonnes nouvelles, mais, une fois encore, personne ne décrocha. De nouveau le répondeur. Où Mike pouvait-il bien se trouver ? Qu'était-il en train de faire ? Annabelle sentit l'inquiétude la gagner, un sentiment familier ces derniers temps… Mais il n'y avait rien qu'elle puisse faire sur le moment, sinon espérer que Mike serait présent après la sortie de l'école pour veiller sur les enfants et que, de nouveau, il agirait en adulte responsable.

Annabelle sentit poindre la faim. Réalisant qu'elle n'avait avalé qu'une moitié de bagel dans le taxi qui la ramenait du Radio City Music Hall, elle prit son porte-monnaie et se rendit à la cafétéria.

En faisant la queue avec son plateau, elle eut une pensée pour Edgar. Et aussi pour la sœur et les neveux de ce dernier, qui semblaient tant l'aimer. Les fêtes de fin d'année ne seraient certainement plus jamais gaies pour eux, marquées pour toujours par le souvenir de sa disparition.

— Savez-vous quand aura lieu l'office à la mémoire d'Edgar ? demanda Annabelle à la caissière qui enregistrait son sandwich et son Coca *light*.

— Demain soir, à 19 heures, à la Calvary Baptist Church, dans le Bronx, répondit la femme sans lever le nez de sa caisse.

Annabelle la remercia, puis s'éloigna. L'heure de la cérémonie lui parut bien tardive, mais au moins pourrait-elle y assister. La mort de Jérôme ne devait pas éclipser celle d'Edgar.

104

En arrivant, Lily avait été soulagée d'apprendre que Gavin Winston avait appelé pour dire qu'il ne viendrait pas aujourd'hui, prétextant un léger état grippal... Elle n'avait cessé de penser à ses avances pendant tout le week-end, et avait même envisagé de ne pas se rendre au bureau en ce lundi matin. Mais elle voulait voir son stage couronné d'une bonne note, aussi avait-elle pris sur elle pour être fidèle au poste.

Elle avait évoqué la situation embarrassante dans laquelle elle se trouvait avec sa colocataire, à qui elle avait même montré des copies des mails que Gavin lui avait envoyés. Cette dernière s'était montrée outrée et vindicative. Elle avait insisté pour que Lily aille porter plainte en haut lieu. Mais c'est ni plus ni moins que du harcèlement sexuel, lui avait-elle dit. Il ne faut pas que tu le laisses faire. Réagis !

À Key News, il n'y avait pas plus haut placé que Yelena Gregory.

Lily prit son courage à deux mains et se dirigea vers le bureau de la présidente. Son assistante regardait l'agenda de Yelena quand cette dernière fit son apparition.

— Vous vouliez me voir ? lui demanda-t-elle.

— Oui, bafouilla Lily avant de se reprendre. Je suis Lily Dalton et j'effectue actuellement un stage au sein de la rédaction de « Key to America ». Et j'ai… Et, j'aimerais vous parler de…

— Je n'ai pas beaucoup de temps à vous consacrer, l'interrompit Yelena en regardant sa montre. Mais suivez-moi.

*

Lily avait à peine quitté le bureau que Yelena prit son téléphone et appela le service informatique.

— Je veux qu'à partir d'aujourd'hui vous me transfériez discrètement tous les courriers électroniques que Gavin Winston envoie et reçoit, ordonna-t-elle. Et faites-moi aussi parvenir une copie de tous ses mails depuis un an.

— Pas de problème, lui fut-il répondu. On fait comme d'habitude…

105

Gavin sortit de chez Saks, sur la 5e Avenue, où il venait de s'acheter un costume et des affaires de rechange, pestant intérieurement contre Margaret, la responsable de ces nouvelles dépenses imprévues.

En tournant dans la 57e Rue, il observa son reflet dans la vitrine d'un magasin. Son nouveau costume à rayures élégamment coupé lui allait à la perfection. Les cheveux grisonnants, la cinquantaine distinguée, Gavin avait l'air déterminé de celui qui marche sans crainte vers son objectif. À l'opposé du mari veule et craintif qu'il était… Pourtant, quels que soient les arguments de Margaret, il était bien décidé à rentrer à la maison ce soir. À moins que…

Car, avant cela, il fallait qu'il passe au bureau consulter sa messagerie électronique, où l'attendait certainement un e-mail de Lily. Avait-elle accepté son invitation à dîner ? Il fallait également qu'il se tienne informé des derniers développements de l'affaire Wellstone. Et, si jamais quelqu'un lui demandait ce qu'il faisait là, alors qu'il était censé être malade, il répondrait qu'il ne se sentait toujours pas mieux, mais que le travail passait avant tout… Ou un bobard du genre !

106

Yelena tapa elle-même le message, espérant que sa diffusion éviterait que la psychose gagne la chaîne.

```
De Yelena Gregory
À l'ensemble du personnel


Le laboratoire nous a communiqué
les résultats des tests pratiqués la
semaine dernière et je suis heureuse
de vous annoncer que tous se sont révé-
lés négatifs. Aucun membre du person-
nel de Key News n'a été contaminé par
l'anthrax et aucun n'a donc contracté
la maladie du charbon. J'espère que
```

cette bonne nouvelle incitera tout le monde à reprendre le travail dans la sérénité.

Les autorités poursuivent leur enquête sur les décès de Jérôme Henning et Edgar Rivers. Nous sommes sûrs que la police et le FBI – avec qui nous coopérons sans compter – résoudront prochainement ces deux cas.

Le docteur Lee, l'ancien chroniqueur médical de « Key to America », a été mis en examen pour son implication présumée dans le décès accidentel de Jérôme Henning.

Ce message est pour moi l'occasion de tous vous remercier pour avoir su faire face au cours de la période agitée que nous traversons. Si Key News reste leader sur plusieurs créneaux horaires, c'est à vous tous qu'elle le doit.

Gardons ensemble le cap et je suis sûre que nous retrouverons très bientôt des jours meilleurs.

107

Après être passée à la pharmacie, Lauren regagna son appartement. Déterminée, elle commença sur-le-champ son traitement. Après avoir avalé le premier comprimé de cipro, elle alluma la télévision et suivit la fin de l'émission d'une célèbre présentatrice noire. Comme chaque fois, elle envia cette femme partie de nulle part qui, sans relations dans le milieu audiovisuel, avait bâti un empire. L'envie céda ensuite la place à l'espoir. Si cette dernière avait atteint les sommets, cela prouvait que Lauren elle aussi pouvait tutoyer les cimes…

Remontée par cette pensée, elle quitta le sofa et se dirigea vers son bureau. Elle alluma son ordinateur et se connecta sur le serveur de Key News afin de consulter ses messages professionnels. Après avoir pris connaissance du dernier e-mail rassurant de Yelena, Lauren regretta un instant d'avoir commencé le traitement. Mais elle se ravisa aussitôt. Qu'est-ce qui prouvait que la présidente de Key News ne mentait pas ? Rien… Lauren savait d'expérience que la direction se permettait souvent des entorses à la vérité, quand celles-ci servaient ses objectifs.

Finalement, Lauren se félicita d'avoir pris la décision qui s'imposait. Quoi qu'il advienne dans les prochains jours, elle resterait non seulement en vie mais reviendrait plus forte encore sur les sentiers de la gloire !

108

Le mouchoir imprégné d'anthrax laissé dans l'une des poches du caban d'Annabelle Murphy n'avait visiblement pas atteint sa cible ! La jeune femme déambulait tranquillement dans le hall de la chaîne, affichant une santé insolente.

Mais Annabelle représentait une menace. Elle avait lu le manuscrit de Jérôme Henning et pouvait à tout moment décider d'en divulguer le contenu. Aussi son élimination n'était-elle que partie remise…

Et si l'anthrax n'avait pas apporté les résultats escomptés, d'autres moyens plus radicaux seraient mis en œuvre. Très prochainement…

109

Annabelle était épuisée. Debout depuis 4 heures du matin après une nuit des plus courte, elle n'avait cessé de courir dans tous les sens. Dès la fin de la retransmission depuis le Radio City Music Hall, elle s'était attelée aux préparatifs de l'émission du lendemain, qui serait diffusée depuis Ellis Island et la Statue de la Liberté.

Parmi bien d'autres tâches, elle avait en ce début d'après-midi effectué un choix parmi les photos que Constance Young et Harry Granger lui avaient remises de leurs ancêtres. Ces derniers avaient, comme douze millions d'immigrants, transité par ce point. Leur premier pas aux États-Unis, pays de toutes les libertés, sociale ou économique, ils l'avaient posé sur cette île au large de Manhattan.

Annabelle devait concocter deux minireportages de quatre-vingt-dix secondes chacun retraçant les origines des ancêtres des présentateurs de « Key to America », ainsi que la manière dont ces aïeux avaient ensuite poursuivi le rêve américain. S'étaient-ils fondus dans leur nouvelle vie ? Avaient-ils réussi ? Elle pensa à sa mère et se dit qu'il faudrait qu'elle l'interroge à son tour, afin de pouvoir évoquer avec les jumeaux leurs racines familiales.

Elle prépara les commentaires, tapa les scripts et les faxa au domicile des deux présentateurs. Elle recueillit ensuite leurs commentaires par téléphone, effectua les quelques modifications puis vérifia que toutes les images dont elle avait besoin étaient prêtes : des séquences d'archives et des images montrant les registres de l'immigration, que Wayne était allé filmer un peu plus tôt en compagnie d'un cameraman.

Annabelle laissa le tout dans les mains expertes des monteurs et, confiante, elle décida de rentrer chez elle. Instinctivement, elle se dirigea vers son bureau mais, se rappelant que ce dernier était sous scellés, gagna celui de Constance où elle avait laissé ses affaires.

Elle croisa Wayne Nazareth dans le couloir.

— Merci pour les plans que tu as pris, lui dit-elle pour l'encourager. Je pense qu'ils s'intégreront très bien dans les reportages.

— Tant mieux si ça a pu te rendre service, lui répondit-il mollement. Tu rentres déjà ?

— Oui, il faut que je sois demain matin à Ellis Island, aux aurores.

— Moi aussi… Alors, à demain, dit Wayne d'une voix lasse avant de s'éloigner en traînant le pas.

*

Alors qu'elle marchait vers l'ascenseur, Annabelle passa la tête dans l'entrebâillement de la porte du bureau de Beth Terry. Cette dernière, faisant une entorse à son régime, engloutissait une part de gâteau au chocolat.

— Je rentre, Beth, on se voit demain matin.

— Je suis moi aussi sur le départ, lui répondit-elle en s'essuyant précipitamment les lèvres avec une serviette en papier. Juste deux ou trois bricoles à vérifier et je me sauve.

— Alors à demain, 5 heures…

— Annabelle ?

— Oui ?

— Je voulais te dire au sujet de Jérôme, reprit Beth d'une voix hésitante. Je suis vraiment désolée des propos que j'ai tenus ce matin… Je me suis emportée… Et ils ont dépassé mes pensées. Je sais aussi que vous aviez été très proches tous les deux…

— Ce n'est rien, lui répondit Annabelle, qui fut un instant tentée de l'interroger sur sa propre liaison avec Jérôme.

Mais comme Beth ne semblait pas prête à continuer, elle s'éclipsa.

*

Elle eut la désagréable sensation d'être suivie alors qu'elle remontait le trottoir en direction de Colombus Circus pour y prendre le métro. Mais chaque fois qu'anxieuse elle s'était retournée, elle n'avait reconnu aucun visage. La foule se mouvait et personne ne semblait à ses trousses.

Elle attendit quelques instants à peine sur le quai avant que le train fasse son entrée dans la station. Dès que les portes s'ouvrirent, elle fut portée par le flot des passagers qui s'engouffrèrent dans la rame. Elle trouva une place, au fond, contre une vitre, et se laissa bercer par le rythme lancinant du métro serpentant sous les rues agitées de la ville. Elle veilla toutefois à ne pas s'assoupir pour ne pas manquer l'arrêt.

Elle descendit à Christopher Street et monta la volée de marches pour retrouver l'air libre. Le vent frais balayant la ville la fit frissonner mais la revigora. Elle s'arrêta dans leur restaurant thaïlandais préféré et commanda du poulet satay pour les jumeaux, sans oublier le traditionnel supplément de cacahuètes, et un plat plus épicé pour Mike et elle. Encore de la nourriture toute préparée ! Mais elle était vraiment trop exténuée de sa journée pour, à peine rentrée, passer des heures derrière les fourneaux.

En quittant le restaurant, elle se réjouit d'habiter un quartier aussi agréable que Greenwich Village, où tout était à portée de main, services et commerces de bouche… Perdue dans ses rêveries, elle attendait que le feu passe au rouge quand deux bras vigoureux la poussèrent vers la chaussée, au moment même où un bus arrivait…

*

Un crissement de freins déchira la nuit tombante.

— Oh, mon Dieu ! s'écria une femme d'un certain âge depuis le trottoir.

*

Annabelle se sentit propulsée vers l'avant. Elle vit le bus approcher. Il n'y avait rien à faire… Les enfants, Mike, pensa-t-elle aussitôt.

La scène dura une seconde à peine. Pourtant, comme diffusée au ralenti, Annabelle en enregistra tous les

211

détails. Elle vit le bitume approcher à toute vitesse, les pneus du bus… Mais aussi une voie de salut. Les yeux fermés, elle roula sur elle-même et fit en sorte que son corps se retrouve dans l'axe de la direction du car. Aussi, quand ce dernier pila, Annabelle se retrouva-t-elle à moitié avalée sous le corps du monstre. Mais indemne ! Pas déchiquetée par ses roues géantes…

Elle resta ainsi quelques secondes à réaliser sa chance et reprendre ses esprits. Déjà, la foule s'agglutinait autour d'elle.

— Ça va ?

— Rien de cassé ? lui demanda le chauffeur du bus, visiblement soulagé de la voir se dégager, puis se relever, indemne.

— Non, tout semble aller, répondit Annabelle en frottant ses vêtements.

Dans le halo des phares, elle vit les portions de poulet éventrées qui gisaient sur la chaussée. Annabelle se mit à frissonner. Puis elle se massa la nuque et effectua quelques étirements. Ses muscles étaient endoloris, ses paumes joliment éraflées, mais miraculeusement elle n'avait pas à déplorer de séquelles plus graves.

— Non, tout… tout va bien, répéta-t-elle à plusieurs reprises.

Une dame lui tendit son sac à main et les restes de ses courses qui avaient valdingué à cause du choc. Un autre bon Samaritain insista pour la raccompagner chez elle.

Dans l'encoignure d'une porte d'immeuble, son agresseur la regarda s'éloigner, dépité.

212

110

Mike préparait le dîner tandis qu'Annabelle se reposait sur le canapé du salon. Pendant que les croque-monsieur chauffaient dans le four, il lui apporta un bol de soupe à la tomate et deux tranquillisants.

— Je n'aurais jamais cru que j'en viendrais à envisager cette éventualité, lui dit-il. Mais pourquoi ne quitterions-nous pas cette ville où les avions s'écrasent sur les tours et où les passants se font pousser sous le bus pour un endroit plus calme, plus tranquille ? lui dit-il d'une traite.

Elle avala les deux comprimés avec la première gorgée de soupe et sentit le liquide brûlant descendre en elle. Elle ferma les yeux et se détendit peu à peu. Oh, oui ! Cette éventualité était particulièrement tentante ce soir.

— Je ne comprends pas que la police ne soit pas intervenue ! lança Mike depuis la cuisine.

— Je n'ai même pas été blessée, pourquoi aurait-elle été prévenue ?

— Mais, bon sang, quelqu'un t'a quand même poussée, il s'agit d'un homicide ! lui répondit-il outré en se plantant devant elle.

— En fait, je n'en suis plus si sûre, murmura Annabelle avant de reprendre une gorgée de soupe. Plus j'y pense et plus je me dis que ma chute est la conséquence d'un mouvement de foule.

— Peut-être, mais tu n'en es pas certaine. Et puis il se passe quand même beaucoup de choses étranges en ce moment. Je persiste à penser qu'il faut prévenir la police. De toute façon, si tu ne le fais pas je m'en chargerai.

— Bon d'accord, je vais les appeler, finit-elle par céder.

— Bien, lui répondit Mike en lui tendant le combiné. Avertis-les, je vais donner leur bain aux jumeaux.

*

— Papa, j'ai mal.

— Où ça, mon chéri ? demanda Mike en examinant la main que Thomas lui tendait après avoir soufflé pour faire s'envoler la mousse de savon. Je ne vois rien.

— Mais si, là !

Mike se pencha pour examiner de plus près la main de son fils.

— Oh, c'est sans doute ta coupure.

— Oui, mais ça me brûle…

— La plaie a dû se rouvrir, c'est pourquoi elle te fait mal. Mais tout a l'air propre, il n'y a pas à s'inquiéter. Allez, sois fort. Et sors du bain. Sèche-toi, il est temps d'aller se coucher.

Mardi 25 novembre

111

Mike alluma la lampe de chevet et s'adressa à Anna-belle qui s'habillait dans le noir :

— Tu cherches à obtenir la médaille du martyr de l'année, ou quoi ? lui demanda-t-il en se redressant sur le lit.

— S'il te plaît, Mike, je ne suis pas d'humeur à entendre tes reproches, lui répondit-elle en soupirant.

Elle se retourna et continua à se vêtir en regardant par la fenêtre. Elle grimaça quand le collant passa sur son genou recouvert d'une gaze. Après l'avoir enfilé, elle se dit que, vu le froid, il serait prudent de porter une seconde épaisseur. Elle ouvrit le placard à la recherche d'un caleçon de sports d'hiver.

— Tu sais, rester une journée à la maison de temps à autre n'a rien de déshonorant, poursuivit Mike. Surtout quand on a failli se faire écraser par un bus la veille… Et si Linus Nazareth n'arrive pas à comprendre cela, il est temps pour toi de trouver un nouveau boss, conclut-il, un soupçon de colère dans la voix.

Pour la première fois depuis des mois, Mike réagissait, prenait à cœur les choses la touchant. Annabelle y fut sensible, mais lui rétorqua :

— Mes problèmes sont bien le cadet des soucis de Nazareth. Et que j'aie été renversée par un bus lui importe peu. Quant à trouver un nouvel employeur ! Je ne sais pas si tu as remarqué, mais le marché de l'emploi n'est pas florissant en ce moment... Et ce ne sont pas tes revenus actuels qui permettraient de faire vivre une famille...

Annabelle se mordit aussitôt la langue. Elle avait laissé échapper ces paroles, qui reflétaient certes ses pensées, mais accusaient Mike de tous les maux. Le visage de ce dernier se rembrunit aussitôt.

— Je suis désolée, chéri, embraya-t-elle en se précipitant vers lui. Ce n'est pas ce que je voulais dire...

— Non, tu as raison, lui dit-il gravement. Je n'ai pas été à la hauteur ces derniers temps. Je vous ai laissé tomber, toi et les enfants...

— Oh, chéri ! lui murmura-t-elle en l'embrassant. Je sais ce que tu as enduré. Je sais quel traumatisme tu as vécu. Je ne t'en veux pas. Crois-moi...

— C'est le passé, désormais, lui répondit-il en l'enlaçant. Tu vas maintenant retrouver le Mike que tu connaissais.

— Je t'aime, souffla-t-elle en l'embrassant tendrement. Et si tu décides de changer de voie, d'abandonner le métier de pompier, de quitter New York, d'aller t'installer ailleurs, sache que je te suivrai... Mais là, laisse-moi aller travailler. Laisse-moi finir de m'habiller. On a encore besoin de mon salaire.

*

Annabelle poussa un juron.

— Que se passe-t-il ? lui demanda son mari.

— Je ne trouve plus mes chaussures noires ! Bon sang, je suis pourtant sûre de les avoir rangées là…

— Euh… J'ai oublié de te dire, intervint Mike quelque peu gêné… Je les ai jetées…

— Quoi ! Tu plaisantes ?

— Non, absolument pas, lui affirma Mike. Tes chaussures, et aussi tout ce que tu as porté ces derniers jours. Il ne faut prendre aucun risque.

— Mais comment vais-je m'habiller ? protesta Annabelle qui, au fond d'elle-même, reconnaissait que Mike avait eu raison.

112

Il faisait froid sur le pont du ferry qui menait à Ellis Island. Une température polaire. Après quelques minutes à l'extérieur, dame Liberté en point de mire, Annabelle rentra bien vite au chaud la contempler derrière les vitres. La journée allait être longue. Inutile de dépenser aussi tôt toute son énergie.

Harry Granger interviendrait ce matin de la Statue de la Liberté tandis que Constance officierait du Musée de l'immigration. Apercevant son amie, Annabelle se dirigea vers elle et prit un siège à son côté. Elle lui fit voir ses paumes meurtries et lui raconta ses mésaventures de la veille.

— Mike aurait voulu que je reste à la maison… conclut Annabelle. En tout cas, il a insisté pour que je prévienne la police.

— Sur ce dernier point, au moins, il a eu parfaitement raison. Et qu'ont dit les autorités ? s'enquit Constance.

— Pas grand-chose. J'ai l'impression que la personne au bout du fil a patiemment pris ma déposition… Sans plus. Mais d'un autre côté, je ne suis pas moi-même certaine d'avoir été poussée, je n'avais aucune description à lui fournir, aucune preuve… Il n'y a pas eu non plus de témoins. Alors, bon…

*

Pendant qu'ils débarquaient, Annabelle essaya d'imaginer ce qu'avaient pu ressentir les premiers immigrants au moment où ils foulaient la terre promise après une si longue traversée de l'Atlantique. Sans doute des sentiments où se mêlaient le regret d'avoir abandonné sur le vieux continent un pan d'eux-mêmes et l'espoir. Une vie nouvelle s'ouvrait désormais.

Annabelle et Constance entrèrent dans la Salle des bagages, la première pièce du bâtiment principal de l'île. Dans ce hall d'accueil, les nouveaux arrivants devaient laisser toutes leurs affaires avant d'accomplir les formalités administratives d'admission dans leur nouveau pays.

Elles se dirigèrent vers Beth Terry, qui observait des valises et des malles d'époque disposées tout autour de la pièce.

Beth tendit à Constance quelques feuillets dactylographiés.

— Tiens, lui dit-elle en les lui remettant. Voilà le script de l'émission. Je suppose que tu voudras le lire en te promenant, afin de te familiariser avec les lieux.

— Et moi, en quoi puis-je t'être utile ? demanda Annabelle.

— Pour l'instant, je n'ai pas besoin de toi. Tout est sur les rails, lui répondit Beth. En revanche, dès que les différents invités et intervenants arriveront, je compte sur toi pour les accueillir et les mener jusqu'au plateau.

— Parfait. Voilà un programme qui me convient. Si tu n'y vois pas d'inconvénient, je vais accompagner Constance. J'ai toujours eu envie de visiter le musée…

C'était l'un des aspects de son métier qu'Annabelle préférait : être payée pour découvrir des endroits hors du commun.

Après avoir gravi un escalier, les deux amies traversèrent la Salle d'enregistrement, où les nouveaux arrivants qui n'avaient pas à passer la visite médicale étaient dirigés. Ils étaient alors soumis à un questionnaire à l'issue duquel leur était – ou non – donné le droit d'entrer sur le territoire américain.

Toutes deux observèrent, admiratives, le mur d'honneur où les noms de quelque quatre cent vingt mille immigrants avaient été gravés.

— C'est le mur sur lequel il y a le plus de noms inscrits au monde, commenta Constance en consultant ses notes.

Constance et Annabelle ne purent voir toutes les pièces relatant l'histoire de ceux qui avaient aidé à bâtir la nation américaine mais elles terminèrent leur visite par la sorte de dortoir où la plupart des nouveaux arrivants passaient une nuit.

— C'est horrible, émit Constance. Peut-on imaginer d'être entassés à ce point…

— Tu sais, l'homme est capable de s'adapter à bien des situations, et à endurer bien des souffrances, lui répondit Annabelle en grimaçant.

— Ça ne va pas ? lui demanda Constance en observant son visage crispé.

— Ce n'est rien. Juste mon genou qui m'élance. Je pense que je vais aller m'asseoir et me reposer en attendant le début des réjouissances…

Alors qu'elle s'éloignait en boitillant, Annabelle admit pour la première fois qu'elle l'avait échappé belle. Les conséquences de l'agression auraient pu être catastrophiques. Et si elle avait été tuée… Mike s'en serait-il sorti, seul avec les enfants ?

*

Pour la première de ses interventions, Russ avait rassemblé des extraits de films traitant de l'immigration. Le montage final contenait des scènes tirées de *Charlot voyage*, où Charlie Chaplin retraçait sa propre immigration aux États-Unis, remontant à 1910, et d'autres extraits d'*America, America* d'Elia Kazan, un film évoquant le rêve de fouler le sol américain, du *Parrain* de Francis Ford Coppola et de *Far and Away* de Ron Howard, où l'on suit l'implantation en Oklahoma d'un fermier irlandais et de sa jeune épouse.

Linus avait insisté pour regarder le montage avant sa diffusion à l'antenne, alors que, d'ordinaire, l'aval de Dominick O'Donnell suffisait. Russ, qui n'avait pas apprécié cette marque de défiance, et encore moins ce « flicage » qu'il détestait par-dessus tout, scrutait le profil de Linus Nazareth.

— C'est une bonne séquence, lâcha ce dernier.

Russ n'eut pas le temps d'émettre le moindre remerciement, Linus avait déjà tourné les talons. Mais Russ savait d'avance que son sujet serait approuvé. Du reste, il ne comprenait pas pourquoi Nazareth avait voulu le voir. Il ne comportait que des extraits de films sortis depuis des lustres. Aucune nouveauté, aucun risque donc qu'un producteur ait souhaité s'attacher l'avis favorable du chroniqueur…

*

Annabelle accompagna l'invité et tout son attirail jusqu'à la Salle des bagages.

— Vous pouvez vous installer ici, lui dit-elle.

Lauren Adams fit son arrivée au moment où le représentant de ce grand bagagiste disposait valises et sacs de tailles et couleurs variées à l'endroit que lui avait indiqué Annabelle.

— Nous allons d'abord faire des plans sur les sacs, les malles et les paquetages des immigrants pour ensuite montrer les merveilles que peut se procurer le voyageur du XXIe siècle, dit Lauren, au plus grand plaisir de l'homme qui finissait son arrangement.

Annabelle consulta son planning. Le prochain invité n'allait pas tarder. Aussi se dirigea-t-elle vers l'entrée pour l'accueillir.

— Tu boites, Annabelle ? s'enquit Lauren. Que t'est-il arrivé ?

— Oh, ce n'est rien, je suis tombée. Ça va passer.

Lauren la regarda s'éloigner en hochant la tête d'un air sceptique.

*

Il l'aperçut près du buffet où étaient disposés rafraîchissements et viennoiseries. Il marcha vers elle mais se servit une tasse de café avant de l'aborder.

— Je ne t'ai pas vue hier au bureau, quand j'y suis passé, Lily. J'espérais pourtant que je t'y trouverais et que nous dînerions ensuite tous les deux, comme nous l'avions évoqué…

Au lieu de quoi, je me suis tapé un tête-à-tête avec Margaret, poursuivit Gavin pour lui-même.

— Je suis navrée, monsieur Winston, mais j'ai eu un empêchement, répondit timidement la stagiaire en mordillant son donnut. Bon, il faut que j'y aille, enchaîna-t-elle, j'ai promis à Beth de l'aider.

Pas besoin d'être grand clerc, Gavin comprit en la voyant partir de manière précipitée que Lily l'évitait. Comme bon nombre de ses congénères avant elle !

*

Un micro sans fil clippé au col de sa veste, Constance arpentait la gigantesque Salle d'enregistrement en récitant ces vers de la poétesse Emma Lazarus écrits en 1883, quatre ans avant sa mort, et inscrits sur le socle de la Statue de la Liberté :

« Donne-moi tes pauvres, tes exténués,
Qui en rangs serrés aspirent à vivre libres,
Le rebut de tes rivages surpeuplés,
Envoie-moi ces déshérités, que la tempête me les amène,
De ma lumière, j'éclaire la porte d'or ! »

Des images aériennes d'Ellis Island et de la Statue prises d'un hélicoptère accompagnèrent les derniers vers récités par la présentatrice. Celle-ci marqua une pause, puis, les caméras de nouveau braquées sur elle, Constance reprit :

— Bonjour, je suis Constance Young, ravie de vous retrouver ce matin en direct du Musée de l'immigration d'Ellis Island.

À la régie, l'ordre fut donné de changer de plan.

— Et moi, Harry Granger, qui vous accueille depuis la Statue de la Liberté, enchaîna ce dernier, dont le nez avait rosi à cause du froid. Nous sommes mardi 25 novembre, bienvenue pour un nouveau numéro de « Key to America ».

Constance était de nouveau à l'écran.

— Au cours de ces glorieuses années, Ellis Island a vu passer chaque jour des milliers d'immigrants. Pendant qu'ils montaient les marches les menant à la terre promise, ils étaient examinés par des médecins qui déterminaient s'ils devaient passer ou non une visite médicale approfondie. On estime que plus de cent millions d'Américains possèdent un ancêtre dont le nom figure dans l'un de ces impressionnants registres tenus par les services de l'époque. Pour ces nouveaux arrivants, le tampon du fonctionnaire de l'immigration représentait une clé d'entrée, une *« key to America »*.

Bon lancement, se dit Annabelle en entendant son amie rebondir sur le nom de l'émission. Elle regardait sa diffusion sur un écran géant posé non loin du buffet quand elle entendit des cris venant de l'étage.

*

Annabelle s'éclipsa discrètement et se dirigea vers l'endroit d'où provenait le bruit. Constance et elle étaient passées au cours de leur visite dans cette Salle d'audience où l'on statuait en dernier ressort sur des cas litigieux.

— Que se passe-t-il ? demanda-t-elle aux techniciens qui s'agitaient devant la porte.

— Quelqu'un a répandu de la poudre blanche sur le sol, répondit l'un d'eux.

*

La police décida de fermer la pièce et la scène qui devait être tournée dans cette salle fut remplacée au pied levé par une autre séquence, sans que jamais le téléspectateur pût suspecter quelconque chamboulement dans le déroulement de l'émission.

Cependant, l'incident rendit nerveux les membres de « Key to America », qui regardaient discrètement leur montre et attendaient avec impatience le moment où ils prendraient le ferry de retour.

À la fin de l'émission, les enquêteurs étaient persuadés qu'il s'agissait d'une fausse alerte. Pour eux, la poudre blanche n'était autre que du sucre glace provenant d'un donnut…

113

La situation ne pouvait plus durer.

Annabelle sentit la colère l'envahir tandis que le bateau les ramenait vers Manhattan. Derrière eux, la statue majestueuse dressait sa torche dans un ciel couvert. Symbole de liberté, elle se tenait droite et fière tandis qu'Annabelle et ses collègues étaient de plus en plus nerveux et hésitants, craignant à tout moment un mauvais coup du sort.

Mais quel était donc ce monde de l'incertain et de l'inconnu, où des terroristes pouvaient à tout moment frapper et vous plonger dans l'angoisse ? Ce monde, leur monde…

Toujours sous l'emprise de la colère, Annabelle agrippa violemment le bastingage, grimaçant quand le métal froid vint claquer contre ses paumes endolories de la veille.

Une fois débarquée, Annabelle avait pris la résolution de faire tout ce qui serait en son pouvoir pour résoudre cette sombre affaire d'anthrax qui leur gâchait l'existence, et enfin reprendre une vie normale.

114

Clara Romanski figurait en tête de liste ce matin-là.

Son corps fut extrait du long tiroir où il reposait puis allongé sur un chariot. Il fut ensuite placé sous la lumière crue du néon, au centre de la salle, et l'autopsie commença.

Le médecin légiste plaça un masque devant sa bouche, mit son magnétophone en route et commença l'examen. À la fin, à l'aide de son scalpel, il incisa et préleva quelques échantillons de la rate et du foie qu'il enverrait au laboratoire pour des examens complémentaires.

115

Craignant que la découverte matinale ne contribue à démobiliser plus encore les troupes, Yelena prit les devants et s'invita à la conférence de rédaction.

— Avant que les bruits les plus fous se mettent à courir, je tiens à tous vous rassurer. Les tests effectués confirment les premières intuitions de la police. La poudre retrouvée ce matin sur le sol de la Salle d'audience d'Ellis Island n'était autre que du sucre glace.

— Ils sont vraiment sûrs ? demanda Wayne, anxieux. Parce que moi je m'y trouvais, dans cette fichue pièce.

— Oui, il n'y a aucun doute à avoir. Et donc rien à craindre… conclut-elle.

— Rien à redouter… pour le moment, persifla Gavin Winston à voix basse.

Yelena lui adressa un regard glacial.

— Ce genre d'humour est on ne peut plus déplacé à l'heure qu'il est… Eh bien, si vous n'avez pas d'autres questions, je vous souhaite une bonne réunion.

Yelena s'assit dans un coin de la pièce et observa avec mépris le chroniqueur économique. Encore un ou deux e-mails équivoques et elle s'occuperait de lui…

*

— Nous allons essuyer à partir de la nuit prochaine une violente tempête venant du nord-est, annonça Caridad Vega.

— Combien de temps va-t-elle durer ? demanda aussitôt Nazareth qui pensait déjà à l'émission du lendemain.

— Elle ne devrait pas se calmer avant le début de l'après-midi.

Les plans de l'émission s'en trouvaient chamboulés. Impossible de tourner comme prévu devant les vitrines de Noël des grands magasins.

— Bon, demain on reste au chaud, décida Nazareth, pragmatique. On fera les extérieurs vendredi à la place.

— Moi ça me va, s'exclama Harry Granger. Après m'être gelé toute la matinée, la perspective du studio douillet me convient tout à fait.

La fin de la réunion fut consacrée aux modifications engendrées par ce changement de dernière minute. Une fois que chacun eut pris connaissance des nouvelles tâches qui lui incombaient, Linus donna le signal du départ.

— OK, tout le monde sur le pont. On y va…

Les membres de l'équipe allaient se disperser pour vaquer à leurs occupations quand Annabelle intervint.

— Attendez une minute, s'il vous plaît, j'ai quelque chose à vous dire.

Linus la regarda incrédule. Qui donc osait prendre ainsi la parole ? N'avait-il pas déclaré cette réunion terminée ?

Annabelle remarqua l'expression furibonde de Nazareth, mais passa outre. Elle prit une inspiration et se lança.

— Écoutez, j'ai l'impression que j'ai le droit de vous dire ces quelques mots, commença-t-elle. D'abord, j'ai perdu un ami proche. Par la suite, le manuscrit qu'il m'avait confié m'a été volé, on a retrouvé des traces d'anthrax dans un seul bureau, le mien, et, pour couronner le tout, j'ai été hier soir, en rentrant chez moi, victime d'une agression… On a tenté de me faire passer sous les roues d'un bus, conclut-elle à voix basse.

Un murmure emplit la salle de conférence.

— C'est donc pour ça que tu boites, s'exclama Lauren Adams.

— Oui, c'en est effectivement la raison. Et c'est aussi à cause de cet accident que mes mains sont en si piteux état, leur dit-elle en montrant ses paumes meurtries.

— Mais c'est terrible, s'écria Beth.

— Écoute, Beth, je vais bien, répliqua aussitôt Annabelle pour refréner tout sentiment d'apitoiement. Ce qui me préoccupe est différent. En fait, ce qui m'inquiète est assez simple. Hier soir, quand on m'a poussée, le docteur Lee, le principal suspect, était déjà entre les mains du FBI. Il ne pouvait par conséquent se trouver à Greenwich Village. Il faut donc chercher ailleurs le coupable. Et s'il ne s'agit pas de Lee, qui peut-il être ? Voilà la vraie nature des questions qui me tourmentent…

— Avez-vous prévenu la police ? demanda Yelena avant que quiconque réagisse.

— Oui, bien sûr.

— Alors, ne vous en faites pas ! répliqua la présidente de Key News. Ils vont bientôt mettre la main sur le coupable.

— Avec tout le respect que je vous dois, poursuivit Annabelle, je ne suis pas sûre qu'il faille s'en remettre au seul bon vouloir des autorités et attendre les bras croisés. Prenez l'exemple d'Edgar Rivers, croyez-vous que le FBI ou la police ait la moindre piste ? Non, rien !

Seul le silence de Yelena Gregory lui répondit.

— Aussi ai-je envie de faire appel à toutes les bonnes volontés, continua Annabelle. Si l'un d'entre vous a la moindre idée susceptible de faire avancer l'affaire, qu'il vienne me voir. Ou plutôt non, en fait je vais aller discuter avec chacun, et comme ça...

— Annabelle, la coupa sèchement Yelena. Il ne faudrait pas que vous entraviez le bon déroulement des investigations. Ce que vous proposez de faire incombe aux autorités !

— Je sais, Yelena, et j'en suis désolée. Mais je ne peux supporter que l'enquête piétine. Et puis il en va de ma sécurité... J'ai décidé de ne m'en remettre à personne d'autre qu'à moi-même !

116

Évelyne cligna des yeux à plusieurs reprises avant de pouvoir les garder grands ouverts, bien qu'un martèlement du diable agitât son crâne. Où pouvait-elle bien se trouver ?

— Alors, madame Wilkie, on se réveille ? Bienvenue parmi nous, s'exclama l'infirmière en élevant la voix.

— Que... que m'est-il arrivé ? demanda Évelyne d'une voix pâteuse.

— Vous avez été victime d'un accident, madame Wilkie. Vous êtes à l'hôpital, où vous avez passé deux jours à dormir.

Cette route verglacée... Ce poteau télégraphique... Et maintenant ces élancements dans son crâne. Évelyne essaya de se redresser mais sa tête retomba sur l'oreiller.

— Reposez-vous, lui conseilla l'infirmière. Je vais appeler le médecin, il va bientôt venir vous voir.

En entendant le bruit des semelles de caoutchouc décroître dans le couloir, Évelyne repensa à son amie.

Clara.

117

En attendant que la moquette de son bureau fût nettoyée à la vapeur et les murs repeints, ce qui prendrait deux ou trois jours, Annabelle trouva refuge chez Constance.

— Ma maison est la tienne, lui assura la présentatrice vedette. Même si je prends de grands risques en t'accueillant dans mon antre, ajouta-t-elle avec ironie. De toute façon, il ne peut rien nous arriver à l'intérieur même des locaux de Key News, tu ne crois pas ?

— Pas si sûr, tu sais, répondit Annabelle qui doucha le bel enthousiasme de son amie. C'est sans doute ce qu'Edgar Rivers se disait lui aussi…

*

Bien qu'il fût encore tôt sur la côte Ouest, Annabelle décida d'appeler le frère de Jérôme pour lui présenter ses condoléances et lui demander s'il avait besoin de son aide.

— J'espère que je ne te réveille pas, s'enquit Annabelle dès que Peter eut décroché.

— Non ne t'en fais pas, j'étais déjà debout… En fait, je n'arrive plus à dormir.

— C'est terrible… Il nous manque, n'est-ce pas ?

— Oui, mais le plus terrible, c'est qu'en fait je m'aperçois que je ne connaissais pas si bien mon frère que cela, enchaîna Peter.

— Si je peux éclaircir certains points, n'hésite pas, lui proposa Annabelle.

— Tu vois, par exemple, j'ai découvert parmi les papiers que la police m'a laissé emporter un contrat d'édition… Il avait donc écrit un livre, ce que j'ignorais.

Annabelle fut un peu chagrinée que Jérôme ne lui ait pas dit qu'il avait déjà trouvé un éditeur.

— Non, il ne s'agit pas d'un contrat avec une maison d'édition, l'interrompit Peter, mais d'un accord confidentiel avec Linus Nazareth. Jérôme était son nègre…

*

Annabelle relut une nouvelle fois les notes qu'elle venait d'imprimer. Il était temps de passer à l'action. Elle se sentait dans la peau d'un chasseur sur le point de partir en expédition, même si elle ne savait pas vraiment à quoi ressemblait sa proie – elle espérait seulement qu'elle la reconnaîtrait le moment venu. Elle décida en premier lieu d'aller se frotter au gros gibier.

Linus était au téléphone quand elle arriva à son bureau. Le producteur exécutif la regarda d'un air contrarié faire le pied de grue devant la porte de son bureau.

À peine eut-il raccroché qu'elle entra. Sans même attendre un geste de sa part et, en dépit de toutes les règles de bienséance, elle s'assit et attaqua d'emblée.

— Jouons cartes sur table, Linus, lui dit-elle. Je sais que Jérôme était ton nègre.

Aucune réaction. Le visage de Nazareth n'afficha aucun signe de colère. Si l'annonce d'Annabelle le dérangeait, il ne le montra pas.

— Oui, et alors ? lui répondit-il calmement en se calant confortablement dans son fauteuil. Ce n'est pas un crime à ce que je sache. D'autant que Jérôme a été rémunéré pour son travail. Et puis nous avions signé un contrat en bonne et due forme. Maintenant, si Jérôme a brisé les clauses de confidentialité, c'est lui qui n'a pas respecté les règles, c'est lui qui s'est mis hors jeu, pas moi…

— Oui, mais c'est quand même bien pratique, le nègre qui disparaît et emporte avec lui le secret…

Le sourire suffisant qu'il afficha en disait long.

— Écoute, Annabelle, je n'ai rien à voir avec la mort de Jérôme ou tes ennuis actuels…

— Et avec celle d'Edgar Rivers ? le coupa-t-elle.

— Et rien à voir non plus avec la mort d'Edgar Rivers, rétorqua Linus, excédé, même si je ne peux pas nier que la disparition de Jérôme m'ôte une belle épine du pied…

Écœurée, Annabelle se leva. Parvenue à la porte du bureau, elle se retourna.

— Écoute-moi bien, Linus, je possède la preuve que Jérôme a écrit ton livre. Et je me suis arrangée pour que celle-ci soit divulguée au grand jour s'il m'arrivait quelque chose, mentit-elle en le regardant dans les yeux.

*

234

Après le départ d'Annabelle, Linus ferma la porte de son bureau et se dirigea vers sa bibliothèque. Il prit son casque de football qui trônait sur une étagère et l'enfila.

La secrétaire du producteur exécutif entendit les coups de tête que ce dernier donna en rythme contre la paroi.

118

Les deux agents Mary Lyons et Leo McGillicuddy, du FBI, étaient installés au fond de la salle d'audience de la cour fédérale pour assister à l'aboutissement de leur enquête. Assis au premier rang, le docteur John Lee était accompagné de son avocat, Christopher Neuman. Ce dernier se leva.

— Mon client, le docteur John Lee, est un médecin respecté, un journaliste reconnu et un citoyen responsable, dont le seul objectif a toujours été de tenir informé le public américain des dangers de l'anthrax. C'est pour bien montrer à tous qu'il était aisé de se procurer cette substance mortelle qu'il en a acquis un échantillon, aucunement pour l'utiliser à mauvais escient… C'est pourquoi je demande sa mise en liberté sous caution immédiate !

Le procureur adjoint n'était visiblement pas de cet avis.

— Non, votre honneur, les charges qui doivent être retenues contre le docteur John Lee sont suffisamment importantes pour justifier sa détention. Primo, il a illégalement détenu une arme de destruction massive. Deuzio, nous allons bientôt prouver que la fiole qui lui a été dérobée est responsable de la mort de M. Jérôme Henning… Le docteur Lee, ici présent, est donc un assassin en puissance. En conséquence, je demande que sa garde à vue soit prolongée… le risque qu'il prenne la fuite est trop élevé…

En raison des circonstances, le juge fut peu enclin à la clémence.

— Emmenez-le, ordonna-t-elle. Nous nous revoyons vendredi pour statuer du chef d'accusation.

Lee secoua la tête de dépit. Il était effondré. Tous ses plans s'écroulaient et, au lieu de le mener vers la gloire, ils le conduisaient vers une cellule de deux mètres sur trois de la prison fédérale de Manhattan, à quelques encablures du pont de Brooklyn…

— Soyez fort, John, tenta de le rassurer son avocat. Ne vous en faites pas. Il leur incombe de prouver que vous vouliez tuer Jérôme Henning. Mais ce n'était pas votre intention…

Christopher Neuman serra chaleureusement les mains du docteur Lee.

— Votre intention était d'informer le public, pas d'utiliser l'échantillon à des fins meurtrières. Soyez confiant, le ministère public n'arrivera jamais à apporter la moindre preuve et, du coup, l'accusation pour homicide volontaire ne pourra être retenue contre vous. L'accusation tombera d'elle-même…

119

Lauren et Gavin étaient à l'extérieur pour tourner un reportage. Wayne était introuvable. Seul Russ était présent, qui regardait un film sur son ordinateur. Meryl Streep éblouissait l'écran de son talent.

— Russ, je peux te parler une minute ? lui demanda Annabelle.

— Je me doutais bien que tu viendrais me trouver à un moment ou à un autre, lui dit-il. Mais ne reste pas sur le pas de la porte, entre.

Russ éteignit l'ordinateur et se leva.

— Je meurs de faim, lui dit-il. Est-ce que ça te dérange si l'on déjeune ensemble. On pourra parler en mangeant… J'ai une question à te poser, et aussi quelque chose à t'avouer…

*

Russ et Annabelle s'installèrent dans un box de la cafétéria. Avant même de toucher à leur soupe de lentilles, Russ commença :

— Annabelle, hier j'ai lu par-dessus ton épaule les remarques me concernant : enfance modeste, l'attrait pour les belles choses… et mon addiction à la cocaïne…

Annabelle ne répondit pas.

— Pourquoi avoir écrit cela ? s'enquit Russ.

Annabelle resta de nouveau silencieuse, se demandant si elle devait faire part à Russ de l'existence du manuscrit de Jérôme. Mais, au point où elle en était, à quoi bon lui taire cette information ? D'autant qu'elle avait déjà remis ses notes au FBI. Et puis Jérôme était mort, alors pourquoi garder le secret à présent ?

— Jérôme venait de terminer un livre sur les coulisses de « Key to America »…

— Je suppose que tout le monde en prenait pour son grade…

— Effectivement, oui, il avait la dent dure. Je le sais car il m'avait confié son texte pour avoir mon avis. Mais on m'a volé le manuscrit. Et c'est pourquoi j'étais en train d'en récapituler les principaux éléments.

— Sais-tu si Jérôme avait déjà trouvé un éditeur pour son brûlot ?

— Non, je ne crois pas. Ou alors il ne m'en avait rien dit.

— Enfin une bonne nouvelle, lança-t-il d'un ton cynique. Tu vas peut-être trouver que je cherche à me dédouaner, Annabelle, mais, tu sais, c'est Jérôme qui m'a fait découvrir la coke, et sans lui…

— Je suppose qu'il ne t'a tout de même pas forcé, l'interrompit-elle, grinçante.

— Non, bien sûr, ce que je veux dire c'est que Jérôme s'est toujours montré généreux, amical, bref on était de véritables copains. Mais du jour au lendemain, il m'a tourné le dos. Quand il a arrêté de prendre de la coke, il a également arrêté de me voir. Pis, il m'évitait…

— Et alors, quoi de plus naturel ! Il semble évident que quiconque souhaite décrocher n'a pas envie de revoir ceux qui pourraient le faire replonger, ajouta-t-elle sans ménagement.

— Oui, tu as peut-être raison, admit Russ. Mais laisse-moi te dire autre chose, si Jérôme se livrait au même travail de démolition envers tous les membres de « Key to America », je pense que je ne suis pas le seul à me réjouir de sa mort… et à déplorer que tu reprennes le flambeau. À ta place, Annabelle, je ferais très attention…

```
De Yelena Gregory
À l'ensemble du personnel
```

```
Un office religieux à la mémoire
d'Edgar Rivers se tiendra ce soir
à 19 heures en l'église baptiste du
Bronx. Une navette partira à 18 heures
du siège de Key News et emmènera tous
les employés voulant rendre un der-
nier hommage à leur défunt collègue.
```

121

« Le président de Wellstone a été arrêté ce matin par des agents de la brigade financière. C'est menottes aux poignets qu'il a quitté… »

Le cœur de Gavin se mit à battre la chamade. Imperceptiblement, il se tassa dans le siège de la voiture en écoutant la suite du reportage.

« … outre une amende de plusieurs millions de dollars, il risque une peine d'emprisonnement pour prise de bénéfices illégaux et délit d'initiés. Le cours de l'action Wellstone avait, on le rappelle, subi des variations qui avaient attiré l'attention de… »

Gavin ne put entendre la fin du commentaire. B.J. D'Elia venait de couper le contact. Il avait garé la voiture de Key News sur un emplacement réservé aux voitures de la police de New York, non loin de l'école de commerce de l'université de Columbia.

Gavin sortit du véhicule et se dirigea vers l'entrée principale du bâtiment, suivi par B.J., la caméra à l'épaule. En interviewant ce professeur de droit, Gavin ferait d'une pierre deux coups. Non seulement il aurait pour l'émission du lendemain les commentaires avisés d'un juriste de haut vol ayant travaillé pour la SEC à la rédaction de plusieurs ouvrages de référence, mais il pourrait, grâce à quelques questions habiles, vérifier que lui-même n'avait rien à craindre. Gavin avait en effet réalisé une très belle plus-value en revendant ses actions de la compagnie juste avant que le cours dégringole. Mais, comme il avait eu connaissance avant tout le monde d'informations privilégiées, il craignait qu'on ne le mît en cause, même si, en réalité, il avait prévu depuis longtemps de revendre ses actions à ce moment.

Pendant que B.J. préparait le matériel, et avant que les micros soient branchés, Gavin prétexta un petit round d'échauffement pour poser au juriste la question qui lui brûlait les lèvres.

La réponse de ce dernier combla Gavin d'aise.

— Non, à partir du moment où une personne a prévenu son courtier bien avant les fuites qu'elle souhaitait vendre ses actions dès qu'un cours plafond serait atteint, on ne peut l'inquiéter. Aucun chef d'inculpation ne peut raisonnablement être retenu contre elle.

Bingo ! pensa Gavin. Cette fois encore, il passerait entre les gouttes.

122

La dépêche de l'Associated Press tomba peu après le déjeuner sur les écrans de toutes les rédactions du pays.

— Une nouvelle mort due à l'anthrax a été constatée dans le New Jersey, hurla Dominick O'Donnell à travers la salle de rédaction.

Chacun se précipita vers son ordinateur pour prendre connaissance des détails de cette nouvelle affaire.

*

L'autopsie réalisée sur le corps de Clara Romanski, une femme de ménage de cinquante-quatre ans retrouvée sans vie à son domicile dimanche dernier, a révélé des traces d'anthrax, cause de son décès.

L'une des amies de la victime a signalé aux autorités que Clara Romanski était employée de maison chez Jérôme Henning, le journaliste de Key News décédé ce week-end après inhalation d'anthrax…

*

— Bordel de merde, jura Linus Nazareth entre ses dents.

— Paix à son âme, murmura Beth Terry.

123

Chaque guerre entraîne des dommages collatéraux, une expression à la mode depuis peu…

C'est dans cette catégorie qu'il fallait ranger le décès de Clara Romanski, un dommage collatéral. De même que celui d'Edgar Rivers.

Déjà trois morts !
Bientôt la quatrième…

124

Lauren venait à peine de rentrer de reportage que Nazareth lui tomba dessus en salle de rédaction.

— J'ai quelque chose pour toi. Une opportunité à saisir… Tu pars illico dans le New Jersey. On a déprogrammé l'enquête conso que tu avais préparée pour demain. On la diffusera plus tard dans la semaine. À la place, on a prévu un reportage sensation… Débrouille-toi pour me rapporter suffisamment de matière afin de pouvoir titrer « Panique à Mapplewood » ou quelque chose du genre… Tu vois ce que je veux dire ?

Inutile d'en rajouter. Lauren comprit très bien ce que Linus attendait. Elle saisit également en un instant tous les bénéfices qu'elle pourrait tirer d'un tel sujet. Et dans sa lutte pour détrôner Constance Young de son poste, il ne fallait rien négliger.

— Qui est le producteur de ce segment ?

— Annabelle Murphy, lui répondit Linus.

*

Pendant que la voiture conduite par B.J. traversait le Lincoln Tunnel, Annabelle et Lauren discutaient pour mettre sur pied la meilleure stratégie. Lauren avait, pour des raisons tactiques, décidé de laisser la conduite des opérations à Annabelle.

— Pourquoi n'irions-nous pas interroger des passants ? proposa Annabelle qui se souvenait du centre-ville cosy qu'elle avait visité en compagnie de Jérôme. Nous pourrions leur demander comment ils réagissent à cette intrusion de violence dans leur quotidien… De son côté, B.J. pourrait prendre quelques plans de la paisible rue commerçante, ainsi que des vues de certaines résidences cossues…

Lauren sembla approuver.

— Oui, tu as raison, je crois qu'il est intéressant d'entendre la réaction de personnes qui, pour la plupart, du moins je le suppose, sont venues ici pour trouver la sécurité, pour que leurs enfants grandissent dans un environnement protégé, enfin ce genre de choses…

— Exactement ! s'exclama Annabelle.

Elle était ravie qu'elles fussent sur la même longueur d'onde et si vite tombées d'accord sur la manière de procéder. Peut-être Lauren était-elle après tout moins futile que ne le laissaient penser les apparences… En l'observant à la dérobée, Annabelle la vit frapper nerveusement du pied le plancher de la voiture. Il est vrai qu'un tel reportage sortait de ses attributions habituelles…

*

Une fois la sieste du bébé terminée, la jeune fille au pair changea sa couche et l'emmitoufla dans sa chaude combinaison rouge.

— Allez, viens Sandy, viens ma fille, dit-elle avec son fort accent à l'attention du golden retriever à poils longs.

La chienne vint vers elle en frétillant, mais attendit sagement qu'elle fixe la laisse à son collier. L'étudiante cala ensuite le bébé dans sa poussette et tous trois se dirigèrent vers le centre-ville pour leur promenade quotidienne.

Pour la jeune fille au pair, cette balade représentait le bol d'oxygène qui venait ponctuer une bien morne journée. Elle n'avait pas imaginé qu'il serait si difficile de passer dix heures par jour dans un pays inconnu en la seule compagnie d'un bébé de quatre mois, d'une chienne et d'un poste de télévision…

Avant de partir, elle avait pensé que son expérience d'un an aux États-Unis serait bien plus excitante qu'elle ne l'était en réalité. Le seul dérivatif à son ennui, elle l'avait pour l'instant trouvé quand la police avait bouclé le quartier pour fouiller la maison du voisin d'en face, empoisonné à l'anthrax. Et autant dire qu'elle se serait bien passée d'un tel événement.

Depuis, pourtant, elle suivait avec avidité les différents rebondissements de cette affaire. D'autant qu'une question la taraudait : devait-elle communiquer à la police les éléments dont elle avait été le témoin ?

*

Il n'était vraiment pas difficile de trouver des personnes ayant envie de répondre à quelques questions posées par une journaliste de télévision.

— Bonjour, je m'appelle Annabelle Murphy, et je travaille pour Key News. Nous sommes ici suite aux décès causés par l'anthrax. Accepteriez-vous de dire quelques mots à la caméra ?

En cas de réponse affirmative, Lauren Adams entrait en jeu. Micro en main, elle interrogeait le témoin tandis que B.J. les filmait.

— Bien sûr que j'ai peur, déclara une jeune mère de famille qui tenait un bambin dans les bras. Nous avons quitté Manhattan l'année dernière après les attentats, et voilà que ça recommence ici… On n'est vraiment plus en sécurité. Il n'y a vraiment plus nulle part où aller…

Annabelle prit quelques notes dans son calepin. À n'en point douter un très bon témoignage qu'ils utiliseraient pour le reportage.

*

La jeune fille au pair se tenait sur le trottoir d'en face, observant et écoutant l'équipe de télévision qui interrogeait et filmait les badauds devant le vieux cinéma. Elle n'en reconnut aucun, mais c'était tout de même amusant de les regarder travailler. Et au moins aurait-elle quelque chose à raconter dans la lettre qu'elle enverrait ce soir à ses parents…

Tandis qu'elle berçait le bébé en bougeant sans cesse la poussette d'avant en arrière, elle se prit à rêver qu'elle était à son tour interrogée par la journaliste. Ce serait amusant de se voir ensuite sur le petit écran ! Mais elle rejeta bien vite cette idée. Outre son accent irlandais à couper au couteau, qu'avait-elle à dire de plus que les personnes déjà interrogées ?

Les pleurs du nourrisson l'arrachèrent à ses pensées. Elle sortit sa tétine d'une des poches de la poussette pour le calmer. À moins que… Oui, il y avait peut-être un moyen de rompre la monotonie avant la fin de son séjour outre-Atlantique. Oui, pourquoi pas ?

*

En moins d'une demi-heure, ils avaient interviewé suffisamment de témoins pour n'avoir aucune difficulté à trouver au montage les séquences appropriées. Le ciel commençait à s'assombrir. Encore quelques prises et il ne leur resterait plus qu'à rejoindre Key News en passant par l'hôpital Essex Hills, dont B.J. filmerait la façade. Avec un peu de chance, ils auraient même terminé à temps la rédaction du script pour qu'Annabelle puisse se rendre à l'office.

— Je crois qu'on a assez de témoignages, Lauren, non ?

— Oui, je suis bien de ton avis, dit la chroniqueuse. D'autant qu'on en a quelques-uns qui valent vraiment le coup... Et pour le lancement du sujet ?

Annabelle savait l'importance que revêtait pour un journaliste ce face-à-face avec la caméra. Plus que la simple présentation du reportage qui suivrait, c'était l'occasion de briller à l'antenne – une occasion que Lauren ne pouvait pas laisser passer... Aussi, ayant déjà réfléchi à la question, lui répondit-elle sans hésiter :

— Je pense que ce serait idéal si l'on apercevait la gare en arrière-plan. Tu pourrais sans doute parler de tous ces habitants de Mapplewood qui chaque matin vont travailler à New York, laissant derrière eux une petite ville prétendument à l'abri des maux de la société... Jusqu'au jour où le drame vient les frapper, chez eux, troublant leur quiétude, balayant leurs certitudes... Ils découvrent alors qu'eux aussi sont vulnérables...

— Parfait, lui répondit Lauren. Exactement ce à quoi je pensais.

La gare étant à deux pas, ils s'y rendirent à pied. Alors qu'ils s'apprêtaient à traverser, une très jeune femme avec une poussette les apostropha.

— Excusez-moi, les héla-t-elle.

Lauren lui jeta un regard méprisant et poursuivit son chemin. B.J. haussa les épaules en constatant l'égoïsme de la journaliste.

— Ce n'est rien, B.J., lui dit Annabelle, suis-la, je vous rejoins dans un instant.

Elle s'arrêta, puis, se tournant vers la jeune femme, lui demanda en quoi elle pouvait lui être utile.

— Vous êtes là à cause de cette histoire d'anthrax, n'est-ce pas ?

— Oui.

— J'ai sans doute quelque chose qui peut vous intéresser.

Annabelle en doutait, mais elle l'incita tout de même à poursuivre.

— Eh bien voilà, je suis jeune fille au pair et je travaille en face de chez l'homme qui a été tué… Et vendredi soir, pas vendredi dernier mais le vendredi d'avant, avant que M. Henning soit empoisonné, j'ai remarqué un détail étrange en promenant la chienne…

Elle jeta un regard vers le golden retriever assis à ses pieds. Intriguée, Annabelle la pressa de continuer pour satisfaire sa curiosité.

— Et qu'avez-vous vu ?

— Eh bien j'ai croisé quelqu'un dans la rue qui se dirigeait vers la maison de M. Henning…

— Un homme ou une femme ? lui demanda Annabelle.

— Je ne sais pas, il faisait nuit. Et puis l'individu portait un long manteau dont le col était relevé, et une casquette. Mais bon, j'ai continué à descendre et, à un moment, quand Sandy s'est arrêtée pour faire ses besoins, je me suis retournée. Et là j'ai vu la personne qui déposait quelque chose dans la boîte aux lettres de M. Henning.

— Et vous avez prévenu la police ?

— Oh, non ! s'exclama la fille. Je n'ai pas envie d'avoir d'histoires. Et puis, au début, je n'y ai pas vraiment prêté attention, c'est seulement aujourd'hui, en vous voyant, que je me suis dit que ça pouvait avoir son importance.

Annabelle sortit son calepin et l'ouvrit à une page vierge.

— Comment vous appelez-vous ?

— Je n'ai pas envie d'avoir d'ennuis, répondit la jeune fille au pair, nerveuse.

— La police doit être avertie, insista Annabelle.

De nouveau, l'étudiante secoua la tête.

— Bon, comme vous voudrez, lui dit Annabelle, résignée. Mais je vous laisse ma carte. Si vous changez d'avis, ou si vous vous souvenez d'un détail, appelez-moi, d'accord ?

La jeune fille au pair prit le petit rectangle de carton blanc et observa, comme fascinée, le logo de Key News.

— En fait, je me souviens d'autre chose… reprit-elle après quelques instants, sentant qu'elle pouvait faire confiance à cette Annabelle Murphy qui ne chercherait pas à la piéger. La personne que j'ai vue avait une casquette, comme je vous l'ai dit… C'était une casquette de base-ball… Mais j'ai bien reconnu les cinq cercles de couleur…

125

— Comment réagissez-vous à l'idée, Gavin, que le moindre e-mail que vous ayez jamais envoyé puisse se retrouver reproduit *in extenso* en une du *New York Times* ? lui demanda froidement Yelena, qui arpentait son bureau.

Puis, après quelques instants, elle reprit :

— Dorénavant, vous devriez garder cette menace bien présente dans un coin de votre tête avant d'envoyer quoi que ce soit par Internet.

— Mais le *New York Times* n'a pas accès à tous les e-mails que j'envoie… répliqua Gavin, de plus en plus mal à l'aise.

— Le *New York Times*, non, Key News, si ! Nous avons ce droit, je vous le rappelle. C'est inscrit noir sur blanc dans le règlement, les alinéas concernant l'utilisation du matériel informatique… Et comment avez-vous pu être stupide au point de vous commettre avec toutes ces stagiaires ! explosa Yelena, hors d'elle.

— Mais je n'ai jamais rien fait de répréhensible, répondit-il pour sa défense.

— Attention, Gavin, vous êtes sur la ligne blanche… Je vous préviens, ne la franchissez pas. La dernière des choses dont nous ayons besoin en ce moment est bien un procès pour harcèlement sexuel !

126

La jeune fille au pair n'avait pas envie d'être impliquée dans toute cette histoire, ce qui pouvait se comprendre. Annabelle avait pourtant pris la décision d'avertir Joe Connelly qu'un témoin avait vu un inconnu coiffé d'une casquette floquée du logo des Jeux olympiques déposer quelque chose dans la boîte aux lettres de Jérôme peu avant que ce dernier soit empoisonné. Annabelle veillerait qu'aucun détail ne puisse trahir l'identité de la jeune fille au pair. Ensuite, Joe préviendrait certainement la police. Et Annabelle préférait que ce fût le chef de la sécurité qui s'en chargeât.

Tandis que Lauren peaufinait l'écriture du script, Annabelle alla trouver Connelly. Mais ce dernier n'était pas dans son bureau. Elle lui laissa un message lui demandant de la rappeler dès que possible.

Elle fit demi-tour. Le minibus partait dans quarante-cinq minutes. Le timing était serré, mais ça semblait jouable. Elle avait le temps de relire le script de Lauren, d'y apporter deux ou trois corrections, puis de le soumettre à Dominick pour approbation. Ensuite, elle donnerait ses consignes à un monteur qui s'occuperait de la réalisation du reportage. Enfin, elle arriverait plus tôt demain matin pour visionner la séquence et éventuellement y apporter quelques retouches.

Elle en faisait trop, bien trop, et elle le savait. Elle négligeait les siens et ses cadences étaient infernales. Elle était continuellement sous tension. Attention à la rupture…

*

Annabelle prit l'ascenseur pour regagner l'étage de la rédaction. La cabine effectua un arrêt et Gavin Winston y entra.

— Attention, Annabelle, lui dit-il d'un ton prophé-
tique. Attention, Big Brother t'observe. Plus sérieu-
sement, tu savais que Yelena passait au crible nos
e-mails ?

— Non ! Ce n'est pas possible, dit-elle, incrédule.

— Oh, si c'est possible… affirma-t-il un peu désabusé. Écoute, je ne vais pas entrer dans les détails
mais sache que je ne te raconte pas de bobards, tous
nos e-mails sont surveillés, crois-moi !

Cette nouvelle fit à Annabelle l'effet d'une douche
froide. Si Gavin avait raison, Key News n'était pas l'en-
treprise qu'elle aurait aimé qu'elle fût. En sortant de
l'ascenseur, elle se souvint d'e-mails envoyés qu'elle
n'aurait pas rédigés si elle avait su qu'ils seraient lus. Il
y en avait même un certain nombre…

127

En prenant place dans le minicar, Annabelle fut
déçue mais pas vraiment surprise. La plupart des sièges
étaient occupés par des personnes travaillant à la cafétéria, à l'accueil ou à l'entretien des locaux. À part
elle, seuls deux cadres de la chaîne se déplaçaient pour
rendre un dernier hommage à Edgar Rivers, Constance
et Yelena.

Toutes trois s'assirent à l'avant du véhicule.

Le minibus quitta la 57e Rue et se mêla au trafic en
direction du pont George Washington. Bien vite, la
conversation aborda le seul sujet qui occupait tous les
esprits.

Annabelle leur fit part de sa visite à Mapplewood et de sa rencontre avec la jeune fille au pair.

— C'est vraiment une information qui devrait aider la police, murmura Yelena en haussant les sourcils.

— Je l'espère, répondit Annabelle. En tout cas, j'ai laissé un message à Joe pour qu'il me rappelle.

*

L'église baptiste du Saint-Calvaire se remplissait au fur et à mesure de l'arrivée des nouveaux fidèles qui prenaient place sur les bancs recouverts de velours. Bientôt elle serait comble, car nombreux étaient ceux à s'être déplacés pour accompagner Edgar Rivers vers sa dernière demeure.

À l'entrée, des femmes vêtues de blanc et coiffées d'un chapeau accueillaient les arrivants et les accompagnaient jusqu'à l'autel pour bénir le défunt.

Annabelle se recueillit un instant devant le corps d'Edgar qui reposait dans son cercueil ouvert. Après un signe de croix, elle se dirigea vers les bancs. En chemin, elle reconnut la sœur d'Edgar et ses deux fils. Cette dernière lui adressa un sourire triste quand leurs regards se croisèrent.

Annabelle, Constance et Yelena prirent place au moment même où l'office débutait. L'organiste entonna un chant qui fut repris en chœur par l'assemblée. Puis la messe, émouvante, se déroula. La vie d'Edgar fut retracée, ses qualités d'homme, de croyant et de travailleur louées, et chacun se recueillit pour une dernière prière.

*

La sœur d'Edgar et ses deux fils se tenaient debout dans le chœur pour recevoir les condoléances des personnes ayant assisté à la cérémonie funèbre. Quand arriva le tour d'Annabelle, celle-ci se nomma.

— Oui, je vous reconnais, lui dit la sœur d'Edgar, vous êtes la gentille dame qui…

Annabelle, gênée, lui présenta aussitôt Constance.

— Oh mais je vous connais, vous êtes la présentatrice de « Key to America » ! s'exclama Ruby.

— Ruby, voici Yelena Gregory, la présidente de Key News, enchaîna Annabelle. C'est grâce à elle que nous sommes tous présents ce soir…

— Merci d'être venue, lui dit Ruby, et merci pour la couronne.

— Oh, ce n'est rien, balbutia Yelena. Vous savez, on ne pouvait pas faire moins.

Alors qu'elles s'apprêtaient à regagner le minibus, Ruby vint trouver Annabelle.

— L'inhumation a lieu demain à 9 heures, croyez-vous que vous pourrez y assister ?

— Je suis navrée mais je ne pense pas, lui répondit Annabelle. Je ne vais pas pouvoir me libérer, je suis navrée…

— Ça ne fait rien, je comprends, merci encore d'avoir fait le déplacement.

128

Le minibus avait déposé tous ses occupants devant le siège de Key News, et Annabelle sauta dans un taxi pour rejoindre Greenwich Village, s'arrêtant en route dans une supérette pour acheter la tarte à la citrouille dont les jumeaux avaient besoin à l'école le lendemain.

Il était 21 heures passées quand elle ouvrit la porte de l'appartement. Tout était calme. Les enfants étaient déjà au lit et Mike s'était assoupi sur le canapé du salon.

Elle déposa son manteau de fourrure sur le dossier d'une chaise de la cuisine, ôta ses chaussures et ouvrit le réfrigérateur. Les étagères clairsemées lui firent comprendre qu'elle devait sans plus attendre aller faire des courses.

La veille de Thanksgiving, ce serait l'enfer au supermarché !

Elle sortit des œufs du frigo et prit une poêle au-dessous de l'évier. Dans un bol, elle battit les œufs en omelette, puis les versa dans la poêle chaude.

Mike fit son apparition à ce moment.

— Je suis désolée, chéri, je ne voulais pas te réveiller.

— Ça ne fait rien, lui répondit-il. Au contraire, je suis content de te voir. Comment s'est passée la messe ?

— Bien… Enfin aussi bien qu'une cérémonie de ce genre puisse se dérouler… C'était très émouvant. Et toi, ta journée, ça a été ?

— Oui, très bien… Mais je suis claqué. Je n'ai même pas trouvé l'énergie de donner leur bain aux jumeaux…

Annabelle regarda son mari avec attendrissement.

— Tu en fais trop, Mike… lui dit-elle en l'embrassant. Et pour le bain, tu sais, ce n'est pas si grave, je

crois qu'ils survivront à une nuit sans s'être lavés…
ajouta-t-elle tendrement en l'enlaçant.

Elle se détacha de lui pour enlever du feu l'omelette
qui commençait à frémir.

*

On va s'en sortir, pensa Annabelle en passant la
poêle sous le jet avant de la laisser tremper dans l'évier.
On va s'en sortir et je ferai tout ce qui est possible pour
t'aider…

En regardant Mike s'éloigner vers leur chambre
à coucher, elle espéra que sa rémission ne serait pas
qu'un feu de paille. Elle se sentait un peu coupable.
À cause du rythme actuel de ses propres journées, elle
lui en demandait sans doute trop. Et peut-être avait-elle
trop présumé de ses forces en estimant qu'il était de
nouveau capable de s'occuper des enfants une journée
entière.

Une fois la cuisine rangée, Annabelle éteignit la
lumière et se rendit dans la chambre des jumeaux. La
veilleuse diffusait un halo qui éclairait doucement leurs
visages endormis. Restant un instant dans l'encadrement de la porte, elle les regarda, attendrie. Et dire que
je ne les ai pas vus aujourd'hui, songea-t-elle peinée.
Ils dormaient encore quand elle était partie ce matin.
Et là, elle les retrouvait déjà couchés. Elle déposa un
baiser sur le front de Tara et remonta ses couvertures
qui avaient glissé. Se tournant vers Thomas, elle lui
caressa le visage et ôta son pouce de sa bouche. Quand
donc se débarrasserait-il de cette fichue manie ? Elle
reposa la main de son fils sur la couette, ne voyant pas

l'autre, bien au chaud sous le drap, dont l'un des doigts s'ornait d'une coupure virant au noir…

129

Travailler de nuit ne lui déplaisait pas, bien au contraire. Non seulement il était plus payé que s'il avait fait partie de l'équipe de jour, mais il était bien plus tranquille. Les bureaux étaient généralement déserts et il n'avait pas de chef sur le dos. En plus, il pouvait récupérer pour ses enfants les stylos et les blocs-notes à peine usés que les employés de Key News jetaient inconsidérément.

Le concierge poussait le container à ordures dans le long couloir en pente menant au sous-sol quand il passa devant une porte métallique qu'il n'avait encore jamais remarquée.

Il s'arrêta et l'ouvrit à l'aide du passe en sa possession.

Une véritable caverne d'Ali Baba ! Telle fut sa pensée en découvrant les cartons contenant T-shirts, casquettes et autres coupe-vent. Sur une étagère se trouvaient même des parkas floquées du logo des Jeux olympiques de Nagano de 1998, au Japon, avec les cinq anneaux de couleur. Le concierge en prit une à sa taille et, en voulant la déposer sur une table pour en trouver une qui irait à son frère, découvrit un étrange attirail.

— Mais qu'est-ce que ça fout ici ? se demanda-t-il à haute voix avec un geste de recul.

*

— Des vents violents et des pluies diluviennes vont s'abattre très prochainement sur…

Joe Connelly n'entendit pas la fin du bulletin météo qui suivait le journal de 23 heures, son téléphone sonnait.

— Oui !

— Chef, le concierge de nuit a trouvé dans une réserve du sous-sol des gants de chirurgien et un jeu pour enfant, la boîte de l'apprenti chimiste…

— Ne touchez à rien et empêchez quiconque d'entrer, j'arrive.

*

Le concierge transpirait à grosses gouttes.

— Vous avez bien fait de prévenir mes services, lui dit Joe. En revanche, je ne saurais trop vous conseiller de brûler ce que vous auriez pu prendre ici… et d'aller sans plus tarder à l'hôpital passer des tests de dépistage…

*

Après avoir appelé son contact à là police pour lui faire part de la découverte – à n'en point douter des pièces à conviction –, Joe Connelly alla trouver un technicien de garde.

Grâce aux progrès de la technique, les caméras de surveillance miniaturisées pouvaient se dissimuler à peu près n'importe où.

— Poses-en une dans ce couloir, lui demanda le chef de la sécurité.

— Qu'est-ce que vous voulez comme champ ?

— Le plus large possible, les allées et venues dans le couloir, mais au moins cette porte. Je veux que quiconque ouvre ce local puisse être identifié. Et surtout, pas un mot, compris ?

Mercredi 26 novembre

130

Le vent et la pluie battant la vitre tirèrent Annabelle de son sommeil. Elle tendit le bras pour éteindre le réveil avant que la sonnerie se déclenche, espérant ainsi épargner à Mike un autre lever aux aurores. Après avoir attrapé ses habits dans le noir, elle se glissa hors de leur chambre.

Après une douche bien chaude, elle se sécha, tapotant doucement ses genoux douloureux. Elle s'habilla dans le salon éteint puis mit à chauffer l'eau du thé qu'elle avalerait dans le taxi.

Par la fenêtre, elle observa Perry Street éclairée par les lampadaires. Des trombes d'eau s'abattaient sur la chaussée et le vent faisait rouler des cannettes vides sur le sol détrempé. Aucun pigeon ne vint ce matin se poser sur la rampe de l'escalier de secours. La tempête dont avait parlé Caridad avait bel et bien pris forme. Heureusement que l'émission se déroulait en studio.

131

Il fallait agir de très bonne heure, avant que l'immeuble s'emplisse et devienne cette ruche qu'il était au cours de la journée. Il fallait profiter de ce calme relatif pour se rendre dans le local et le vider des objets compromettants qu'il contenait. Il n'y avait plus de temps à perdre. Déjà, les premiers membres de l'équipe de « Key to America » arrivaient au siège de Key News.

Le jeu et les gants devaient disparaître. Avec les moyens sophistiqués dont elle disposait, la police scientifique aurait tôt fait d'établir le lien avec la mort de Jérôme Henning et de sa femme de ménage, puis de trouver un indice – un cheveu, une peau morte ou autre –, qui conduirait au coupable.

Il n'y avait personne auprès de la porte menant au sous-sol et l'inconnu en profita. Il ouvrit une porte et se faufila dans les entrailles de l'immeuble…

132

Après quelques courtes heures de sommeil passées dans son fauteuil, Joe Connelly se rafraîchit dans la petite pièce jouxtant son bureau et enfila les vêtements de rechange qu'il y conservait toujours.

Il se rendit ensuite au poste de sécurité. Il étouffa un juron en regardant les écrans de contrôle. La caméra qu'il avait fait poser la veille ne fonctionnait pas.

— Et toi, tu n'as rien remarqué ! Mais tu dors ou quoi ? demanda Joe à l'un des deux hommes.

Le garde ensommeillé lui adressa un regard aussi vide que l'écran incriminé.

Joe appela aussitôt le local technique.

— On se retrouve en bas, et en vitesse, dit-il à la personne qui lui avait répondu.

133

Quelqu'un était venu depuis la dernière fois. Sur les étagères, les parkas avaient été déplacées et, par terre, les cartons ouverts. Par chance, les gants de chirurgien et la boîte de jeu étaient toujours sur la table.

Ces pièces à conviction disparurent dans un grand sac plastique.

Au même moment, des bruits se firent entendre de l'autre côté de la porte.

*

Les pieds de l'escabeau en aluminium raclèrent de nouveau le sol tandis que le technicien le déplaçait sous l'alarme incendie pour trouver le bon angle.

— Y a intérêt à ce que ça marche, cette fois, Milton, dit le chef de la sécurité. Je ne veux pas qu'on loupe quoi que ce soit.

— Je ne sais pas ce qui s'est passé, s'excusa le technicien en grimpant sur l'escabeau. Vous savez, chef, on a parfois de mauvaises surprises avec ces caméras sans fil. C'est tellement miniaturisé…

— Oui, mais fais en sorte que celle-ci ne tombe pas en panne tout de suite.

*

Une oreille pressée contre la porte du local, l'inconnu écoutait la discussion qui se tenait dans le couloir, à quelques centimètres à peine.

Du calme. Reste calme. Ils vont partir. Inutile de paniquer.

De nouveau ces raclements.

— Ça devrait être bon, Joe.

— Merci, Milton, dit le chef de la sécurité. Et maintenant allons voir ce que ça donne.

Le bruit de leurs pas décrut dans le couloir.

Si une caméra était effectivement braquée sur la porte du local, il fallait s'en extraire. Vite. Et surtout de manière anonyme.

Son sac plastique sous le bras, une parka posée sur sa tête, l'inconnu ouvrit la porte et sortit du local en courant le plus vite possible.

*

— Eh, regarde, s'écria un des gardes à son collègue en pointant un des écrans de contrôle du poste de sécurité.

Ce dernier se leva et se rua vers la porte. Dans sa précipitation, il bouscula Joe Connelly qui revenait du sous-sol.

— Que se passe-t-il ? demanda le chef de la sécurité.

— Quelqu'un vient juste de sortir du local… répondit le garde, tout excité.

— Vous avez l'enregistrement ? On va se le repasser.

— Non, on n'avait pas encore mis de cassette, mais de toute façon on ne voyait rien. La personne a déboulé à toute vitesse, et elle avait le visage masqué… Impossible de rien distinguer.

Les deux hommes gagnèrent le local.

Quand ils ouvrirent la porte menant au sous-sol, ils trouvèrent une parka abandonnée qui gisait à terre.

134

Le monteur avait fait du très bon boulot. Le reportage « Panique à Mapplewood » était réussi et Annabelle dut admettre que Lauren avait une réelle présence devant la caméra. Elle possédait à n'en point douter un bel avenir dans le journalisme télévisé.

Annabelle éjecta la cassette du lecteur. Elle espérait que Linus Nazareth ne serait pas encore arrivé. Ainsi c'est Dominick O'Donnell, le bras droit de Nazareth, qui donnerait le feu vert final. Annabelle préférait son avis à celui de Linus, qui serait forcément biaisé par la présence de Lauren à l'écran.

Ensuite, elle irait trouver Joe Connelly pour lui parler de sa conversation avec la jeune fille au pair.

135

L'inconnu qui s'était échappé du local n'avait pas eu le temps de quitter l'immeuble. Joe Connelly en aurait mis sa main à couper. Aussi décida-t-il de bloquer toutes les issues du siège pour empêcher quiconque d'entrer ou de sortir.

Le chef de la sécurité décrocha ensuite son téléphone et composa le numéro qu'il connaissait désormais par cœur. Il expliqua à son contact de la police de New York la situation et lui demanda d'envoyer une équipe.

— Je pense qu'il serait préférable que vous fassiez appel à la K-9, suggéra Connelly.

*

La présidente de Key News frappait contre les immenses vitres du hall d'entrée quand Connelly la remarqua.

— C'est bon, Roberto, laisse-la entrer, dit le chef de la sécurité au gardien de faction à l'accueil.

— Qu'est-ce que c'est que ce raffut ? s'enquit-elle en refermant son parapluie.

— Il y a de fortes chances pour que notre meurtrier soit en ce moment même dans nos locaux, lui répondit Joe, qui lui fit ensuite un exposé complet de la situation.

— Trouver un individu dont on ne sait rien dans un immeuble aussi vaste revient à chercher une aiguille dans une meule de foin, répliqua Yelena, sceptique.

— Peut-être pas, objecta Connelly. J'ai appelé la police, ils arrivent avec les chiens.

— Ah, je ne veux pas les voir ! Vous savez bien que j'ai horreur de ces bêtes-là…

136

— Mais c'est incroyable de nous faire ça deux minutes avant de prendre l'antenne, tonna Nazareth qui arpentait la régie de long en large. Qu'est-ce qui va encore nous arriver ?

Pendant que sur les moniteurs de contrôle Constance Young et Harry Granger, tout sourires, accueillaient les fidèles téléspectateurs de « Key to America », Linus décrocha un téléphone et appela Yelena.

Les explications de la présidente le calmèrent un tant soit peu, mais il réagit d'abord en professionnel de l'information. Si une arrestation devait avoir lieu dans les locaux de la chaîne, il lui fallait à tout prix les images ! En exclusivité…

Et, avec un peu de chance même, le meurtrier serait arrêté pendant l'émission. Place alors au direct. Un scoop que la concurrence n'était pas près d'avoir !

Il avait à peine raccroché qu'il héla O'Donnell.

— On a qui sous la main pour piloter un sujet du tonnerre ? lui demanda-t-il tout excité.

— Annabelle Murphy, lui répondit aussitôt Dominick, son sujet pour l'émission de ce matin est déjà bouclé.

137

Annabelle apprit de Dominick sa nouvelle mission. Juste après qu'elle eut raccroché, Wayne l'apostropha à travers la salle de rédaction.

— Annabelle, un appel pour toi. Je te le passe ligne 3.

Elle appuya sur un bouton.

— Annabelle Murphy, j'écoute.

— Annabelle, c'est moi…

— Mike, que se passe-t-il ?

Il sentit à sa voix qu'elle était sur les nerfs.

— Annabelle, tu sais que je n'aime pas te déranger au travail, mais c'est au sujet de Thomas... Tu sais, son doigt.

— Oui, et alors ?

— Eh bien il y a une étrange croûte noirâtre qui s'est formée à la surface...

— Noire ?

— Oui, comme du charbon... Je l'emmène à l'hôpital et je te tiens au courant.

Mon Dieu ! Et dire qu'elle était bloquée à l'intérieur de l'immeuble. Joe Connelly avait utilisé un peu plus tôt le réseau interne pour exposer la situation aux salariés présents. Elle aurait voulu courir aux urgences, tenir la main de Thomas, parler aux médecins... Elle ne se pardonnerait jamais de ne pas avoir été au côté de son fils s'il lui arrivait quoi que ce soit...

Mais il n'y avait hélas rien à faire. Paniquer ne servirait à rien. Au contraire, il fallait rester calme. En faisant appel à sa mémoire, elle se souvint que la croûte noirâtre traduisait la forme la plus bénigne de la maladie...

À condition qu'elle soit traitée à temps...

138

Dès que les parents eurent quitté la maison pour prendre leur train, la jeune fille au pair se précipita sur la télévision et choisit Key News. « Key to America » venait à peine de débuter et la jolie présentatrice blonde introduisait le sujet qui intéressait tout particulièrement l'étudiante.

« La mort a de nouveau frappé une petite ville tranquille du New Jersey… »

La jeune fille au pair était surexcitée.

« … et nous retrouvons sur place notre envoyée spéciale, Lauren Adams… »

La jeune fille reconnut bien des endroits familiers et quelques visages connus. Quand le reportage prit fin – bien trop rapidement à son goût –, elle tripotait la carte de visite qu'Annabelle lui avait remise. Il faudrait qu'elle l'appelle pour lui signaler ce détail dont elle s'était souvenue.

Mais à ce moment, le bébé pleura, qui lui rappela certaines priorités.

139

Plusieurs policiers accompagnaient le labrador. Ils lui firent renifler la parka abandonnée au haut de la rampe menant au sous-sol.

— Chaque odeur est particulière, dit l'un des maîtres-chiens, un peu comme les empreintes digitales, il n'y en a pas deux identiques. Mais les odeurs sont volatiles, et, à ce que vous m'avez dit, cette veste n'a été portée que quelques instants… Enfin bon, on verra… Le mieux serait que Duchesse aille faire un tour dans cette pièce, qu'elle s'imprègne un peu de l'atmosphère…

— Vous ne craignez pas d'être contaminés, lui demanda Joe Connelly.

— Ne vous en faites pas, répondit le chef d'unité, nous avons tous été vaccinés. En revanche, restez en arrière si tel n'est pas votre cas.

— Même le chien ? s'exclama Joe, éberlué.

— Eh oui, même lui ! lui répondit amusé le chef d'unité. Bien que nous sachions que les animaux sont moins sensibles que nous à ce genre d'infection, nous n'avons pas voulu courir le moindre risque.

140

Annabelle vérifia que son téléphone portable était bien allumé. Il fallait que Mike puisse la joindre dès qu'il aurait des nouvelles de l'état de santé de Thomas. Il n'y avait rien qu'elle puisse faire pour lui venir en aide. La seule chose était de rester active et occupée, pour ne surtout pas penser à ce qui pourrait arriver à son fils chéri, et devenir folle…

Si le meurtrier était encore dans les locaux de Key News, elle serait là au moment où on l'arrêterait. En pensant à celui qui était sans doute responsable de l'état de son fils, elle serra les poings, dont les jointures blanchirent. Il faudrait qu'ils s'y mettent à plusieurs pour la séparer de ce monstre. Finalement, elle était contente qu'on lui ait confié cette mission.

*

— Joe n'est pas ici, lui expliqua le garde.

— C'est Annabelle Murphy, j'ai besoin de lui parler de toute urgence.

— On peut le biper mais je ne vous garantis pas qu'il viendra vous voir rapidement, il est avec l'unité K-9…

Annabelle raccrocha. Ainsi, ils avaient fait appel à des chiens pour débusquer le meurtrier. Annabelle retrouva ses réflexes professionnels. Elle avait tout intérêt à filmer cette chasse à l'homme dans les couloirs de Key News.

*

— Non, je ne sais pas exactement où ils sont, admit Annabelle. Il va falloir tourner un peu pour les trouver.

— OK, pas de souci, lui répondit le cameraman. Je prépare le matériel et on se rejoint en bas, dans le hall, dans cinq minutes, d'accord ?

— À tout de suite.

Annabelle rassembla ses affaires, prit un bloc-notes et s'apprêtait à sortir quand le téléphone sonna.

— Annabelle Murphy !

— Bonjour, dit une petite voix, c'est Ruby… Ruby Rivers, la sœur d'Edgar…

— Ah oui, Ruby, bonjour… En quoi puis-je vous être utile ? lui demanda Annabelle.

— Oh, je ne voulais pas vous déranger… Je voulais juste vous dire que l'enterrement d'Edgar a été décalé… à cause des intempéries… La nouvelle date n'a pas encore été fixée mais je vous tiendrai au courant… au cas où vous pourriez vous libérer…

Annabelle en était peinée, mais l'enterrement d'Edgar était en ce moment précis le cadet de ses soucis.

— Oui, c'est très gentil, Ruby. Et si vous n'arrivez pas à me joindre, laissez le message sur mon répondeur. À bient…

— Excusez-moi, mais il y a autre chose que je voulais vous dire.

— Oui, je vous écoute, dit Annabelle d'une voix distraite.

— Eh bien je voulais vous dire que j'ai été agréablement surprise que votre présidente ait payé un minibus pour la cérémonie… C'est vrai… Avec ce qu'Edgar me disait concernant sa radinerie, je n'aurais jamais imaginé…

— Ah oui, vous voulez sans doute parler des restrictions budgétaires. Vous savez, c'est son poste qui veut ça.

— Mais non, je voulais parler de la cafétéria…

— Oui… répondit poliment Annabelle, qui ne voyait pas où Ruby voulait en venir.

— Eh bien figurez-vous qu'un jour Edgar a surpris votre présidente en train de voler du sucre en poudre… Il n'en revenait pas lui-même…

141

Bien qu'il y ait encore une demi-heure avant la première de ses interventions, Russ sentit son estomac se contracter. Puisqu'il était impossible de sortir de l'immeuble, il décida de se rabattre sur la cafétéria.

En arrivant dans le hall, il eut un mouvement de recul en voyant le chien qui reniflait le sol en tirant sur sa laisse.

*

— Quoi qu'un individu fasse, expliquait le maître-chien à Joe Connelly, il perd chaque minute des milliers de micro particules de peau. Et chacune contient son identité génétique… Mais plus il y a eu de passage à un endroit donné, et plus il est difficile au chien de suivre la trace…

— Donc le type qui se dirige vers la cafétéria ne vous facilite pas la tâche.

— Non, ça on ne peut pas dire, grommela le policier.

*

— Ne restez pas ici, monsieur, ordonna un officier de police à Russ. Vous êtes dans une zone d'investigation.

Russ fut plus que ravi d'obtempérer. Si par malheur ce chien allait renifler du côté de son bureau, il ne donnait pas cher de sa peau. Il fallait qu'il enlève la poudre cachée dans un de ses tiroirs et qu'il l'emporte loin de Key News.

142

En marchant dans le hall à la rencontre de B.J. D'Elia, Annabelle se rappela les vingt dollars qu'elle avait prêtés à Yelena Gregory le jour où le distributeur était tombé en panne. Vingt dollars que la présidente ne lui avait jamais rendus. Cette dernière avait sans doute bien d'autres soucis en tête, mais la remarque de Ruby concernant sa pingrerie avait fait son chemin. Et comment imaginer qu'une femme de cette envergure en soit réduite à voler du sucre en poudre à la cafétéria ?

Les pensées d'Annabelle furent interrompues par B.J. D'Elia. Ensemble, ils partirent à la recherche des policiers.

*

Ils ne furent pas longs à les trouver. Le groupe formé autour du chien arrivait justement dans le hall. B.J. mit sa caméra en marche et commença à prendre des images avant que les policiers lui ordonnent de déguerpir.

— Joe, j'ai besoin de vous parler, dit Annabelle.

— Pas maintenant, lui répondit-il en secouant la tête.

— C'est important, Joe, insista-t-elle.

— Faites vite, alors.

Pendant ce temps, le chien se dirigeait vers la porte d'entrée principale de la chaîne.

— Mince, jura Connelly entre ses dents. Si le suspect est sorti, on est foutus…

Le chef de la sécurité observa le chien décrire des cercles désordonnés devant la porte, laissant penser que la piste s'arrêtait là.

— Et merde !

Puis il se tourna vers Annabelle, qui lui parla de sa rencontre avec la jeune fille au pair.

— Je vais avertir la police. Il ne faut négliger aucun détail, répondit-il en regardant le maître-chien lui adresser des signes de dépit.

— Joe, il faut aussi que je vous dise… reprit-elle en posant une main sur l'avant-bras du chef. Il y a de fortes chances pour que mon fils ait été contaminé…

Le chef la dévisagea, peiné.

— Est-ce que je pourrais aller le voir à l'hôpital…

— Je suis navré, Annabelle, mais il ne saurait y avoir d'exceptions.

Annabelle lui expliqua alors qu'elle avait été chargée par Linus Nazareth de couvrir la traque à l'intérieur de l'immeuble. Elle lui tendit un micro.

— Je suis de nouveau désolé, mais nous n'avons aucune déclaration à faire pour le moment.

143

Après sa seconde intervention – un échange avec Harry Granger –, Russ enleva son micro et se précipita vers son bureau. Il prit l'enveloppe qu'il cachait dans l'un de ses tiroirs et la mit dans la poche de son imperméable.

L'issue principale était peut-être condamnée, mais il y avait d'autres moyens de s'échapper…

*

Gavin allait prendre l'antenne dans quelques minutes. Il jeta un dernier coup d'œil à ses notes concernant l'affaire Wellstone, puis se dirigea vers un assistant qui lui accrocha un micro au revers de sa veste.

Il se demanda combien de temps encore il supporterait son job. Il en avait plus qu'assez de se lever aux aurores, de subir une pression constante, d'essuyer les insultes répétées de Nazareth, et maintenant les sermons et les menaces de Yelena… C'était sans doute le bon moment de tirer un trait sur sa carrière de journaliste.

D'autant qu'il avait les moyens de ne plus travailler. Grâce à ses placements, il était définitivement à l'abri du besoin. Et pourquoi ne prendrait-il pas un poste d'enseignant à mi-temps dans une université, histoire de ne pas avoir Margaret dans les pattes toute la journée ? Eh oui, voilà la bonne idée, enseigner l'économie à de charmantes étudiantes qui n'auraient d'yeux que pour lui…

144

Le téléphone portable d'Annabelle se mit à vibrer. Les mains tremblantes, elle le déplia.

— Mike ? demanda-t-elle, anxieuse.

— Sans même attendre les résultats des analyses, les médecins lui ont prescrit du cipro. Ils ont aussitôt commencé le traitement.

— Et que disent-ils ?

— Qu'on observe des rémissions totales dans quatre-vingts pour cent des cas similaires…

Il y eut un long silence. Ni l'un ni l'autre ne voulaient parler des vingt pour cent restants.

— Annabelle, tu es toujours là ? reprit Mike.

— Oui…

— Écoute, chérie, tout va bien se passer, je te le promets. Thomas va s'en sortir. Fais bien attention à toi, c'est tout ce que je te demande.

Annabelle referma son téléphone. Elle eut du mal à refouler ses larmes mais elle se raccrocha aux encouragements de Mike. Pour la première fois depuis de si longs mois, elle sentait qu'elle pouvait de nouveau s'appuyer sur lui.

145

Quand Russ poussa la lourde porte métallique, une lumière rouge se mit à clignoter sur l'un des pupitres de contrôle du poste de sécurité.

— L'alarme de l'issue de secours donnant sur la 56e Rue vient de se déclencher, dit l'un des gardes à son collègue. J'y vais. Préviens le chef…

*

Quand le garde arriva, la porte donnant sur la rue était grande ouverte. Il se précipita dehors. Un coup d'œil à droite, un coup d'œil à gauche, mais il ne vit rien d'anormal, sinon la pluie torrentielle. Par acquit de conscience, il se dirigea vers la 10e Rue et fit le tour du bâtiment. En vain…

*

— Et merde ! jura de nouveau le chef de la sécurité.

Le chien s'était définitivement arrêté devant la porte d'entrée principale de Key News et, à l'extérieur, la pluie, en effaçant les traces, avait anéanti toute possibilité de poursuite.

Et pour couronner le tout, quelqu'un avait quitté l'immeuble par une issue de secours.

Fichue matinée !

— Allons quand même voir cette porte, proposa un policier. On pourra peut-être y relever des empreintes.

146

Annabelle essayait de ne pas penser à Thomas pour se concentrer sur la mission qui lui avait été confiée. Si Joe ne s'était pas montré coopératif – mais après tout cela faisait partie de ses attributions –, Yelena serait peut-être plus disponible, et loquace. Elle comprendrait qu'Annabelle ait besoin d'informations pour monter un sujet. Après tout, il en allait de l'audience de la chaîne…

Yelena accepta de la recevoir aussitôt.

— Eh bien voilà, on a été à deux doigts d'arrêter le meurtrier. Cette nuit, le concierge a trouvé dans un débarras du sous-sol qui ne sert quasiment plus un jeu éducatif de chimie et des gants de chirurgien. Joe Connelly a aussitôt pensé à faire installer une caméra pour surveiller en toute discrétion les allées et venues… Malheureusement, le meurtrier, qui était caché dans ce local, s'en est enfui le visage recouvert d'une parka… Une veste qu'il a abandonnée en haut de la rampe menant au sous-sol. C'est pourquoi nous avons fait appel à une brigade canine. Malheureusement, il semble que l'on ait perdu sa piste… En revanche, je peux vous faire voir le local en question, proposa Yelena.

— Formidable, s'exclama Annabelle, enthousiaste. J'appelle mon cameraman et…

Yelena regarda sa montre.

— Je n'ai pas beaucoup de temps à vous consacrer, lui dit-elle. Je vous propose la chose suivante : je vous accompagne jusqu'en bas et, une fois sur place, vous lui expliquez comment vous retrouver. Ça vous va ?

— Et comment ! lui répondit Annabelle. Je veux dire, oui, merci de me consacrer autant de temps. C'est vraiment gentil à vous de m'accompagner.

— Oh, du moment que je ne croise pas ce foutu chien.

Annabelle la regarda d'un air interrogateur.

— Je suis allergique, précisa la présidente.

147

Alors que la porte menant au sous-sol venait de se refermer, le téléphone d'Annabelle se mit à vibrer.

— Veuillez m'excuser, dit-elle à Yelena, c'est sans doute mon mari. Mike ?

— Euh, non, désolée, c'est Colleen… Vous savez, la jeune fille au pair de Mapplewood…

— Ah oui, oui bien sûr… Désolée mais je suis bien occupée en ce moment… Je peux peut-être prendre votre numéro et vous rappeler un peu plus tard, lui répondit Annabelle en cherchant un stylo.

L'étudiante hésita.

— Non, je ne préfère pas. Mais en fait je vous appelle car vous m'aviez dit de le faire si un détail me revenait…

— Oui, enchaîna Annabelle en essayant de masquer son impatience.

— Eh bien, ce n'est peut-être pas grand-chose, mais je me souviens que la personne que j'ai croisée ce vendredi soir a éternué à plusieurs reprises après avoir croisé le chien… Est-ce que vous croyez que ça va vous aider ?

148

Pendant qu'Annabelle était au téléphone, Yelena fit un point de la situation.

Le sac contenant la boîte de jeu et les gants avait été enfoui dans une benne à ordures, à quelques blocs de distance. Et, tout comme le couteau qui avait servi à tuer Edgar, il était peu probable qu'on les retrouve un jour.

Les deux copies du manuscrit de Jérôme Henning avaient atterri dans l'incinérateur de son appartement et elle avait effacé le fichier informatique qui se trouvait sur le disque dur de l'ordinateur du journaliste.

Toutes les preuves avaient disparu ! Et, sans elles, la police et le FBI risquaient de faire chou blanc. Seule Annabelle, qui avait lu le manuscrit, représentait encore une menace. Et dire que, sans ce livre au vitriol que Jérôme allait publier, rien ne serait arrivé. Mais il fallait à tout prix empêcher que ce brûlot voie le jour, l'avenir de Key News en dépendait… Et Yelena ne pouvait laisser sa chaîne, son « bébé », se faire attaquer sans réagir… Heureusement, ayant l'habitude de surveiller les échanges de courriers électroniques, elle avait eu vent avant qu'il ne soit trop tard du scandale qui couvait. Et elle avait pris les devants.

Il fallait maintenant éliminer Annabelle avant que l'idée lui vienne de reprendre à son compte les éléments de Jérôme pour écrire son propre livre.

Il fallait l'éliminer avant d'arriver au débarras, toujours surveillé par la caméra. Yelena n'avait pas d'armes sur elle, mais, sa force décuplée par la rage, elle étranglerait sa victime à mains nues…

149

Annabelle analysa rapidement les dernières informations et l'effroyable conclusion s'imposa d'elle-même.

Yelena était allergique aux chiens. Yelena avait pris du sucre en poudre dans la cafétéria et Edgar l'avait vue faire. Yelena surveillait les correspondances électroniques et Jérôme et elle avaient échangé plusieurs e-mails au sujet du manuscrit.

Yelena était coupable de la mort de trois personnes. Thomas était à l'hôpital, luttant entre la vie et la mort, et la responsable se tenait derrière elle.

La peur d'Annabelle se mua en colère. Elle s'apprêtait à se retourner pour affronter Yelena quand elle sentit les mains de la présidente se refermer sur son cou.

150

Il ne restait plus qu'une demi-heure et Linus Nazareth faisait les cent pas dans la régie.

— Mais qu'est-ce qu'elle fait, bon sang ? On ne va quand même pas terminer l'émission sans un reportage sur ce qui se passe ici. Ce serait insensé ! L'immeuble est bouclé et Annabelle n'est même pas foutue d'en tirer un trois minutes ! Où est-elle ?

— Je vais essayer de la joindre, proposa Beth pour calmer la fureur du producteur.

151

Le téléphone portable d'Annabelle vola dans les airs quand Yelena se rua sur elle et la plaqua contre le mur. Sous le choc, toutes deux tombèrent et dévalèrent la pente douce menant au sous-sol. Yelena fut la plus prompte à se redresser. Elle s'assit à califourchon sur Annabelle et tenta de nouveau de l'étrangler.

Annabelle sentit ses forces l'abandonner. Sa vue se brouillait. La présidente pesait bien vingt kilos de plus qu'elle et elle ne voyait pas comment elle allait pouvoir renverser la situation. Elle pensa à Thomas et ses mains se crispèrent. Elle tenait toujours le stylo. Dans un effort désespéré, elle leva le bras et visa le cou de Yelena.

*

À l'antenne, un chef en tenue, coiffé d'une toque blanche et muni d'un long couteau, expliquait comment découper une dinde.

— Succulent, décréta Harry Granger en goûtant le morceau que lui tendait le cuisinier. Mais montrez-nous encore comment réussir d'aussi fines tranches…

*

282

— Mais qu'est-ce qu'on s'en fout de cette putain de dinde, explosa Linus en régie. Moi, ce que je veux c'est ce chien renifleur. Elle est où cette Annabelle Murphy ?

*

— Non, je ne sais pas où elle est, Beth, répondit B.J. Quand je l'ai vue la dernière fois, il y a une demi-heure environ, elle était dans le hall. Mais j'ai pris des images de l'unité canine, si ça peut vous être utile…

*

Yelena poussa un cri, relâcha son étreinte et roula sur le côté. Annabelle, toujours allongée sur le dos, reprit lentement sa respiration. À côté d'elle, elle entendait les halètements de Yelena.

— Vous n'allez pas vous en tirer, cette fois, lui dit Annabelle pour faire diversion.

— Oh si, rétorqua-t-elle. Quand ils trouveront ton cadavre, je serai loin !

*

Joe regagna le poste de sécurité, abattu. Il avait laissé passer sa chance. Tout à l'heure, une équipe de la police scientifique viendrait bien inspecter le local, mais il était persuadé que tous les indices avaient disparu en même temps que la boîte de jeu et les gants. Et dire qu'ils avaient été à deux doigts de pincer le tueur.

Il rédigea un e-mail à l'attention des employés de la chaîne, leur annonçant qu'ils pouvaient de nouveau aller et venir à leur guise. Puis il jeta un coup d'œil distrait aux moniteurs de contrôle.

*

Thomas, pensa Annabelle. Il fallait qu'elle s'en sorte pour son fils. Il fallait qu'elle s'en sorte pour aller le veiller.

Les deux femmes s'étaient redressées. À genoux, toujours essoufflées, elles se faisaient face.

— Espèce de psychopathe. Par votre faute, mon petit garçon est à l'hôpital, il risque de mourir, lui assena Annabelle.

Alors que Yelena s'approchait de nouveau, menaçante, Annabelle lui cracha au visage. La présidente de Key News eut un mouvement de recul et, instinctivement, ferma les yeux pour éviter la salive. Annabelle profita de ces quelques secondes pour se remettre debout et s'enfuir vers le local.

*

« Key to America » venait de s'achever et Linus Nazareth ne décolérait pas.

— Dès qu'Annabelle Murphy pointe le bout de son nez, amenez-la-moi. J'espère pour elle qu'elle aura une bonne explication à me fournir !

*

Annabelle entendit Yelena sur ses talons. Cette dernière n'avait pas perdu de temps. Elle avait très vite réagi et Annabelle sentit son souffle sur sa nuque.

— Tu ne m'échapperas pas, lui dit la présidente.

Et pourtant, il le fallait. Pour Tara, pour Thomas, qui avaient besoin de leur mère. Pour Mike, aussi. Encore quelques mètres et elle toucherait au but. Dans son aveuglement meurtrier, Yelena avait-elle oublié la caméra qui surveillait le local ? Plus que trois mètres…

À ce moment, son genou meurtri lui arracha un cri de douleur et elle s'écroula. Yelena fut sur elle en un instant. Déjà, ses mains cherchaient le cou de sa proie…

Annabelle hurla.

— Vas-y, crie, personne ne t'entendra, haleta Yelena.

Dans un dernier sursaut, Annabelle parvint à lui assener un crochet au foie et à la repousser. Elle se redressa et parcourut les derniers mètres…

Faites qu'il y ait quelqu'un qui regarde !

*

Joe Connelly ne vit pas grand-chose. Un poing qui se levait. Une nuque. Mais il n'en fallut pas plus pour que lui et les gardes de sécurité se précipitent vers le sous-sol de l'immeuble.

Jeudi 27 novembre
Journée de Thanksgiving

— On va manquer la parade, maman, dit une petite voix du lit d'hôpital où elle se trouvait engoncée.

— Mais non, mon chéri, on va la regarder à la télévision.

— C'est pas la même chose, se plaignit Thomas.

— L'année prochaine, on sera au premier rang, promis, le consola Annabelle en se penchant pour l'embrasser sur le front.

Car il y aurait une année prochaine. Les médecins, qui avaient longtemps réservé leur diagnostic, étaient à présent optimistes.

— Oh regarde, c'est Clifford ! s'exclama Thomas en montrant du doigt un gros chien rouge.

À la tempête de la veille avait succédé un ciel radieux, et la parade serpentait gaiement aux abords de Central Park. Toute cette débauche de couleurs chatoyantes, de chants entraînants, de personnes joyeuses, était pour Annabelle une célébration secrète en l'honneur de son fils, qui vivait.

Seul le pull à col roulé qu'elle portait pour masquer les traces bleuâtres sur son cou pouvait rappeler la tragédie. Mais ces journées de terreur étaient terminées. Yelena avait été arrêtée et aussitôt mise en examen.

Démence, crise due à la ménopause, vie privée inexistante, ambition dévorante ? Toutes les hypothèses circulaient dans les couloirs de Key News pour expliquer son comportement insensé. De même que l'on spéculait déjà sur le nom de son successeur…

Annabelle imaginait sans peine la frénésie qui devait agiter ce petit monde. Mais elle s'en moquait éperdument. Son fils était vivant, Mike semblait remis, une nouvelle vie commençait.

Son téléphone portable sonna.

— Mike ? dit-elle en répondant, persuadée qu'il s'agissait de son mari.

La nuit dernière, Tara s'était éveillée en pleurs. Sans doute un cauchemar dû à l'hospitalisation de son frère. Elle avait mis du temps à se calmer et ne s'était rendormie qu'à l'aube. Aussi Mike avait-il décidé de la laisser dormir et de veiller sur elle pendant qu'Annabelle irait rejoindre Thomas.

— Non, désolé, c'est Wayne à l'appareil. Je voulais prendre des nouvelles de ton fils…

— Oh, comme c'est gentil, Wayne, lui dit-elle, touchée. Il va bien, je te remercie, il est hors de danger.

— Est-ce que tu as besoin de quelque chose ? lui proposa-t-il.

— Non, c'est gentil, merci.

— Portez-vous bien.

— Ça ira, Wayne, encore merci, lui dit-elle en raccrochant.

La parade s'achevait quand le téléphone sonna de nouveau. Cette fois, c'était Mike.

— Comment ça va ? lui demanda-t-il.

— Bien, répondit-elle en caressant le front de Thomas. Et vous ?

— On a regardé la parade en pensant à vous. Mme Nuzzo nous a préparé un repas de fête. On attend que la dinde refroidisse et on vient vous retrouver…

— Mike, crois-tu que tout va redevenir comme avant ?

— Oui, chérie, lui répondit-il d'un air décidé.

Et, à son ton, elle sut qu'elle avait retrouvé le Mike d'antan, celui qui lui avait tant manqué.

Extrait du nouveau roman
de Mary Jane Clark :

Cache-toi si tu peux !

Prologue

Il aurait aimé allumer une lampe, mais c'était impossible. Et elle en fut heureuse. Toute lumière provenant de la cabane de jeu risquait d'attirer l'attention d'un domestique. Il aurait également aimé écouter un peu de musique. Il avait même apporté son radiocassette. Mais elle insista pour qu'ils évitent de faire le moindre bruit. Mieux valait qu'aucun son ne s'échappe dans cette nuit paisible. Ils devraient se contenter du silence et du lent va-et-vient régulier de leurs corps.

Elle s'étendit sur le lit en fer forgé en songeant aux enfants qui avaient fait la sieste ici même. Elle se crispait chaque fois que lui parvenait le cri d'un grillon ou le triste gémissement d'une mouflette dans le champ voisin. Elle se demanda si des bêtes rôdaient dans le souterrain désaffecté qui passait sous la cabane. Pourvu que non ! Ce tunnel était leur seule issue en cas de fuite précipitée.

Elle avait quelque peine à s'abandonner aux caresses de son amant. Lui, au contraire, était parfaitement à l'aise. Alors qu'il était au comble de l'excitation, une voix retentit au-dehors.

— Zut! laissa-t-elle échapper en le repoussant. C'est Charlotte...

Ils rassemblèrent leurs vêtements à la hâte, sans y voir grand-chose tant il faisait noir. Il se saisit de son radiocassette. Déjà sa compagne soulevait la trappe du plancher. Ils s'enfoncèrent dans l'obscurité et rabattirent la trappe sur eux. À l'instant même où elle se refermait, ils entendirent s'ouvrir la porte de la cabane.

Leurs pieds nus foulèrent le sol froid, rude et poussiéreux du souterrain.

— Qu'est-ce que tu fais? murmura-t-il. Viens donc.

— Je me rhabille!

Dieu sait quelles bestioles traînaient dans ce tunnel. Elle préférait ne pas être dévêtue pour se frayer un chemin dans un endroit pareil.

Ils enfilèrent leurs vêtements à tâtons. D'en haut, leur parvenaient des voix étouffées.

— Qui est avec Charlotte? demanda-t-il.

— Comment veux-tu que je le sache?

Bras tendus, ils progressèrent lentement vers l'autre extrémité du tunnel. Leurs doigts frôlaient les murs. Elle étouffa un cri: quelque chose venait de lui glisser entre les jambes. Un raton laveur? Un rat? Voilà ce qui arrivait quand on avait péché: Dieu vous punissait.

Ils virent enfin l'ouverture de la galerie et l'eau de la baie de Narragansett scintiller dans la nuit. Ils accélérèrent le pas. La lune répandait une clarté rare, précieuse. Ils allaient toucher au but quand il s'arrêta soudain.

— Mince...

— Quoi?

— Mon portefeuille. Il a dû glisser de ma poche là-haut...

— Seigneur !

Il lui prit la main.

— Ne t'en fais pas. Continuons. Peut-être qu'ils ne le trouveront pas.

— Je vais le chercher, dit-elle, résolue.

— Demain. Tu iras le chercher demain.

Il la pressait de continuer plutôt vers la sortie.

Elle aurait bien voulu. Mais elle savait qu'elle n'arriverait pas à dormir de toute la nuit : ce portefeuille oublié risquait de les trahir.

— Continue, dit-elle. Rentre à la maison.

— Je remonte avec toi.

— Non ! Tu ne peux pas rester dans l'enceinte de la propriété. Personne ne doit savoir que tu étais là. File. File tout de suite.

— D'accord. Mais on se revoit demain, alors.

Anxieuse, elle le regarda courir vers le rivage. Quand il eut disparu dans les ténèbres, elle rassembla son courage et fit demi-tour pour remonter le tunnel dans l'autre sens. Elle avança avec prudence, en longeant le mur. Sous ses mains, les vieilles briques formaient une surface rugueuse, inégale, sale et froide. Les esclaves, jadis, avaient emprunté ces galeries dans leur fuite. Ces malheureux avaient-ils seulement une lanterne pour s'éclairer ? Non. Sans doute étaient-ils obligés d'avancer à l'aveuglette. Ils ignoraient de plus ce qui les attendait au bout du chemin. Pourtant, ils étaient prêts à risquer le tout pour le tout – ils connaissaient trop bien les horreurs qu'ils laissaient derrière eux.

Parvenue non loin de l'échelle menant à la cabane de jeu, des morceaux de terre se détachèrent de la paroi. Son pouls s'accéléra. Et si le tunnel s'effondrait, la retenant prisonnière ? Qui aurait jamais l'idée de venir la chercher ici ?

Si elle se tirait d'affaire, elle jurait de ne plus jamais le revoir. Et tant pis pour lui s'il en mourait d'envie ! C'était la dernière fois : croix de bois, croix de fer.

Elle renifla doucement et poursuivit sa route.

Elle trébucha sur quelque chose. Elle tomba à genoux. Son souffle s'accéléra. Elle se mit même à haleter, épouvantée. Son cœur cognait contre ses côtes. Elle toucha à tâtons la forme qu'elle avait heurtée.

Un corps humain. Recouvert de tissu. Chaud. Sans vie...

Elle avait déjà éprouvé cette sensation, mais rarement, et seulement en rêve. L'envie de fuir la saisit comme une douleur. Elle eut besoin de hurler. En même temps, elle était pétrifiée. Incapable d'émettre le moindre son. Elle recula pour s'éloigner du corps. Elle se recroquevilla contre le mur en tremblant.

Des idées terrifiantes lui brouillaient l'esprit. Il fallait réclamer de l'aide. Appeler du monde. Mais elle en était incapable. Elle n'aurait jamais dû se trouver là. Elle était tétanisée à la perspective d'avoir à expliquer ce rendez-vous clandestin.

Pire : on risquait de l'accuser, elle ! Que ferait-elle si l'on venait à la soupçonner de meurtre ? C'est alors qu'elle entendit un grincement. Au-dessus d'elle. La trappe de la cabane s'ouvrait.

Elle ferma les yeux. C'était la fin. Le meurtrier allait l'assassiner à son tour.

Quelque chose lui frôla le visage. Un bout de papier ? Une carte ? Elle tendit l'oreille. Elle tremblait. Personne ne s'était aperçu de sa présence. La trappe se refermait doucement. Plus tard, elle sut qu'elle n'était restée que quelques minutes dans ce souterrain ténébreux, mais ces quelques minutes, sur le moment, lui parurent une éternité.

*

Quatorze ans plus tard

Des lampes alignées le long des parois du tunnel, alimentées par un générateur, représentaient une des rares concessions faites en ce lieu à la technologie moderne. Le travail s'effectuait à la main, et soigneusement. Comme autrefois. C'est à la main que des hommes avaient foré cette galerie un siècle et demi auparavant. Sans machine ! Et c'est à la main qu'ils avaient confectionné ces briques rouges.

De nouveau des hommes pénétraient ici. À leur tour, ils avançaient centimètre par centimètre, en veillant avec minutie à la solidité des murs. Car le tunnel devait être sauvegardé. Quand leur travail serait accompli, des milliers de touristes, d'historiens et d'étudiants pourraient enfin venir marcher sur les pas des esclaves en fuite vers la liberté.

— Il faut renforcer ici, dit un contremaître.

Ses paroles résonnèrent contre les parois.

La truelle racla l'argile rouge. Des débris dégringolèrent sur le sol. Le renfoncement, dans le mur, se creusa un peu plus. La fouille se poursuivit. Apparemment, des bouts de tissu étaient pris dans l'argile. Ils étaient décolorés. En lambeaux. Des fils brillèrent sous la clarté des lampes. Étaient-ce des fils de métal ? Le maçon dégagea le tissu avec précaution. Les autres ouvriers se rassemblèrent pour voir. Et quand la macabre trouvaille fut mise au jour, ils ne furent pas mécontents d'être plusieurs. Aucun d'eux n'aurait voulu faire seul une pareille découverte : un crâne humain et des os enserrés dans une robe tissée de fils d'or.

Vendredi 16 juillet

1

C'était elle la plus âgée.

Grace observait les trois autres stagiaires qui s'affairaient sur leur ordinateur dans la salle de rédaction, ou bavardaient avec les journalistes de la chaîne. Comment ne pas avoir conscience du gouffre qui la séparait de ses camarades ? Elle avait dix bonnes années de plus qu'eux. Ils étaient si jeunes, et déjà si ambitieux ! Ils avaient envie d'en découdre. Ils en bouillaient littéralement d'impatience.

Ils ont la vie devant eux.

L'une des stagiaires croisa ses longues jambes bronzées en ayant soin de ne pas trop exhiber ce que ne parvenait pas à cacher une jupe effrontément courte.

Grace songea que ses condisciples avaient devant eux un avenir prometteur. Et s'ils étaient là, c'était pour essayer de décrocher leur premier job dans une importante chaîne de télévision : Key News. Tout comme elle. Sauf que ses trois concurrents – deux filles et un garçon – ne savaient pas ce que voulait dire être inhibé. Ils avaient les moyens de poursuivre leur ambition. D'entrer de plain-pied dans le monde du travail sans traîner un fardeau de problèmes personnels. Bientôt, toutes les portes s'ouvriraient devant eux.

Grace Wiley Callahan le savait trop bien : tel n'était pas son cas.

Elle n'avait pas débarqué à Key News avec une ardoise vierge. Elle avait déjà un lourd passé. Et des responsabilités. À trente-deux ans, elle avait connu les nausées matinales, le mariage, la maternité et le divorce – dans cet ordre. À l'âge de ses camarades, elle avait déjà renoncé à l'espoir d'aller au bout de ses études universitaires. Le jour de la remise des diplômes, elle avait traversé le campus en poussant le landau de Lucy pour aller voir ses amies monter sur l'estrade des lauréats ; et leurs cris de joie avaient été recouverts par ceux de son bébé qui souffrait de diarrhée.

Depuis, onze années avaient passé. Lucy entrerait bientôt en sixième. Grace commençait à voir des rides se dessiner au coin de ses yeux sombres, tandis que des mèches grises apparaissaient dans ses cheveux couleur de miel. Elle avait décidé de les coiffer en arrière le jour où elle avait appris qu'elle était admise à suivre ce cursus tant convoité. On lui offrait une seconde chance. Elle était résolue à en tirer profit, à obtenir enfin son diplôme. Et à saisir la chance qui se présentait à elle : intégrer le milieu du journalisme télévisé à New York.

Quelque chose d'autre l'enthousiasmait dans l'immédiat : ce projet de voyage à Newport, la semaine suivante. Ce séjour au bord de la mer avait été proposé aux stagiaires par Key News dans le cadre de son émission quotidienne « Key to America ». Bien sûr, ses camarades avaient un avantage sur elle puisqu'ils n'étaient pas obligés de se soucier de leur petite fille...

Cependant Grace n'avait jamais regretté d'avoir eu Lucy – pas une minute. En vérité, sa fille était encore ce qu'elle avait réussi de mieux dans sa vie. Car son mariage avec Frank n'avait pas été un succès – c'était le moins que l'on puisse dire.

Apprenant que sa femme était enceinte, Frank avait d'abord refusé d'entendre parler d'un enfant. Grace était alors en première année de fac. Elle n'avait pas voulu interrompre sa grossesse. Elle avait décidé de garder le bébé, avec ou sans lui.

Grace baissa les yeux vers sa main sans alliance.

Frank Callaghan était finalement revenu à elle. Certes en traînant des pieds, et le cœur chargé d'amertume. C'étaient en réalité ses parents qui l'avaient contraint à « faire ce qu'il fallait », comme on dit. Frank avait beau être un garçon athlétique – en plus d'être un esprit brillant –, il était passé sous les fourches caudines de sa famille. Grace avait accepté de lui ouvrir à nouveau les bras. Naturellement, elle voyait bien que leur mariage ne commençait pas sous les meilleurs auspices ; mais elle se jura de faire tout son possible pour qu'il tienne.

Les noces furent menées tambour battant. Cinq mois plus tard, Lucy voyait le jour. Grace, Frank et leur bébé emménagèrent dans un appartement en sous-sol à Hoboken, dans le New Jersey. Chaque jour, Frank prenait son train de banlieue jusqu'à Manhattan. Il travaillait comme courtier dans une société d'assurances ; c'était son premier emploi. Grace, quant à elle, restait à la maison avec Lucy, et essayait de décrocher des piges dans la presse locale – ce qui impliquait d'assister aux séances du conseil municipal et autres réunions politiques se tenant généralement en soirée. Mais, peu à peu, Frank prit du galon dans sa société. Forcé d'assumer des responsabilités toujours plus importantes, il finit par ne plus supporter de devoir rentrer de bonne heure pour permettre à Grace d'aller faire ses reportages. Surtout qu'il commençait à bien gagner sa vie, et qu'ils auraient eu les moyens de s'offrir un appartement plus grand, plus beau, mieux situé, si Grace avait bien voulu arrêter de pondre des articles pour sa feuille de chou.

Mais elle tint bon. Un an, puis deux. Tout en continuant d'élever sa petite fille, et de la couvrir d'attentions. Elle ne voulait pas trop se préoccuper d'elle-même, même si elle était consciente que son mariage entravait sa carrière. Quand elle regardait les infos à la télé, elle essayait de ne pas penser à ce qu'elle serait devenue si elle avait achevé ses études de journalisme, au lieu d'épouser Frank. Cependant, les regrets finirent par l'envahir, et par prendre le dessus. Lorsque Lucy était couchée, elle se retrouvait de plus en plus souvent seule, scotchée devant les magazines d'actualité. Elle appréhendait alors le retour de Frank – sa mauvaise humeur, ses colères, et les parfums émanant de ses vêtements quand il rentrait tard, après ses prétendus « dîners d'affaires ».

Si elle restait avec lui, c'était pour le bien de Lucy – enfin, c'est ce qu'elle se disait à elle-même. Oui, c'était pour Lucy qu'elle s'accrochait à ce mariage. Elle ne voulait pas voir sa fille souffrir d'appartenir à une famille brisée. Lucy méritait d'avoir ses deux parents auprès d'elle. De grandir au milieu d'eux. Grace, en tout cas, refusait de partir. Elle ne partirait jamais.

C'est Frank, finalement, qui la quitta.

*

— Grace, voulez-vous être gentille et faxer pour moi ce planning prévisionnel au professeur Gordon Cox, à Newport ?

Le producteur et caméraman B.J. d'Elia lui tendait une feuille. Il avait l'air de s'excuser de lui donner du travail.

— Je sais que c'est un boulot rébarbatif, reprit-il. Mais si je ne file pas tout de suite, je suis sûr de rater mon train pour Rhode Island.

— Je suis là pour ça, répondit Grace en prenant la feuille.

C'est vrai qu'elle n'appréciait pas spécialement ce genre de corvées, mais elle savait que la confiance se construisait pas à pas. Si elle s'acquittait consciencieusement de ces petits travaux, on n'hésiterait pas à lui confier plus tard des missions importantes.

— Vous êtes du voyage, demain, Grace ?

— Oui.

— Puis-je vous demander une autre faveur ?

B.J. attendit la réponse. Il avait sorti une petite liasse de feuilles.

— Il s'agirait de synthétiser les éléments d'une enquête sur les sculptures en ivoire et les tatouages. Nous allons tourner des séquences avec un sculpteur d'ivoire. Peut-être avec un tatoueur, aussi. Il faudrait fournir à Constance... Vous savez que c'est elle qui présente l'émission, n'est-ce pas ? Il faudrait lui fournir des questions à leur poser durant l'interview. N'en faites pas trop...

Il se tut une seconde, puis enchaîna :

— Je veux dire : juste le nécessaire. Les bases, quoi. Faxez-moi le résultat à Newport quand vous aurez fini. Nous aurons une salle de rédaction à l'hôtel Viking. Le numéro est indiqué.

— Pas de problème, dit Grace en prenant les documents.

B.J. avait des mains puissantes, bronzées.

— Merci, Grace. Merci beaucoup.

Il afficha un sourire éclatant de blancheur, et se pencha vers elle pour ajouter à voix basse :

— Je vais vous confier un secret. C'est mon premier déplacement en tant que producteur, et je suis un peu nerveux.

— Vraiment ? Je pensais que vous aviez l'habitude...

— Pas du tout. Je suis journaliste et caméraman à Key News depuis six ans. Avant, j'ai bossé des années pour une télé locale. Ils m'ont bombardé producteur voilà quelques mois seulement. Mais je suis obligé de continuer à tenir la caméra. C'est comme ça, vous savez, de nos jours : le cumul. Vous êtes forcé de vous coltiner plusieurs boulots pour le prix d'un si vous voulez avoir une chance d'y arriver.

Grace l'envia un peu. B.J. avait à peu près le même âge qu'elle. Peut-être deux ou trois ans de plus. Et il était déjà bien avancé dans sa carrière. Était-il marié ? Peut-être avait-il une femme qui restait au foyer et s'occupait des enfants pendant qu'il se taillait une place dans le monde. Pourtant, il n'avait pas l'air marié... D'abord, il ne portait pas d'alliance. Ensuite, il dégageait un je-ne-sais-quoi... Il donnait l'impression d'être libre, voilà. Mais sait-on jamais. Certains hommes ont l'art de jouer les célibataires alors qu'ils ont une famille à nourrir. Frank était spécialiste de ça.

Grace regarda s'éloigner la grande silhouette efflanquée de B.J. ; et elle se surprit à espérer qu'il n'était pas du même bois que son ex-mari.

Elle se tourna vers le fax. Elle composait le numéro quand elle fut rejointe par Josselyne Vickers, une fille du type « beauté brune » en minijupe. Josselyne murmura :

— Toi, au moins, il t'a donné quelque chose à faire. Je vais crever d'ennui si ça continue. Encore cinq minutes à surfer sur le web, et je m'ouvre les veines. En fait, ils n'ont pas assez de travail pour nous occuper tous.

Grace sourit. Le bip électronique lui signala que le fax était en train de passer. Josselyne Vickers n'avait pas tort. Elles avaient du temps libre à ne plus savoir qu'en faire.

— Ça devrait s'arranger à Newport, tu ne crois pas ? Il y aura sûrement plein de boulot, là-bas. En tout cas, on sera dans un endroit magnifique. Et à la belle saison.

Josselyne haussa les épaules.

— Mouais. On peut dire ça comme ça.

— Je ne suis jamais allée à Newport, reprit Grace. Tu connais ?

Pourquoi ne pas en profiter pour nouer une conversation ? D'ordinaire, ses camarades ne cherchaient pas le contact avec Grace. Ils avaient même l'air de ne pas trop savoir ce qu'ils devaient penser d'elle. Ils l'appelaient même peut-être *la vieille*. Que pouvaient-ils avoir en commun avec une maman divorcée ?

— Mes parents ont une maison là-bas, soupira Josselyne. J'y passe tous les étés depuis ma naissance.

— Vraiment ? C'est génial !

Le fax était passé. Grace, tout en récupérant la feuille de planning, jeta un coup d'œil aux orteils parfaitement manucurés de Josselyne dans leurs sandales Burberry. Des chaussures à trois cents dollars. Très jolies. Le contraire de ses propres escarpins fatigués, achetés en solde au supermarché.

— Ouais. Tu peux t'amuser à Newport. Si tu connais les bons endroits.

Elle passa la main dans son épaisse chevelure brune, à coup sûr entretenue par un coiffeur hors de prix.

— Ce sera utile pour faire des rencontres avec les gens du coin. Pas vrai, Josselyne ?

— Appelle-moi Joss.

Elle eut un sourire éclatant.

— Oui, reprit-elle. C'est vrai. Je compte là-dessus. D'ailleurs je pars ce soir. Je serai sur place avant tout le monde. J'ai l'intention de montrer à Key News ce que je vaux pendant cette semaine là-bas. Ils vont voir ce que ça donne quand je bosse à plein temps. Ce ne sera pas comme ici.

Tu n'es pas la seule, songea Grace dont le cœur était en train de sombrer. Josselyne avait un tel avantage ! *Tu n'es pas la seule…*

Au terme de ce stage d'été, un seul des quatre stagiaires – celui qui aurait fait ses preuves – serait recruté pour occuper un poste d'assistant de production. Le résultat reposait entièrement sur les performances de chacun, et Grace était résolue à donner le meilleur d'elle-même.

Assistante de production : elle avait réellement besoin de décrocher ce boulot.

2

Le professeur Gordon Cox prit le fax dans son casier, le parcourut des yeux, et décida qu'il réfléchirait à ce planning plus tard. Pour le moment, il avait un cours.

Devant le grand miroir au cadre sculpté, il ajusta sa cravate. Son visage aux yeux noirs, à la peau dorée, se couronnait d'une généreuse coiffure d'argent. Les cheveux gris lui étaient venus un peu prématurément, mais il ne détestait pas ce look d'universitaire distingué, apprécié du reste par les assistantes de la fac.

Si seulement Agatha Wagstaff pouvait être aussi impressionnée que ses jeunes collègues ! Depuis que l'on avait découvert ces ossements, elle menaçait de couper les crédits alloués à la restauration du vieux tunnel aux esclaves. Elle estimait qu'il pouvait s'agir de ceux de sa sœur. Or Gordon travaillait sur ce projet de sauvegarde depuis dix-sept ans. Depuis qu'il enseignait à l'université Salve Regina, en fait. Tout risquait soudainement d'être remis en question.

L'ouverture au public du tunnel de Shepherd's Point ! La cause était célèbre chez les historiens. Elle avait permis à Gordon de se faire un nom. La tête de file du projet, c'était lui. Il avait même entendu dire que l'on prononçait son nom pour l'attribution du prix Stipplewood. Apparemment, il devrait bientôt dire adieu à cette récompense. Agatha était folle à lier. Et elle n'avait jamais caché son scepticisme envers le projet de Gordon. Elle ne voyait pas l'intérêt d'ouvrir le précieux souterrain aux masses populaires. Alors, s'il apparaissait que sa propre sœur y reposait depuis quatorze ans...

Gordon se sentait profondément déprimé. En plus de travailler à ses recherches, à ses monographies, à ses conférences, il avait toujours eu à cœur de choyer Agatha, et de la couvrir d'attentions. Non seulement Agatha, d'ailleurs, mais aussi Maud, la nièce d'Agatha, tout comme il avait été autrefois aux petits soins pour Charlotte – Charlotte : la mère de Maud. Tous ces efforts pour rien.

D'un autre côté, il ne pouvait ignorer qu'il faisait un métier de rêve. Ouvrir les yeux de ses contemporains sur les splendeurs historiques et culturelles qui les entouraient, n'était-ce pas un privilège ? N'était-ce pas un rêve que d'être payé pour vivre une de ses passions ?

Sauf qu'il aurait pu être mieux payé encore. C'est pourquoi il continuait de se porter volontaire pour enseigner durant les cours d'été. De toute façon, il n'avait aucune envie de quitter Newport à la belle saison. Si les milliardaires avaient choisi cette ville historique au bord de l'océan pour y construire leurs résidences secondaires, c'est que l'endroit en valait la peine. Ses voyages, il préférait les accomplir en hiver. Ou pendant les vacances de printemps. En juillet et en août, c'est à Newport qu'il voulait être.

*

Était-ce une bonne chose que d'emmener un groupe d'étudiants à Shepherd's Point ? Il avait omis d'en demander la permission à Agatha, de crainte d'essuyer un refus. Elle aurait crié au scandale. Un troupeau d'étudiants débarquant dans sa demeure victorienne et piétinant ses plates-bandes !

Le chauffeur du minicar avait ralenti à l'entrée de la propriété.

— Continuez, lui ordonna Gordon.

Le chauffeur hésitait.

— Roulez, roulez ! Allez directement à la cabane de jeu.

Le véhicule s'engagea dans l'allée abîmée par les engins de chantier. Le professeur s'était de nouveau tourné vers ses étudiants :

— Shepherd's Point occupe à Newport une place prépondérante dans l'histoire des relations entre l'Amérique et l'Afrique. La demeure a été construite sur le site d'un ancien pâturage. Il y avait là un berger, un homme de principe qui avait l'habitude d'offrir son aide aux esclaves en fuite. Ces malheureux étaient poursuivis par les maîtres auxquels ils tentaient d'échapper. C'est ainsi qu'un tunnel fut creusé sous la hutte du berger. Cette galerie conduisait jusqu'à l'océan. Shepherd's Point – la pointe du Berger – a fini par devenir synonyme de liberté. Des années plus tard, Charles Wagstaff fit construire sa demeure sur ce terrain. Cet homme était richissime. Il possédait des mines d'argent. Il fit transformer la hutte du berger en cabane de jeu pour ses enfants. Et le tunnel, avec son chemin de fer, fut laissé en l'état. Oublié, pour ainsi dire.

Gordon invita les étudiants à descendre du minicar. Son genou lui faisait mal. Il n'en entraîna pas moins sa petite troupe vers la cabane relativement délabrée.

— Jusqu'à nos jours, poursuivait-il, un seul de ces tunnels de chemin de fer était ouvert au public. Il se trouve à Peekskill, dans l'État de New York. Il grimpe jusqu'à la maison de Henry Ward Beecher, l'abolitionniste bien connu. Mais les historiens disaient qu'il existait aussi un tunnel aux esclaves à Newport. Et c'est celui de Shepherd's Point, précisément. De temps en temps, quelqu'un s'introduisait dans la propriété pour essayer de le découvrir.

Le professeur Gordon reprit son souffle, puis enchaîna :

— Pendant des années, nous nous sommes employés à convaincre Agatha Wagstaff d'ouvrir un accès à cette galerie, et d'accepter que soient effectués les travaux de restauration nécessaires. Elle a fini par y consentir plus ou moins. Du bout des lèvres, disons. Et voilà que les travaux, à peine commencés, ont dû être interrompus. Il y a quatorze ans, l'unique sœur de Miss Wagstaff a disparu : la jeune Charlotte Wagstaff. Agatha vit en recluse depuis cet événement. Comme vous le voyez, Shepherd's Point est au bord de la ruine...

Les étudiants posèrent un regard intrigué sur le manoir gris dressé sur la colline, au milieu d'un champ de mauvaises herbes.

— En définitive, c'est le manque d'argent qui a poussé Agatha à autoriser le début des travaux. Il n'y a pas longtemps, un accord a été passé avec la Ville : elle a accepté que le tunnel soit ouvert au public, en échange de quoi ses arriérés d'impôts locaux ont été oubliés.

L'entrée de la cabane était barrée par un ruban de la police. Le site n'était pas gardé.

— On a le droit, monsieur ?

— Allez-y. Je le prends sur moi. Vu ce qu'on y a découvert, j'ignore ce qu'il adviendra de ce tunnel à présent. Mais je veux que vous jetiez un coup d'œil. Nous serons peut-être les derniers à voir de nos yeux ce vestige historique.

Les étudiants, ayant obtenu l'approbation de Gordon, enjambèrent le cordon en plastique et poussèrent la porte de la cabane. L'entrée était étroite. Elle ne pouvait être franchie qu'en file indienne. Elle donnait sur une pièce unique qui jadis avait abrité le lit du berger, sans doute. Par la suite, elle avait été meublée d'une table et de petites chaises pour le goûter des filles Wagstaff. Mais tout avait été emporté depuis longtemps. Les seuls signes de présence humaine encore visibles en ce lieu étaient la cheminée aux parois charbonneuses et les cendres recouvrant le sol.

Le genou de Gordon continuait de le tourmenter. Cependant il s'accroupit pour soulever un morceau de plancher et révéler un étroit escalier de bois. Les étudiants se pressèrent pour regarder ce passage obscur, mais aucun ne fit attention à ce qui se passait à l'entrée de la cabane. C'est alors qu'une voix déchira l'air confiné :

— Dehors ! Sortez tous d'ici ! Allez-vous en de ma propriété !

C'était Agatha Wagstaff. Ses yeux bleus semblaient jaillir de sa figure laiteuse. Le rouge qui débordait de ses lèvres semblait former autour de sa bouche une tache de sang.

— Agatha, je vous en prie…

Gordon avait pris un ton suppliant.

— Je voulais juste montrer le tunnel à mes étudiants. Accordez-leur quelques minutes…

— Allez-vous en, vous et vos étudiants ! Ou j'appelle la police ! Charlotte n'aurait jamais voulu ! Elle aurait refusé de voir notre maison devenir une attraction touristique !

Composition réalisée par Asiatype

Achevé d'imprimer en avril 2007 en France sur Presse Offset par

CPI

Brodard & Taupin

La Flèche (Sarthe).
N° d'imprimeur : 40877 – N° d'éditeur : 87147
Dépôt légal 1re publication : février 2007
Édition 02 – avril 2007
LIBRAIRIE GÉNÉRALE FRANÇAISE – 31, rue de Fleurus – 75278 Paris cedex 06.